그러나 최소한 나는 저항한다

노혜경 문학 평론집

그러나 최소한 나는 저항한다

북치는소년

차례

여성시를 위하여

많은 싸움이 새로이 벌어지는 와중에 책을 낸다. 이 책은 1997년 '여성과 시'라는 주제로 김정란, 김혜순 시인과의 대담을 『현대시학』에 실은 이래 내 고민과 싸움의 기록이다. 「여자의 몸, 여자의 말, 여자의 시」라는 제목의 대담이었다. 내용도 그렇고 형식도 그때까지 일반적 문학 대담과 사뭇 달랐다. 이 대담 이후, 주로 비주류 매체들로부터 시평 청탁을 제법 받게 되었다. 시집 서평뿐만 아니라 당시 중요한 문학적 현안에 대해서도 발언하였다. 때로는 아무도 말하지 않으려 하는 주제를 내가 떠맡는 일들이 일어났다. 그렇게 매우 논쟁적인 글들을 쓰게 되었다. 이 모든 것은 내가 미리 결심했던 일은 아니었다. 나는 단지 시를 쓰고 시에 대해 본질적 공부를 하고 싶었을 뿐이다. 하지만 내가 알게 된 것들을 말해야 한다고 내 안에서 아우성쳤다. 말하지 않을 수 없었다.

시는 그 어떤 언어 행위보다 더 정밀하고 첨예한 정치적 투쟁의 현장이다. 인간의 내면에 파고들어 그의 세계를 뒤흔들고 새로 만들고 가치를 창조하기 때문이다. 나도 그런 시를 쓰고 싶었고, 시인들이 시를 통해 어떻게 주체를 구축하는가를 탐색하고 싶었다. 그랬는데 결국 싸움만 했다. 싸울 수밖에 없었다. 단지 여성이라는 이유로 외면당하거나 자기 목소리가 아니라 남성 비평가들의 해석에 따라 규정당했던 공통의 경험들이 나를 싸우게 했다.

위 대담 제목이 드러내듯이 1990년대 후반 내가 글쓰기를 시작할 무렵 당대 시 문학장文學場의 중요한 주제는 통칭하여 '여성시'였다. 내가 대담의 사회자 겸 출연자로 참여하게 된 것은 박서원 시인의 두 번째 시집 때문이었다. 악전고투 시집을 펴내는 과정에서 문제의식이 생겼던 것이다. 김정란 시인의 도움으로 어렵사리 세계사에서 『난간 위의 고양이』를 낼 수 있었다. 박서원의 시집은 여러모로 반성을 요구하는 책이었다. 당시까지 유지했던 내 시관과 시인으로서의 정체성과 문단과의 관계, 문단 그 자체 모두에서 그랬다. 박서원은 듣도 보도 못한 새로운 시를 들고 시단에 나타났다. 더군다나 별 볼일 없는 학벌에 가난하였고 백화점 문화 센터 시 창작 교실 출신이었다. 심지어 아름답기까지 했다. 당대의 일반적인 시인들과 매우 달랐던 것이다. 그 때문에 박서원은 시단이 매우 계급적이고 특히 성폭력적이고 성차별적인 투쟁의 장소임을 환기시켰다. 무엇보다도 그의 시가 지닌 새로움과 가능성은 여성 시인이라는 그의 정체성과 그 자신의 강렬한 주체 의식에서 비롯됐다. 이를 알아본 사람들은 몇 명 되지 않았다. 그중에 김정란과 내가 있었다. 여성들은 다르게 쓰고 다르게 읽는다. 우리는 그것을 보여 주고 싶었다. 여기에 '여성시 운동'이라는 이름을 붙였다.

박서원에서 시작했지만 내 앞에는 박서원뿐만 아니라 소위 아줌마 시인이라 불리던 여성 시인들이 이어서 등장했다. 평론가들의 시선 밖에 있는 존재들이었다. 여성 시인들의 시를 읽어야겠다는 소명 의식이 생겼다. 여성시란, 여성에게 시란, 여성적인 것이란 무엇인가. 구체적인 시와 시 쓰기와 시인들이라는 현장에서 문제의식을 발견하고자 노력했다. 그러면서 차츰 문단 권력이라는 실체를 마주하고 싸우기 시작했다. '안티조선 우리모두'에 가담하고 '동인 문학상 거부 운동'을 하면서 문학을 종속시키는 언론과 자본에 문제의식을 지니게 되었다. 세상은 정해진 질서가 있는 것이 아니라 투쟁 속에서 구성되어 가는 것이라고 깨달았다. 내가 현실 정치에 발을 디딘 것은 당연한 문학적 선택이었다.

　2000년 즈음부터 신경숙 표절 문제에 대해 발언하게 된 2015년까지 나는 거의 문단을 떠나 있었다. '노사모'와 개혁당에 참여하고 참여 정부 청와대 비서관으로 일했다. 그러면서도 시는 계속 썼다. 하지만 시 쓰기와 시인으로서의 삶과 시민으로서의 삶이 다르지 않다는 나의 신념과 달리 한국의 문학장文學場은 여전히 문학 전문주의적 분업적 사고에 머물러 있었다. 문단 주류였던 남성 작가들의 경우와 달리 나에게는 '정치인이라서'라는 꼬리표가 붙어 소외당하는 평계가 되었다.

　나에게 지면을 내준 매체는 극소수였다. 안타깝긴 했지만 이런 시간들이 내게 반드시 나빴던 것만은 아니다. 대신 인터넷 공간에서 나는 시인의 정체성을 고수하며 쓰고 토론하고 실천했다. 시적 주체가 된다는 것은 고도의 정치적 주체가 되는 일임을 나는 다양한 매체에서 말하고 쓰면서 깨달았다. 이 책은 근 이십 년에 걸쳐 쓴 것이다. 그럼에도 엮어 보니 일관된 태도가 읽힌다.

이 책의 1부는 순서대로 따지면 거의 최근에 쓴 글들이다. 이미 2000년대 초에 문제시되었던 신경숙의 표절 사태가 다시 떠오르면서 내게도 지면이 주어졌다. 신경숙 문제는 단순히 한 작가의 표절 문제가 아니라 1987년 이후 길을 잃은 한국 문학 전체의 모순이 집약된 것이었다. 1부의 제목을 〈자본주의 문학의 파국〉이라 붙인 것은 한국 문학이 맞닥뜨린 문제가 반드시 문학만의 것이 아니라 1990년대 이후 상업주의 출판, 더 나아가 자본주의 체제가 야기하는 문제라는 생각 때문이다.

2부는 미당에 관한 세 편의 글을 실었다. 지금도 한국의 시 또는 서정의 대명사로 불리고 있는 미당 서정주가 과대평가되었다는 문제의식에서 쓴 글이다. 내 첫 에세이집 『천천히 또박또박 그러나 악랄하게』에 문단 권력자들과의 투쟁을 쓴 다른 글과 함께 실은 적이 있다. 하지만 반향은 없었다. 조용히 파묻혀 버린 기분이었다. 이런 글을 쓰면 문단 밖으로 쫓겨난다는 사실을 뼈저리게 느꼈다. 문학도 하나의 제도이다. 거기에 권력을 행사하는 특권적 문인들이 있다. 특권과 싸우는 일은 어떤 곳에서나 힘겹다.

문학사의 변곡점에서 자주 '아버지 죽이기'라는 말이 등장한다. 문학 내적 영향 관계의 계승과 극복이 아버지 죽이기의 요체다. 그러나 세계적으로 흔하지 않은 문단이라는 제도가 있는 우리나라에서 문학 권력은 문단 권력과 구분되지 않는다. 미당은 대표적으로 문단 권력을 통해 문학적 아버지의 자리를 꿰찬 시인이라고 나는 생각한다. 그렇기 때문에 문학적 극복 시도가 매우 어려운 존재다. 우리 시 문학은 아버지를 죽일 수 있을까.

　3부는 여성시라 불리는 시 운동에 대해 이론적 규정을 시도한 글을 담았다. 요즘 용어로 말하자면 여성시는 생물학적 여성 시인의 시가 아니라 여성시의 정체성을 스스로 주장하는 시인이 쓴 시다. 여성시 읽기 방법론과 여성 시인 정체성 탐구는 내 시 읽기의 일관된 목표다. 민중시의 시대, 거대 담론의 압력에서 풀려났을 때 성별 불문하고 시인들은 새로운 시의 시대가 온다고 느꼈다. 특히 여성 시인들은 자기 안에서 분출하는 다른 목소리에 귀 기울일 자유가 생겼다고 느꼈다. 모든 새로움은, 빛이 비치면 그림자와 어둠이 비로소 보이듯 그동안의 억압과 차별을 드러내 보였다. 여성시라는 일종의 장르를 만들고 여성시 운동을 해야겠다고 나선 것은 내게 필연이었다. '여류' 시인에서 그냥 '시인'이 되기까지 담론 투쟁에 뛰어든 흔적을 실었다. 이 투쟁을 나는 여러 매체에서 여성 평론가와 시인들과 대담, 시평을 포함한 짧은 산문, 인터넷에서의 시 해설 등 다방면으로 수행했다. 이 중 세 편을 대표 격으로 싣는다.

　4부는 『현대시』와 『현대시학』에 발표한 서평들이 주를 이룬다. 시를 읽는 방법론을 본격적으로 제시해 본 작업이다. 시를 가장 고도의 언어 행위라고 말한다. 그러나 시를 읽는 독법이 뒤따르지 않으면 정교하게 쓴 시일수록 난해하다는 지탄을 받으며 외면당하기 쉽다. 여성이 쓴 시만 읽는 것이 여성시의 독법일 수는 없다. 여성적 방식으로 쓴 시를 제대로 발견하고 제대로 읽어 내는 작업 또한 여성시의 범주 안에 들어가야 한다. 물론 내 방식으로 읽는 것이 여성시 읽기 또는 여성적 읽기의 전부라고 말하는 것은 아니다. 하지만 어휘와 구문과 그 속을 흐르는 시인 인식의 결을 보다 섬세하게 더듬는 일은 여성시 읽기의 크나큰 즐거움이다. 이것이 얼마나 즐거운 작업인지를 내가 누린 즐거움을 통해 나누고 싶다.

마무리를 대신해 시인과 시민의 관계에 대해 나의 신념을 담은 글을 가져다 놓았다. 나는 시보다는 시인이, 페미니즘보다는 페미니스트가 중요하다고 생각한다. 새로운 시는 새로운 정치이고, 시인이 된다는 것은 새로운 시대를 떠맡을 주체, 즉 새로운 시민이 되는 것이다. 한 편 한 편의 시가 무엇을 드러내든 시인이 자신의 시 세계를 관통하는 어떤 인간, 어떤 얼굴을 만들어 내지 못한다면 그는 시를 썼을지는 몰라도 시를 살았다고 하기는 어렵다. 지구와 더불어 살아남기라는 말을 나는 참 좋아한다. 궁극적으로 시는 공동체와의 결속을 드높은 차원에서 이루어 내려는 싸움이다.

여기 실린 글들은 맨 마지막 글을 제외하고는 모두 '메갈리아' 이전에 쓴 것들이다. 그럼에도 나는 처음에 이 책의 제목을 『메갈리아 이후 글쓰기』라고 붙여 볼까 했다. 참고 문헌 없음을 아파하는 새로운 세대를 향해 이 망해 버린 선배들의 운동이 그래도 눈물겨웠다고 말하고 싶기도 했다. 또 내가 아주 망한 것은 아니었다고 자부하고 싶기도 해서였다. 한 가지 나 혼자 느끼는 보람이라면 여성시 운동 이후 태어난 수많은 여성 시인들이 여성이라는 딱지 없이 그냥 시인으로 불리는 모습을 보는 일이다.

다시 질문해 본다. 여성시란 무엇일까. 아니 여성이란? 스스로를 여성이라 여기는 시인들이 계속 발전하는 페미니즘의 깊이를 몸으로 구현하며 새롭고 아름다운 어떤 담론을 만들어 낼까? 지금 이 순간 페미니즘은 새로운 싸움을 시작하고 있다. 아니 언제나 페미니즘은 새로운 싸움이었다. 이 책을 쓰는 동안 나도 언제나 새로운 싸움을 했다. 그때는 찾아 내지 못했던 언어를 최근 담론을 통해 발견하는 기쁨이 크다. 마찬가지로 노혜경처럼 싸우는 것을 새 시대 독자들도 즐거워해 주면 좋겠다. 최소한, 저항하는 자의 몫은 있었으면 싶다.

2020년 6월 10일
노혜경

I

자본주의 문학의 파국

식민성, 그리고
있어야할 것이 없는 자리에
표절이 있었다

문학판 1987년 체제의 침몰과
신경숙 표절 사태

식민성, 그리고
있어야 할 것이 없는 자리에
표절이 있었다

1

『내일을 여는 작가』 68호에 청탁을 받았을 때 기획자의 다음과 같은 문제의식은 내게도 너무나 분명해 보였다.

> 한국 근대 문학은 이식 문학이며, 문학 전반이 일본 근대 문학의 베끼기에서 자유롭지 못하며, 그런 관행이 이번 신경숙 표절 사태의 일부분이라는 인식, 그리고 나아가 '신경숙의 표절'은 여성적 글쓰기의 파행이라는 인식. 즉 '남성 이데올로기를 대변하는 태도' 그 자체도 식민성의 양상이란 것.

이렇게, 이미 내면화된 식민성의 성격과 내용을 들추어 보는 것은 무너지고 있는 한국 문학장文學場의 신경숙 표절 사태 이후를 치유해 나아가는 데 필요한 작업일 것이라고 동의했다. 기획자는 이 문제를 작가 개인의 윤리적 문제를 넘어 문단 관행의 일부라고 보고 이 관행을 식민지적 유습에서 비롯된 것이라고 말한다. 유습이라면 신경숙이 문학을 '대표'해서 책임져야 할 순간이 도래한 셈이다. 이 글에서 신경숙과 그를 옹호하는 '문단 권력'이 '대표자로서의 책임감'을 지녀야 한다고 앞질러 주장하고 싶다.

그렇다. 나는 의식적으로 '대표'라는 말에 따옴표를 쳤다. 신경숙을 따라다니는 '한국을 대표하는 작가'라는 호칭이야말로, 그리고 '세계 28개국에 번역 수출된 작가'라는 자랑이야말로, 우리 안에 내면화된 식민성의 가장 적나라한 표지가 아닌가 싶어서다.

2

표절 문제는 천정환이 잘 지적한 대로 "기술적·내용적 도용의 '흔적'이 줄줄이 남은 글에다 제 이름을(맑은 정신으로) 딱 써 넣고 '실무자'한테 제 계좌번호로 원고료를 입금해 달라고(초—낭만적·문학적으로) 행할 때 발생하는 일"[1]이지, 식민성이라든가 탈식민성을 이야기할 만한 층위에서의 고민거리가 아니다. 다시 말해 표절은 출판 시장의 층위에서 걸러질 문제이며 문학장文學場에서는 발생하지 말아야 할 사건에 해당한다.

---

1) 천정환, 『'몰락의 윤리학'이 아닌 '공생의 유물론'으로』, 『말과 활』 9호, 2015, 79쪽.

그럼에도 한국 문학에서는 심심찮게 표절 문제가 발생했으며 이 문제가 수면 위로 부상할 때마다 거론되어온 것이 한국 문학의 식민성이었다.[2] 이번에도 예외는 아니다. 『문학과사회』 2015년 가을호 기획 대담에서 김영찬은 이렇게 말한다.[3]

이광수 시절부터 계속된 한국문학의 정신적인 식민성이 드러난 사건이다. 정신적인 토대가 근본적으로 취약하다. 사상적 깊이나 독창적 사상이 얕다. 여러 측면에서 외국소설의 스타일이나 아이디어에 의존하고 있다. (강조 표시: 글쓴이)

그런가 하면 이미 사태가 불거진 초기에 이승철은 페이스북에서 아래와 같이 주장하기도 했다.[4]

신경숙 표절사태로 드러난 한국소설의 미학적 식민성과 작가들의 정신적, 도덕적 타락을 일신하기 위하여 한국작가회의는 즉각 표절 근절을 위한 특별대책위원회를 구성하여 표절 작태를 발본색원해야 한다. (강조 표시: 글쓴이)

---

2) 특히 일본 문화 표절과 그에 내재된 식민성의 문제는 비단 문학장文學場의 문제만은 아니다. 한국 문화 전반에 걸친 이 표절 심리는 심지어 일본 후소사 교과서 논란까지도 베껴오는 데서 그 희비극적 정점을 보여준다.

3) 황호덕 외, 「〈좌담〉 표절 사태 이후의 한국 문학」, 『문학과사회』 가을호, 2015.

4) 2015. 6. 21. ⟨https://www.facebook.com/profile.php?id=100004413510440&fref=ts⟩

이렇게 우리는 표절을 작가의 판매 윤리가 아니라 식민성의 표지로 이해하는 관행이 있다. 김영찬의 말처럼 정신적 토대가 허약하기 때문에 표절하는 것에 수치심을 느끼지 못한다. 더구나 그것이 일본 작가의 것일 때는 쉽사리 베끼게 된다는 것이다.[5]

그러나 이것이 어째서 식민성의 표지일까. 주체가 있어야 할 자리에 이식된 것이 있는 상태를 식민성이라 정의할 수 있다. 식민주의가 끝난 뒤에도 여전히 탈식민의 과제가 수행될 수밖에 없는 이유다. 불행하게도 우리는 일본의 식민주의가 종식된 다음 냉전의 흐름 속에서 미국이 이끄는 세계 질서 속으로 곧장 투입됨으로써 거칠게 말해 이 식민주의에서 저 식민주의로 이식되는 경험을 통해 근대로 강제 진입한 것이다. 그리하여 우리 문학은, 아니 우리의 사회 문화제도 전체가 외부로부터 이식된 것이며 그 안에서 주체적인 자세를 지니기는커녕 베껴 오기 급급했다.

그러나 문제는 베꼈다는 데 있지 않다. 베끼고 있다는 사실을 우리 식민지 시대 문학과 문화는 애써 숨기지 않았다. 임화의 이식 문학론만 보더라도 공공연하게 베끼고 있음을 드러내었기에 비판받은 것이 아니라 그것이 우리 문학사의 당연한 —'어쩔 수 없었던'이 아니라 '그러는 것이 옳았던'— 과정인 것처럼 기술했기에 비판받은 것이다.

식민성을 이야기할 때마다 단골로 등장하는 이식 문학론을 쓴 임화

---

5) 우리의 근대 문학이 베끼기, 다른 말로 이식 문학의 역사라는 주장은 일찍이 임화에서 비롯되었고, 해방 후 백철, 조연현의 문학사에서 반성 없이 이어졌으며, 김현·김윤식의 『한국 문학사』에서 비로소 문제시되었다. 이 일련의 이식 문학론 연구에 대해서는 이명원이 「김윤식 비평에 나타난 '현해탄 콤플렉스' 비판」에서 개괄했다(이명원, 『타는 혀』, 새움, 2000, 251~282쪽 참조.).

는 동아일보에 연재했던 「조선문학 연구의 일 과제」에서 다음과 같이 말했다.

> 문화의 이식, 외국문학의 수입은 이미 일정 한도로 축적된 자기 문화의 유산(遺産)을 토대로 하지 않고는 불가능하다. (…중략…) 동양 제국(諸國)과 서양의 문화 교섭은 일견 그것이 순연한 이식 문화사를 형성함으로 종결하는 것 같으나, 내재적으로는 또한 이식 문화사를 해설(*체)하려는 과정이 진행되는 것이다. 즉 문화 이식이 고도화되면 될수록 반대로 문화 창조가 내부로부터 성숙한다.[6]

'이식 문학사를 해체하려는 노력'. 이것을 문학적 탈식민의 노력이라 불러도 좋으리라. 이식 문학론을 주창한 임화의 입에서 이러한 말이 발설된 것은 얼핏 보면 의외다. 그러나 식민지에 살고 있음을 끊임없이 상기하지 않을 수 없는 일상의 정치적 억압 속에서 '주체를 재건'해야 한다는 생각이 더 강렬해질 수밖에 없음은 당연한 일이다. 우리 근대 문학이 이식 문학의 역사였던 것이라기보다는 이식 문화를 통해 나아갈 수밖에 없는 여건 속에서 이식 문학사를 해체하려는 지속적 노력이 미흡했던 역사라 불러야 하지 않을까. 식민성은 식민주의적 타자에 대한 숭상과 굴종을 포함한다. 임화는 이를 '정치적 침략의 정신적 표현'[7]이라 불렀다. 이를 예민하게 느낄 때 곧바로 식민성을 해체하기 위한 노력

---

6) 임화, 「조선 문학 연구의 일 과제: 신문학사의 방법」, 김외곤 엮음, 『임화전집·2/문학사』, 박이정, 2001, 378~380쪽.
7) 위의 책, 279쪽.

또는 과정이 시작되는 것은 불문가지다.

즉 식민성이란 그것에 대해 사유하기 시작하는 순간 탈식민화되기 시작한다. 따라서 식민성은 식민주의에 지배당하는 당사자가 그를 의식하지 못할 때만 식민성이라는 역설이 성립한다.[8] 식민지라는 각성이 없는 비非주체만이 비로소 식민지일 수 있고, 주체의 내부에서 각성이 시작되는 순간 식민자의 문학은 대화, 혼용, 변형, 극복의 대상이지 표절의 대상은 아니다. 모름지기 한국 근현대 문학사란 탈식민의 기나긴 과정이었노라 말해도 무방하지 않을까.

3

그런데 왜 우리는 여전히 식민성의 질곡을 이야기하며 더구나 아직도 그런 상태에 있는 것일까. 육당의 자유시와 춘원의 소설이 일본 문학의 영향을 받았음은 주지의 사실이나, '그 때 혹은 그 뒤의 신문학이 일본 문학에서 배운 것은 왕년의 경향 문학과 최근의 단편 소설들을 제외하면 극소한 것'이라고 임화는 말하고 있다. 이식 문학은 일본의 이식이 아니라 서구의 이식인데 이는 '신문학이 서구 문학을 배운 것을 일본 문학을 통해서 배웠기 때문'이자 '일본 문학은 자기 자신을 조선 문학 위에 넘겨준 것보다 서구 문학을 조선 문학에 넘겨주었기 때문이다.[9] 분명 '일본을 통해 왜

---

8) 임화식으로 말하면 이러한 주체를 '야만인'이라 할 수 있다(위의 책).
9) 위의 책, 377쪽.

곡된 서구, 일본화한 서구에 대한 경도'[10]일 수 있겠다. '일제 잔재의 청산'뿐만 아니라 근대성 전체를 반성적으로 사유하는 과정이 필요한 이유다.

일본을 통해 유입된 서구, 그것이 문학에서는 어떤 방식으로 이루어진 것일까. 이 역시 임화가 제안한 대로 문학이 번역되는 방식과 그 내용을 통해 살펴볼 수 있다. 박숙자는 논문 「로컬리티의 재구성: 조선/문학/전집의 사상」에서, 조선·문학인, 즉 일제하 문학인들의 내면을 구축한 세계 명작 전집을 연구하여 아래와 같은 결론을 내린다.

근대는 명작의 시대라고 말해도 좋을 만큼 '명작'이 '문명'의 메트릭스가 된다고 믿었다. 서구의 문명이 이 명작들에서 나온다고 믿었기 때문에 '명작'을 읽어내는 것이 한 나라의 독서력이 된다고 믿었다. 그래서 '명작'들에 대해 관심이 많았다.

실제로 조선작가들은 저마다 감화받고 추천하고 싶고 심지어 사숙했다고 하는 작품들이 실은 모두 세계명작이었다. 그런데 이 명작이 실은 신조사판 세계문학전집의 패러다임을 벗어나지 않는다고 볼 정도로 조선작가들이 감화 받은 작품들은 이 범위를 크게 벗어나지 않는다. 그 결과 세계문학에 대한 프레임이 상상되기 시작했는데 그것은 세계문학이 국민문학의 산술적 총합이 아니라 세계를 대표할 만한 '문학'이라는 것, 그리고 고급과 저급, 중심과 주변, 안과 밖의 구분이 분명하다는 사실이 그것이다. 이로 인해 세

---

10) 이명원, 앞의 책, 267쪽.

계문학의 중심과 내부가 있다는 관념이 자연적으로 발생하게 되었다. 이 관념은 자연적인 것도 당연한 것도 아니나 이 속에서 조선문학은 '세계문학' 안에서 자기 자리를 할당받기 위해 노력한다. 하나는 스스로 세계문학 안으로 들어가 세계문학 안의 적자가 되는 것, 두 번째 방법은 문학의 지방성을 스스로 인정하고 그 안에서 좀 더 나은 자리를 배치 받는 일이다. 이 두 가지 방법은 긴밀하게 맞물린다. 조선작가들은 '세계문학'의 적자가 되기 위한 기획에 다들 환호작약하지만, 이는 고급과 저급, 중심과 주변의 위치를 반복하는 패러다임이 야기한 결과일 뿐이다.[11]

정확하게 이 도식이야말로 현재 한국 문학이 내면화하고 있는 식민성의 특징을 보여 주는 것이 아닐까 한다. 패러다임 자체를 의심하지 못하는 한 그 패러다임 속에서 '일등'과 '최고'를 향해 나아가려는 몸짓을 멈출 수 없다. 명작에서 베스트셀러로 위치 이동을 했을 뿐이다.

이러한 방식의 종속성은 노벨 문학상 수상 로비에 여념 없는 문학계뿐 아니라 정치 경제 분야에서도 두드러진다. OECD 가입, G20, FTA 체결 등 글로벌 스탠다드라는 유령 앞에 어쩔 줄 모르는 심정은 여전하다.

그럼에도 임화가 '이식'에 대해 말했을 때 후대 학자들이 그것을 너무 쉽사리 일본적 근대에 대한 투항으로 읽은 것처럼 2000년대의 우리

---

11) 박숙자, 「로컬리티의 재구성: 조선/문학/전집의 사상」, 『한국 문학 이론과 비평』 56, 2012, 266쪽. 박숙자는 이 논문을 『속물교양의 탄생』(푸른역사, 2012)에서 조금 더 심화시키고 있다.

는 표절 심리를 너무 쉽사리 식민성과 연결시키는 것은 아닐까? 정신적 토대의 허약함이란 식민성의 특성이기는 하지만 허약할 수밖에 없었던 그 내면을 해체하고 재구성하려는 노력은 그동안 어찌되었는가? 근대성의 획득이라는 경로를 따라갈 수밖에 없는 것이 역사적 필연이라면 그 근대성을 탈식민적 경로로 이끌어가는 것은 문학의 당위에 속한다.

4

문학장文學場 밖에서 잠시 활동하면서 새삼스럽게 한국 사회의 정신성 spirituality을 담당하는 장소가 문학이었음을 깨닫고 있다. 비록 문학이 시장 언저리의 초라한 상품으로 전락해가고 있다 해도 문학하는 사람들의 꿈 자체가 훼손되거나 소멸되지 않는 한 사회의 미래는 아주 가는 생명줄이나마 확보하고 있다는 믿음이 생겼다.

한국 근대 문학의 역사는, 특히 일제 강점기를 거쳐 온 문학의 역사는 식민성과 그에 맞서는 주체성 확립의 역사라고 거창하게 말할 수 있다. 또는 세속적으로 문학이 정치의 몫을 담당한 역사라고 말할 수 있다. 김윤식 교수가 말했듯 우리의 국민 국가가 조선어 학회의 우리말 운동 속에서 구축된 것이라면 근대 한국 문학이야말로 진정한 국민 국가의 영토가 아니었던가. 이 불완전한 국가, 또는 번역할 우리말을 제대로 가지고 있지 못한 식민지적 지식인답게 네이션nation이라고 말하자. 이 네이션의 방향과 형식을 규정한 또는 탈규정한 것이 바로 우리 문학이 아니었을까.

이렇게 볼 때, 신경숙의 미시마 유키오 표절 사태는 한국 문학사의 명백한 퇴행이다. 많은 사람들이 말하듯 신경숙의 표절 사태는 신경숙이라는 한 소설가의 작가 의식의 황폐함이나 몰윤리성만이 문제가 아니라 이를 바라보고 문제시해야 할 바로 그 사람들, 한국 문학 제도를 중심에서 운영하는 주체들의 정치적 불철저함과 결부되어 있다는 점에서 더 큰 문제이기 때문이다.

신경숙 문학은 공동체 단위로 움직이던 거대 서사의 압력으로부터 개인성이 분출하던 자리에 서 있다. 1990년대 들어 민족 만들기, 다른 말로 하면 네이션에 대한 강력한 갈망이 지배하던 민중 문학은 다른 형태의 근대성 담론에 자리를 물려주어야 했다. 그랬을 때 등장한 것이 바로 신경숙으로 대표되는 신세대 문학이다. '근대적 의미의 개인'에 대한 요구를 충족시킬 문학적 열망이 신경숙과 그 동료 작가들에게 부여된 신세대 문학이라는 호칭이 지니는 내용이었을 것이다. 그가 어떻게 해서 이 개인성의 서사를 사사로움의 서사로 바꾸었는가 하는 것을 분석하고자 함은 아니나 짚고는 넘어가야겠다. 개인적인 것과 사적인 것 사이의 거리에 비어 있는 그곳이 식민성의 서식지이기 때문이다.

그 문학은 새로웠던가? 문학으로서 새로웠던가? 여성 문학으로서 새로웠던가? 문학하는 자의 정체성으로서 새로웠던가? 도대체 무엇이 그리고 어떻게 새로웠던가? 새롭지 않았다면 새로움으로 우리 앞에 온 그것은 무엇의 새로움이었던가?

고민거리가 아닐 수 없다. 타자를 분명히 함으로써 주체를 형성하는 것은 정말로 '전통적'인 근대적 방법이다. 단순히 일본을 추종함으로써만이 아니라 일본을 타자로 세우면서 서구를 모방함으로써, 식민지이면서 식민 종주국의 식민성을 모방함으로써, 종주국의 서구 콤플렉스까지 수입하면서 근대를 향해 움직임으로써 우리의 근대는 지금도 형성되고 있는 중이다. 이때 새로움이란 타자를 극복하는 데 가장 좋은 차별화 방법이기는 하나 민중 문학의 실패를 일찍이 체험한 사람들 앞에 신경숙의 새로움은 어떤 방식으로 다가왔던가.

압도적으로 밀려오는 신자유주의의 물결이라고 상투적으로 말하자, 이 물결 앞에서 『외딴방』으로 도피하는 것? 앞서 말했듯 그 새로움은 개인의 서사를 사사로움의 서사로 바꾼 새로움이었다. 신경숙은 말했다.

> 내가 문학을 하려고 했던 건 문학이 뭔가를 변화시켜주리라고 생각해서가 아니었어. 그냥 좋았어. 문학이 있다는 것만으로도 현실에선 불가능한 것, 금지된 것을 꿈꿀 수가 있었지. 대체 그 꿈은 어디에서 흘러온 것일까. 나는 내가 사회의 일원이라고 생각해. 문학으로 인해 내가 꿈을 꿀 수 있다면 사회도 꿈을 꿀 수 있는 거 아니야?[12]

이 표명에서 신경숙은 문학은 변화시키기 위한 것, 즉 '실천의 도구'가 아니라 '꿈꾸는 것'이라고 말한다. 변화의 토대가 되는 생각과 다른 자리에 '꿈'이 있다. 그러면서도 자신은 '사회의 일원'이며 그렇기에 '내가 꾸는 꿈은 사회가 꾸는 꿈'이라고 말한다. 꿈꾸는 것과 변화시키는 것이 문학에서 어떻게 다른 걸까. 그런 차원에서 신경숙이 말하는 것은

---

12) 신경숙, 『외딴방』, 문학동네, 1999, 206쪽.

어떤 꿈일까. 내면으로의 침잠, 사사로운 고백의 발설, 희재 언니에 대한 죄의식으로부터의 구원? 그토록 달콤한 문장으로 구성된 고백을 신경숙은 '운명의 아름다움, 사랑을 섬기는 슬픔, 보아선 안 될 것을 보아버린 침묵'이라고 말하며[13] 희재 언니가 놓여 있던 맥락의 모든 사회성을 삭제한다. 그러면서도 '내가 사회의 일원'이므로 "내가 꿈꾸면 사회도 꿈꾼다."라고 하는 것이다. 어마어마한 자기 동일성의 확장이 아닐 수 없다. 신경숙에게 사회는 근대적 맥락에서 정치적 개인들의 연대인 공적 사회가 아니라 파편화된 개체들이 모여 있는 사사로운 집합체였던 것이 아닌가. 그리고 이 사사로움을 모더니즘과 리얼리즘의 접합으로 인식했다는 점에서 1990년대 우리 문학은 도저한 세계화의 물결 앞에 또다시 식민성의 세례를 받은 셈이다. 물론, 신경숙을 우리 문학의 '대표'로 인식하는 지점에서 그렇다.

5

이제 마지막으로 신경숙 문학이 지닌 또 다른 식민성, 즉 여성이라는 표지가 가부장제 이데올로기의 대리인이 되고 있다는 비판에 대해 생각해보자. 여성과 노동을 한데 묶어 낭만적 사랑과 행복한 가정이라는 서사 속에서 재생산을 위한 식민지로 만든 근대 가부장제의 기획이라고 거창하게 말할 수 있겠다. 이 가부장제 기획은 도시 노동자, 핵가

---

13) 위의 책.

족, 아파트 문화 등등 어디에고 스며들지 않은 데가 없으니, 공단 노동자 출신인 여성 작가 신경숙의 토대는 이러한 기획을 가장 잘 전복하고 해체할 수 있는 자리가 될 수도 있었다. 그러나 결과는 정치의식이 부재한 채 나의 '당신'에게 골몰하는 신경숙 문학만큼 이 기획에 적합한 것은 없었다. 『외딴방』의 정치 선언은 왜 이렇게 되었는가를 극적으로 보여 주는 선언이다.

> 몰라, 오빠. 나는 그런 것들보다 그때 연탄불은 잘 타고 있었는지, 가방을 챙겨 들고 방을 나간 오빠가 어디 길바닥에서나 자지 않았는지, 그런 것들이 더 중요하게 느껴져. 그때 왜 그렇게 추웠는지 말야. 김치를 꺼내다가 잘라서 접시에 올려서 밥상 위에 얹으면 살얼음이 끼어 쭉 미끄러지곤 했어. 그릇이 깨지고 김치가 사방으로 흩어졌었지. 오빠. 그때 내가 정말 싫었던 건 대통령의 얼굴이 아니라 무국을 끓이려고 사다놓은 무가 꽝꽝 얼어버려 가지고 칼이 들어가지 않은 것 그런 것들이었어. 눈이 내린 아침에 수돗물을 틀었을 때 말야. 물이 얼지 않고 시원스럽게 나와주면 너무 좋았고, 안 그러고 얼어서 나오지 않으면 너무 싫고 그랬어. 내가 문학을 하려고 했던 건 문학이 뭔가를 변화시켜 주리라고 생각해서가 아니었어.[14]

이 몰정치성과 사적 친밀성의 세계, 어떤 전복도 없는 따스함이야말로 여성 이데올로기가 여성에게서 바라는 것이며 나아가 가부장적 근

---

14) 위의 책.

대가 자기 땅에서 유배된 자들을 만들어내는 방식이 아닐까?

작가가 어떻게 생각하든 문학은 사회를 변화시킨다. 공동체성이 삭제되고, 비판이 사라지고, 오빠에게 따뜻한 밥상을 차려 주지 못하는 것만이 가장 싫었던 이 소녀의 이야기가 작가의 입으로 고백되고 발설되면서 시민권을 얻을 때 이 시민권은 실제로는 행사될 수 없는 권리가 아니었겠는가. 사람들이 공동체적 연대를 잃어버리고 사적 이익을 위해 살아갈 때 사회 유동성이 줄어들고 비정규직이 늘어나고 양극화가 심화되고 하는 것을 아무도 보지 못한다. 말의 역설적 의미에서 중심은 텅 비어버린 것이다. 현실을 살고 사유하는 자만이 주체를 재건할 수 있다. 어떤 형식으로 말하건 리얼리즘은 공동체의 것이다.

세계 명작 전집을 통해 문학이란 무엇인가를 배워온 작가들의 내면 세계가 저절로 위계적인 지방문학의 자리에 있듯이 극도의 사사로움을 문학의 이름으로 상찬해 온 문학판 87년 체제는 민주화 이후의 민주주의를 내용 없는 아름다움으로 채우는 데 골몰해 버렸다. 이것이 결국 정치의 문제가 왜 아니겠는가. 이렇게 주장하는 또 하나의 이유는 출판 자체가 한국의 근대 시민 사회 구축에 차지한 역할 전반을 뒤흔드는 문제이기도 하기 때문이다.

폴라니가 『거대한 전환』의 첫머리에서 경고한 바와 같이 자본주의라는 제도는 사회를 시장으로 대체해 버림으로써 시민 사회를 파괴하기 때문에 무섭다. 표절 자체보다 표절에 대응하는 태도에서 더 많은 절망감이 밀려오는 이유이기도 하다. 표절 옹호가 필요했던 유일한 이유는 창비와 문동이라는 섹트의 보존에 있다. 그것은 천정환이 『말과 활』에서 지적했듯 사적 이익을 공적으로 포장한 섹트다. 문학장文學場은 어느

새 시장에 포섭되었다. 책임감의 몰각, 공적 영향력을 사적 자본의 이득으로 치환해 버리는 의식 자체는 식민지적 태도가 아닐까? 흔히 신자유주의라 불리는 초국가적 이념의 지배를 받는 것은 식민성이 아닐까?

시장에 포섭당해 남은 것은 상품 생산을 위한 일로매진一路邁進이다. 신경숙의 「우국」 표절 사태에 대해 이명원은 『에스콰이어지』와 인터뷰에서 상당히 인상적인 진단을 내리고 있다.

> "신경숙 씨의 표절은 상당히 교묘합니다. 김후란 씨가 번역한 미시마 유키오의 「우국」 초판이 나온 게 1983년입니다. 1986년에 절판됐죠. 신경숙 씨가 「전설」을 발표한 건 1994년입니다. 「전설」을 발표할 당시 한국에서 「우국」을 한국어로 본 독자들은 거의 없었을 거란 추측이 가능합니다. 그런데 1996년에 이문열 씨가 세계 문학 선집에서 「우국」을 번역해 수록해요. 그때 「전설」과 「우국」의 유사성이 처음 발견됐죠." 표절 대상을 치밀하게 고른 흔적이 있단 얘기다. "게다가 신경숙 씨는 「전설」뿐만 아니라 「딸기밭」 역시 명백한 표절 의혹에 연루됐잖아요. 반복성이라는 측면에도 주목해야 합니다."[15]

신경숙은 왜, '교묘'하게, '반복'적으로 표절에 연루된 것일까. 그렇게 생산된 상품이 유통되어 누군가에게 '기쁨을 준다면' 존재해 버린 것에 대해 느끼는 한없는 비겁함은 친일하지 않은 사람 누가 있느냐는 정치

---

15) 신기주, 「이명원 인터뷰—표절은 어떻게 은폐되는가」, 『에스콰이어』 8월호, 2015.

적 비겁함처럼 작동하기 때문이다. 한국 대표 작가를 흔들지 말라는 언설들이 당당하게 발화되는 비겁함. 내 안에도 가득한 이 비루한 식민성이여! 그러나 최소한 나는 저항한다.

문학판 1987년 체제의 침몰과
신경숙 표절 사태

1. 표절을 바라보는 방식

신경숙 표절 사태에서 가장 아픈 지점은 표절이 아니다. 표절은 작가로서 심각한 결격 사유이지만 더 본질적인 층위에서 아픔이 밀려온다. 신경숙을 둘러싸고 '표절인 듯 표절 아닌 표절 같은' 온갖 소음을 만들어 내고 있는 망가진 문학판을 바라봐야 할 때다.

이러한 사태에는 문학장文學場의 구조적, 제도적, 그리고 반복된 습관이 뭉쳐 있다.[1] 문제의 출발점은 1990년대로 거슬러 올라간다. 1990년대에 접어들면서 한국 사회 전체에 밀어닥친 변화의 물결에 문학 또한

---

1) 이 대목과 관련하여 신경숙 표절 관련 1차 토론회에서 오창은이 잘 정리했다. 오창은은 「신경숙 표절에서 문학 권력의 문제」라는 발제에서 문학 권력이 어떻게 작동해 왔고 문학 제도의 모순은 어떤 것인지 말하고 있다(「최근의 표절 사태와 한국 문학 권력의 현재」, 『문화연대 · 한국작가회의 긴급토론회』, 2015. 6. 23.).

심하게 휘말렸다. 이 변화로 빚어진 오늘날의 파국적 결과를 '문학판 87년 체제의 침몰'이라 부르고자 한다.

1990년대 이후의 문학판을 소급 명명하는 '문학판 87년 체제'는 지난 20여 년에 걸쳐 상업주의 출판장에 종속되고 말았다. 현실 사회주의권 체제 전환이라는 사태 앞에서 민중 문학으로 명명되는 그전 시대의 문학을 성찰하는 일도 엄밀하게 진행되지 않았다. 상업 출판의 졸렬한 마케팅과 불철저했던 비평가들의 악수握手/惡手가 다름 아닌 신경숙이었다. 그의 대표작인 『외딴방』은 여성과 노동, 모더니즘과 리얼리즘의 부러진 접합점으로 한껏 격상되었으나 과연 정당한 평가였는지 다시 묻지 않을 수 없다. 뒤늦게 게임값을 청구 받은 한국 문학의 비루함을 솔직하게 대면할 수 있어야 한다.

문학판 87년 체제의 한계는 문학장文學場의 담론을 지배하는 주류 출판사들과 거대 언론의 유착에서 비롯되었다. 이 때문에 문학은 지배 이데올로기의 공고화에 동원되고 말았다. 이 모든 일에 반응하는 나의 방식이 지금 이 사태를 대하는 일반적 독자의 방식과 다르다는 점이 당혹스럽다.

신경숙은 1990년대 중반 이후 한국 문학의 문제적 상황을 비판할 때마다 핵심 표적이었다. 그러나 문단 일각에서 간절하게 외친 "신경숙은 문제 있다."라는 외침이 오늘의 "표절했다."만큼 크게 울려 퍼진 적은 없었다. 시대가 변한 것일까, 아니면 아서 쾨슬러Arthur Koestler식으로 말하면 깨달음에 다다르는 사회적 진도가, '대중의 상대적 성숙'이 이제야 거기까지 왔기 때문일까. 뿌리가 깊고 넓게 뻗어 있는 풀처럼 겉보기엔 단순해 보이는 표절 사태를 캐어 내기 녹록치 않다.

2. 1990년대, 그때 일어난 일들

1990년대에 접어들 무렵, 문학장文學場에는 두 가지 중대한 사건이 발생했다. 하나는 포스트모더니즘 열풍이고 다른 하나는 급격한 상업화였다. 6월 항쟁과 대통령 직선제의 쟁취, 노동자들의 대투쟁, 그리고 현실 사회주의권의 체제 전환. 이러한 정치 경제적 격변 속에서 문학은 출판 환경의 변화와 문학 담론의 변화라는 두 겹 사태와 맞닥뜨렸다. 억눌렸던 정치적 갈망이 새로운 서사 갈망으로 폭발했고 이에 부응하여 문학 시장 자체도 커졌다.

당시는 민주화 이후 시대의 새로움에 대한 추구가 문학에서도 가장 뜨거운 화두였다. 가장 거대한 규모의 새로움은 거대 서사가 억압했던 것들의 귀환을 내세우며 등장한 '포스트모더니즘'이라 불리는 사조다. 이식 문학으로 시작한 우리의 근대는 모더니즘 지향성과 전통 지향성이 공존한다고 정리한 것은 김윤식 교수다. 물론 그는 일제 강점기 문학을 일컬었던 것이지만 이 두 경향은 1960년대의 순수·참여 문학 논쟁 속에도 미약하나마 모습을 바꾸어 되풀이되었다. 1980년대 들어서는 교과서 문학과 민중 문학이라는 형식으로 여전히 대립했다. 그러다가 흡사 거대한 변증법적 종합의 외양을 하고 포스트모더니즘이 밀려왔다. 문학잡지를 끼고 있는 여러 출판사가 앞다투어 '새로움'을 판매하기 시작했다. 거대 서사의 시대는 끝났다, 이제는 거대 서사에 억눌린 것들이 귀환해야 할 때라고 포스트모더니즘이 주장하고 나섰다.

그러나 이는 다분히 민중 문학에 눌려있던 모더니즘 진영의 알리바이로 악용된 감이 없지 않다. 민중 문학은 분명 모더니스트들에게는 억압이었지만 민중 문학 그 자체가 억압을 준 것은 아니었다. 다른 방식으로 저항할 수 있는 여지를 만들어 내지 못한 채 정치 권력에 투항하거나 비정치성의 방패 뒤로 숨어 버린 주류 모더니스트들 자신의 문제였다고 보아야 한다. 그때 그들은 억눌린 것들이 귀환해야 한다는 명분 아래 미시 서사, 일상성, 내면성을 외쳐도 괜찮을 만큼 충분히 순결했던가. 주류 모더니스트들은 정치적으로 허약하기 짝이 없었다. 그럼에도 포스트모더니즘의 습격은 문예지들끼리의 공방을 넘어 매스컴의 지원을 업고 전방위로 진행되었다.[2]

동구권과 구소련의 체제 전환이라는 사태를 앞에 놓고서 당시 리얼리즘 문학 진영이 공황 상태에 빠져들었다는 것을 말하지 않을 수 없다. 그 이유가 지금도 의아하지만 주류 언론들이 마구잡이로 유포하던 역사의 종언이라는 후쿠야마식 단정에 저항도 못 하고 그냥 주저앉아 버린 것 같다. 일부는 문화 연구로 갔고, 나머지 일부는 후일담 문학에 빠져들었고, 나머지 대부분은 민중을 대중으로 너무 수월하게 바꿔치기하며 포스트모던 사회로 진입을 선포해 버린 듯하다. 한국의 맥락에

---

2) 나는 1990년대 초반 『문학정신』과 『외국문학』을 발간하는 열음사 편집장이었다. 이 두 잡지는 포스트모더니즘 담론들을 지속적으로 소개하고 그로써 한국 문학의 활로로 삼고자 했다. 모더니즘의 엘리트주의와 서구 중심주의에 반대한 미국 소설가들의 포스트모더니즘이 타락한 한국 모더니즘과 협소한 한국 리얼리즘을 종합하여 새로운 리얼리즘으로 나아갈 실천적 길라잡이가 될 수 있다고 생각했다. 당시 편집진은 포스트모더니즘 논의가 당대 문학의 현장성을 떠나 허공에 뜬 담론으로 이탈하는 것을 몹시 경계했다. 그러나 몹시 빠르게 이 담론이 유행하게 되면서 미국에서 발생한 포스트모더니즘 문학 비평이 아니라 유럽의 철학적 포스트모더니즘 담론이 같은 이름을 달고 마구 수입되어 일종의 문학적 코르사주가 되는 것을 목도해야 했다. 변방의 슬픔이었다. 현지에서는 첨예한 논쟁을 통해 검증된 이론들이라도 우리나라에서는 탈정치적일 수밖에 없었던 담론들이 조선일보 등 매스컴의 지원을 등에 업고 빠르게 대세를 이루었다.

서 민중 문학이 1980년대에 이미 획득한 정당성을 허물어야 할 이유는 전혀 없었는데도 말이다. 모더니즘 또는 포스트모더니즘의 승리가 아니라 리얼리즘의 자멸이었다.

이런 견지에서 1990년대 초 출판 시장의 확대를 다시 살펴볼 필요가 있다. 1988년 출판사 등록이 허가제에서 신고제로 바뀌면서 출판사 설립이 매우 자유로워졌다. 1인 출판사를 포함하여 수많은 출판사가 난립하면서 경쟁이 치열해졌다. 출판사의 경쟁을 주도한 것은 대하소설 붐이었다. 금기시되었던 '좌익의 역사'가 『태백산맥』, 『남부군』 같은 소설로 등장해 사람들의 타는 목마름을 축였다. 과거를 다시 묻는 소설들이 등장하고 심지어 역사적 인물을 소재로 한 소설들이 줄을 이었다.[3] 정치가 억압하고 은폐했던 것들을 시장의 요구로 서사적 갈망이 담아내었다. 문학잡지와 단편 소설, 신문 연재와 장편 소설로 크게 구분되던 소설 시장에 전작 장편 소설이 등장하고 전업 작가라는 말이 심심찮게 거론되었다. 주로 남성 독자들로 구성되었던 독자층에 여성 독자가 대거 유입되었다. 이 모든 것들을 한마디로 요약하면 '문학 시장의 등장'이라 할 수 있다.

1990년대에 들어서 가장 크게 변화한 점이 바로 광고를 통한 적극적 독자 창출이었다. 1000만 부 판매를 돌파한 『태백산맥』을 비롯해 대하

---

3) 역사 소설 붐은 대하소설 붐과는 약간 다른 정치적 층위에서 분석해야 한다는 점은 일단 지적해 두고 싶다. '과거사'로 통칭하는 근대사의 불행한 장면들의 재현과 달리 당시 쏟아져 나온 다양한 역사 소설들이 지닌 '국수주의적' 특성들에 대해서는 그다지 성찰하지 않은 것 같다. 이런 시각에서 창비의 경제난을 타개해 준 『동의보감』이 남긴 것이 무엇이었을까 생각하게 된다. 앞질러 가자면 대하소설의 형식으로 등장했던 아픈 현대사에 대한 관심을 역사 소설 붐이 허구의 역사로 돌리는 역할을 해 버린 것은 아니었을까?

소설들이 출판사의 규모를 키웠다. 그러나 규모가 커진 출판사들은 또 규모를 유지하기 위해 '팔리는 소설'을 펴내고 적극적으로 광고하지 않을 수 없었다. 이런 가운데, 새로운 서사를 제공할 새로운 작가를 향한 갈증 또한 커졌다.

물론 출판 규모가 커지면서 상업화되고 저널리즘의 영향력이 증대되고 있었다 하더라도 당시 문학의 고민은 "표절해도 좋다. 잘 팔리기만 해다오." 수준은 아니었다. 1990년대 전반부는 서사 갈망이 폭발시켜 놓은 문학 시장에서 헤게모니를 쥐고자 하는 담론적 각축이 치열했다. 짧은 황금기였다. 『현대문학』과 『문학사상』이라는 전통적 문학지뿐만 아니라 『문학과사회』, 『창작과비평』이라는 양대 비평지와 『실천문학』이라는 특별한 운동지, 『세계의 문학』과 『외국문학』이라는 담론 중심적 문예지가 있었으며 『문학정신』, 『작가세계』, 『한길문학』 등이 새로이 등장했다. 그밖에도 가히 문예지의 백가쟁명이라 할 만큼 많은 문학잡지가 발간되었다. 잡지에 연재하고 같은 출판사에서 단행본으로 펴내는 관행이 정착한 것도 이 시기다. 소설가의 등단 경로에 신인 문학상 전작 장편 형식이 추가된 것도 이 시기다. 지금의 문학판과는 사뭇 다르게 다양한 가능성으로 가득 찼던 때가 1990년대 전반기였다.

그러나 더 중요한 변화가 시작되고 있었다. 출판사의 상업주의화가 가속되면서 비평의 주도권이 강단 또는 전문가적 비평에서 신문지상의 짧고 아포리즘적인 저널리즘 비평으로 넘어가고 있었다.

어떤 의미로는 1990년대 전반기는 한국 문학이 본격 문학으로 존재하던 최후의 시기였다.

3. 다시 문제는 리얼리즘이었는데

민중 문학과는 주제도 기법도 정체성조차도 아무 상관없는 신경숙은 어떻게 해서 창비의 비호를 받는 작가가 되었을까? 이 과정이야말로 1990년대 초반의 포스트모더니즘 논쟁에서 한국 문학이 길을 크게 잘못 든 결과라고 생각한다. 신세대 작가군의 일원으로서 나름 문학성을 인정받고 『깊은 슬픔』으로 상업적 가능성 또한 크게 인정받은 신경숙이지만[4] 문학 출판의 상업화와 결부시켜 바라보아도 뜻밖의 전개다.

이에 대해 하나의 단초를 백낙청의 「지구시대의 민족문학」이라는 글에서 찾을 수 있다. 백낙청 교수는 이 글에서 신경숙을 모더니즘 작가로 예단하고 논의의 대상에서 지워 버리는 것을 반대한다. 그리고 신경숙의 재현 방식을 새로운 리얼리즘의 모색으로 평가한다. 신경숙 문학의 '리얼리즘화'가 여기서 시작된 셈이다. 이는 장차 『외딴방』에 만해 문학상을 수여하는 데까지 이르게 된다. 백 교수의 주장을 살펴보자.

"어디까지나 창조성이 먼저고 실사구시, 지공무사가 먼저이며 '재현'은 그에 따라오는―각 분야마다 다른 방식과 비중으로 따라오는―성과임을 거리낌 없이 인정하는 리얼리즘론"의 필요성이 절실한 것이다. (…중략…) 아무튼 발자끄건 디킨즈건 똘스또이건, 세계 문학에서 리얼리즘 소설의 대가로 꼽히는 작가치고 당대에 소설기

---

[4] 『깊은 슬픔』은 문학성보다는 홍보로 성공한 사례가 아닐까 싶다. 당시 인기 드라마 「서울의 달」 여주인공 채시라가 이 소설을 읽으며 눈물짓던 장면은 지금까지도 또렷하게 남아 있다.

법의 혁명적 쇄신을 수행하지 않은 이는 없다. 그런 뜻에서 오늘날 한국의 소설가들이 '리얼리즘 재생의 모색'에 어떤 이바지를 하고 있는지를 점검하기 위해 새로운 재현기법의 탐구가 얼마나 진행되고 있는지를 살펴보는 것이 한 가지 방법이겠다.[5]

이 평문에서 백 교수는 '사회주의 리얼리즘'이 현실 사회주의의 체제 옹호적 문학이 되어 지구 시대 민족 문학의 방법론이 될 수 없음을 주장한다. 신경숙의 『풍금이 있던 자리』에 수록된 여러 편의 소설들을 분석하면서 모더니즘으로 분류된 작가라고 미리 내치지 말 것을 주문하는 한편 신경숙의 표현 기법을 새로운 리얼리즘적 재현 방식으로 해설한다. 그런데 '재현'에 대한 관심은 무엇을 재현할 것인가와 언제나 결부된다. 따라서 새로운 리얼리즘이 새로운 재현 방식과 함께 간다는 것은 이론의 여지가 없다. 하지만 새로운 표현 기법이 곧바로 새로운 재현이 되는 것은 아니다. 재현이란 좀 더 깊은 층위에서 세계를 해석하는 방식이며 세계를 구축하는 원리이다. 세계 해석에 대해 새로움이 없는 재현을 새로운 리얼리즘이라 부를 수 없다. 신경숙에 대해 의미 부여하는 백 교수의 리얼리즘 정의 자체를 의심하게 된다. '어디까지나 창조성이 먼저이고 실사구시, 지공무사가 먼저'라고 한 자신의 규정에 비추어 보아도 극도로 사적인 신경숙 소설을 리얼리즘적 '재현'의 한 형태라 부르는 것은 과하다.

신경숙 표절을 옹호하여 물의를 빚었던 윤지관은 포스트모더니즘의

5) 백낙청, 「지구시대의 민족문학」, 『창작과비평』 가을호, 1993, 105~106쪽.

습격 앞에 리얼리즘 진영의 태세를 재정비하고자 기획했던 「다시 문제
는 리얼리즘이다」라는 글에서 새로운 리얼리즘의 모색에 대해 이렇게
말한다.

　　이처럼 노동계급을 주축으로 하는 반파시즘 통일전선의 형성이
90년대의 주된 당면 과제로 제기되는 만큼 문학적 리얼리즘의 전
략 또한 이 같은 전망에 기초해 꾸려질 필요가 있다. 다시 말해 파
시즘 체제에 반대하는 모든 문학적 역량을 동원하고 이를 리얼리즘
의 구도 속에 배치하는 것이다. 따라서 전체적으로 노동 계급의 관
점에 기초한 리얼리즘 양식을 지향하는 가운데 왜곡된 자본주의
현실에 대한 비판적 리얼리즘의 건강한 비판기능은 그것대로 형성
하는 데 인색해서는 안 될 것이다.
　　90년대를 여는 지금의 시점에서 리얼리즘의 문제가 이론적, 실천적
차원에서 심화, 확산되어야 할 과제로 제기되고 있음은 분명하다. 실제
리얼리즘론을 위한 논의에는 현실에 대한 과학적 이해, 즉 사회성격,
계급구성, 변혁과제의 설정, 국민운동의 방향 등에 대한 이해와, 리얼리
즘의 미학적 원리, 전형과 총체성의 문제, 문학적 창조성의 기능, 대중
화 문제 등 해결해야 할 문학 이론상의 과제도 적지 않다. 또한 이러한
이론적 모색에 못지않게 중요한 것은 실제 창작의 성과를 유도하고 이
를 리얼리즘의 시각에서 자리매김하는 일이다.[6]

---

6) 윤지관, 「다시 문제는 리얼리즘이다」, 『다시 문제는 리얼리즘이다』, 실천문학사, 1992,
23쪽.

백낙청 교수의 「지구시대의 민족문학」과 윤지관의 「다시 문제는 리얼리즘이다」 사이에는 매우 본질적인 괴리가 있다. 「다시 문제는 리얼리즘이다」에서 민족 문학 진영 평론가들이 주장한 바를 창작 방법적 측면에서 확장해 본 시도라고 본다 하더라도 '유부남과 사랑에 빠진 여자', '불륜녀'가 '아름답게 정신 차리는 이야기'를 복잡한 방식으로 재생하는 『풍금이 있던 자리』가 새로운 리얼리즘의 모색이 된 연유를 여전히 알기 어렵다.[7]

결국 백 교수의 글은 『외딴방』을 창비에서 징발할 수 있는 논리적 징검다리가 되었다. 이를 위해 백낙청 교수는 신경숙 문학을 리얼리즘의 자장 속으로 끌어들이는 한편, 리얼리즘에 작가의 자기 반영적 글쓰기라고 하는 포스트모더니즘 특유의 방법론을 덧입혔다. 그리하여 『외딴방』에 이르면 노동 계급의 관점에 기초해야 한다는 주장은 전직 여성 노동자 출신의 작가라는 소재주의에 자리를 내어주고,[8] 왜곡된 자본주의 현실에 대해 비판 대신 현실 무지를 고백하는 작가의 고뇌에 찬 '글쓰기의 어려움'을 상찬하는 것으로 바뀐다.

---

7) 불길하게도 신경숙을 선택한 아버지 평론가들의 내면에 가부장제를 거부하는 페미니즘에 대해 무의식적 배척이 있었음을 의심하게 된다.

8) 이 소재주의는 운동권 대학생 출신들의 후일담 문학과 묘하게 짝을 이룬다. 창비는 최영미의 『서른, 잔치는 끝났다』를 펴내며 후일담 시 문학의 상업화를 시도한 일이 있다. 최영미의 시집은 시인의 프로필을 크게 내세운 대대적인 신문 5단 통광고와 발간되었다. 발랄한 어법과 과감한 소재가 눈길을 끌기는 하지만 이념적으로 보면 현실 사회주의 몰락과 더불어 운동권도 끝났다는 입장이다. 이 시집과, 세상은 정신없이 돌아가도 나는 오빠에게 먹이고 싶은 무국을 끓일 무가 꽝꽝 언 것이 더 신경 쓰였다는 『외딴방』의 '나'의 입장은 본질적으로 같다. 단순한 상업주의적 선택만은 아니다. 창비의 입장 변화의 조짐이 읽힌다.

그렇다고 신경숙에게 '노동소설'을 계속 쓰라고 주문하는 것이 아님은 물론이다. 『외딴방』 자체가 '노동소설'만은 아니려니와 도대체 소재 위주의 이런 분류가 큰 의미를 갖지도 못한다. 다만 '그들의 의젓한 자리를 세상에 새로이 낳아주'는 작업만은 어떤 식으로든 계속되어야 할 것이며, 이는 당연히 『외딴방』에서처럼 작가 자신을 변화시키는 일이 되고 『외딴방』의 틀조차 깨면서 글쓰기에 대한 신실한 물음을 지속하는 작업이기도 하다.[9]

백낙청 교수가 나서서 이렇게까지 이야기하는데 신화가 되지 않으면 오히려 이상하지 않을까. 비평과 해설의 경계를 허물어 버린 이 글은 나중에 『외딴방』 재판再版의 해설로 실린다. 판매를 위한 매개로, 주례사 비평의 지위로 격하된 셈이다. 리얼리즘과 모더니즘이라는 상반된 세계관, 여성과 노동이라는 서로 겹치고 헤어지는 주체의 부러진 접합이 아닐 수 없다.

결국 1990년대 전반부 포스트모더니즘과 리얼리즘 사이의 경쟁은 모더니즘 진영에 속한 신경숙을 창비가 모셔 가면서 출판 상업주의의 승리, 다른 말로 하면 '시장 리얼리즘'의 승리로 끝나 버렸다.[10]

---

9) 백낙청, 「『외딴방』이 묻는 것과 이룬 것」, 『창작과비평』 가을호, 1997, 250쪽.
10) '시장 리얼리즘'은 백낙청이 「지구시대의 민족문학」에서 인용했던 알리Tariaq Ali의 말이다. 알리는 "'오늘의 서방세계에는' 사고와 양식의 획일화 경향이 늘어나고 있다. 쓸데없는 것들이 최고의 위세를 누리고 문학은 흥행산업의 일부가 된다. '사회주의 리얼리즘' 대신에 우리에게는 '시장 리얼리즘'이 있다. 후자가 자발적으로 떠맡은 질곡이라는 점이 다를 뿐이다."라고 말했다(백낙청, 「지구시대의 민족문학」, 『창작과비평』 가을호, 1993. 93쪽 각주에서 재인용.).

4. 조선일보와 문학 권력

다음으로 중요한 문제는 1990년대 전반의 담론적 각축을 무력하게 만들어 버린 『문학동네』의 등장이다. 창비와 문지라는 두 아버지 권력의 자장으로부터 문학을 구해야 하지 않겠는가라는 말은 문학동네의 최초 편집 위원들이 사석에서 자주 했던 이야기로 기억한다. 그러나 『문학동네』의 출범은 아버지 살해라는 전형적 문학사의 전개였다기보다 비평의 헤게모니가 강단에서 언론으로 넘어가고 있던 1990년대의 문학판 상황에 대못을 박는 일이었다. 『문학동네』의 최초 편집 위원이었던 남진우와 이문재, 박해현은 각각 1990년대 전반을 주름잡던 저널리스트 평론가들이었다. 남진우는 내외경제의 문학 담당 기자였고, 이문재는 시사저널의, 박해현은 조선일보의 문학 담당 기자였다. 이들이 지닌 문단 권력은 김윤식이나 백낙청으로 대표되는 기존의 문학 권력에 결코 뒤지지 않는다. 더구나 여기에 상당한 자본력을 갖춘 새로운 잡지가 가세한 것이다. 이 중에서도 특히 조선일보 박해현 기자가 『문학동네』 편집 위원이 되었다는 사실은 이후 『문학동네』의 약진과 『문학동네』가 키우려는 여성 작가들의 약진을 설명해 준다.

1990년대가 저물 무렵인 1999년 4월, 계간 『인물과 사상』에서 별책 부록으로 『조선일보를 아십니까』라는 책을 발간했다. 한국 사회의 심층 구조에는 조선일보라는 괴물 권력이 도사리고 있다는 사실을 전방위적으로 폭로했던 책이다.[11] 조선일보가 1990년대 들어 문화 권력의 핵심

---

11) 이 책의 연장선상에서 장차 '안티조선 우리모두'가 결성되고 언론 개혁을 화두로 내세운 노사모가 결성되었다. 그러나 조선일보와 문단 사이의 끈적거리는 유착 관계가

이 된 것은 87년 체제가 드러낸 가장 취약한 결함의 결과라고 말할 수 있다. 새로이 형성된 문학 권력이 조선일보라는 거대 언론과 유착한 일, 강단 비평에서 저널리즘 비평으로 중심이 옮아가 버린 비평이 점차 주례사 비평이 되어 버린 일, 대학 사회의 무기력, 먹고 살아야 하는 출판사의 현실 등등이 복합적으로 작용하면서 정치권력이 약해진 자리에 조선일보가 새로운 권력으로 등장하게 된 것이다.

조선일보는 전두환 정권 7년 동안 비약적인 성장을 했다. 1980년대 초반 업계 3~4위이었던 이 신문은 전두환 시대를 거치며 1980년 대비 1997년 매출액 428%, 1979년 대비 1987년 자산 총액은 927%나 증가했다.[12] 이 이유를 김동민은 다음과 같이 말한다.

> 조선일보는 전두환 정권을 맹목적으로 지지 옹호해주고, 그 대가로 톱뉴스가 될 만한 고급정보를 독점적으로 공급받는 구조를 구축했다. 이것이 바로 그러한 비약적인 성장의 배경이 되었으며 이 구조는 김영삼 정부에까지 이어진다. 유신 때부터 정계에 진출해 있는 김윤환을 비롯하여 허문도, 최병렬, 김용태, 주돈식, 김철 등 조선일보 출신들이 정부 여당의 주요 요직에 배치됨으로써 자연스럽게 유착구조가 형성된 것이다. 고급 정보의 독식은 독자를 늘리고 이에 따라 높은 단가의 광고를 확보하는 데 결정적인 작용을 한다.[13]

폭로되었음에도 정작 문학장文學場의 변화가 있었다는 흔적은 없다.

12) 이미정, "언론의 문화 권력화에 대한 연구", 성균관대 석사 논문, 1999, 10쪽.

13) 김동민, 「역사가 말하는 조선일보의 진실」, 『조선일보를 아십니까』, 개마고원, 1999, 86쪽(위의 논문, 10쪽에서 재인용).

1980년대에 정권과 가장 유착했던 신문이 어떤 제재나 반성도 없이 여전히 최다 부수를 자랑하는 신문으로 존재할 수 있었다는 것은 일제 하 천황 만세를 외친 이 신문이 제호도 바꾸지 않고 계속 발간된 것만 큼이나 놀라운 일이기는 하다.

언론을 흔히 매개의 권력이라 부르는바, 지나치게 많은 정보가 주어질 때 이를 선별하여 독자에게 매개하는 권력이 강해질 것은 당연한 이치다. 그런데 그 정보들을 선별해 현실을 재구성하여 자신들이 원하는 사회상으로 '재현'하는 것이 실제로 언론이 하는 일인데도 독자들은 생각보다 무관심하다. 매스컴은 그 매커니즘의 속성상 '저절로' 지배 이데올로기를 강화하는 방향으로 움직인다고 스튜어트 홀Stuart Hall이 말했지만 조선일보는 의식적으로 그렇게 한다. 지금도 조선일보가 극우 편향적 신문이라는 것은 어지간히 알고 있다. 그러나 조선일보가 초문화 권력임을 아는 사람은 생각보다 많지 않다.

'삼백만 부의 부수를 자랑하는'[14] 신문이 지닌 홍보 효과는 엄청난 것이어서 출판사들이 조선일보 지면에 자신들의 책을 소개하려는 노력을 얼마나 열심히 했을까는 거론할 필요조차 없다. 그러나 문학동네 출판사가 출범한 1993년부터 1999년까지 조선일보에 실린 문학 전문 출판사 관련 기사들을 분석한 이미정에 따르면 조선일보 지면에 주로 등장한 출판사의 수는 많지 않다.[15] 그중에서도 민음사와 문학동네가 단

---

14) 당시 조선일보는 관용적으로 자신들의 발행 부수가 삼백만 부라고 하곤 했다. 그러나 실제 조선일보의 영향력은 삼백만 부를 훨씬 넘어 막강하다. 이는 문민정부 시절 김정남 교문 수석에 대한 사상 검증과 낙마, 국민의 정부 시절 최장집 교수에 대한 사상 검증과 낙마로 이어지는 정치적 기동으로 충분히 증명되었다.

15) 이미정, 앞의 논문, 50~54쪽 참조. 이 시기 중요한 문학 전문 출판사 가운데 지면에

연 앞서고 창비가 그 뒤를 잇는다. 이 기사들의 질을 따져 보면 한국 출판 역사의 산증인이라 할 수 있는 민음사에 대한 대접보다 문학동네와 창비에 대한 대접은 비교할 수 없을 정도로 후하다.

문학동네의 일본문학 시리즈가 발간되자 조선일보에서 일본문학 탐방 기획 기사를 실었다. 오비이락烏飛梨落이라고 말하기에는 그 시기가 너무 절묘하다. 또한 문학동네만이 출판계의 유일한 문화를 책임지는 회사인양 전면적인 인터뷰를 했는데, 그 배려가 엄청나다. 그러한 결과로 인해, 비단 그것이 전부는 아닐지라도 아주 많은 부분은 영향을 받았음이 분명한, 문학동네는 창립한 지 4년 만에 명실상부한 문학 전문 출판사에다 문단을 선도하는(!) 출판사로 자리 잡게 되었다.[16)]

그런가 하면 같은 논문에서 이미정은 빈도수에서는 민음사보다 훨씬 덜하지만 기사의 지면 크기나 대접에서 조선일보가 창작과비평사에 대단히 우호적이라는 점도 지적하고 있다.[17)] 이미정은 이 관계를 표로 만들어서 다음과 같이 제시했다.[18)]

많이 등장한 출판사 다섯 군데를 꼽아보니 민음사 272회, 문학동네 249회, 솔 출판사 33회, 창작과비평사 30회, 문학과지성사 24회 순이다.

16) 위의 논문, 51쪽.

17) 위의 논문, 53쪽.

18) 위의 논문, 55쪽.

조선일보	문학동네	창작과비평사
* 조선일보는 문학동네의 이미지를 통해 자신들의 이데올로기를 공고화한다. 즉 사회의 기존질서를 변화시키기보다는 유지시키고자 한다. 또한 문학동네의 잘 나가는 작가들을 후원해 주며 자신들의 지지자로 만든다. 또한 역으로 그들을 통해 조선일보의 상품성을 보장받고자 한다. * 기존 창작과비평사의 진보적인 이미지를 통해 새로운 소비자가 된 386세대들에게 기존의 보수우익이라는 자신들의 이미지를 탈피한 것처럼 보이고자 한다. 나아가 자신들은 다양한 문화를 소개하는 열린 매체라는 이미지를 유포한다.	* 조선일보의 막강한 영향력에 편승해 자신들의 상품성을 확대시키고자 한다. 또한 자신들이 의도하는 출판의 방향성을 공고화하고자 한다. 그 결과로 파생되는 힘을 통해 문단에서 일정 정도 힘을 행사하고 유지시키고자 한다.	* 조선일보의 막강한 영향력을 이용해 출판물의 판매 향상과 영향력을 증대시키며, 그와 더불어 상업적 이익을 얻고자 한다.

이러한 유착의 수혜를 가장 많이 입은 작가가 문지, 창비, 문학동네를 오가며 책을 낸 신경숙임은 불문가지이다. 또한 이러한 유착 속에 비평의 활력이 점점 떨어지는 것 또한 불문가지이다. 비평이 점차 해설로 변하고, 즉 비판 없는 비평이 되고, 그런 한편 난삽한 담론의 자기과시로 변질된 것은 어찌 보면 출판 자본의 도구가 된 문학 담론의 예견된 몰락이라 할 수 있다. 하다못해 신문에 이름 한 번 올리고자 해도 특정 에콜, 특정 출판사와 유착되지 않으면 어려운 것이다. 2002년 발간된 『주례사 비평을 넘어서』[19]는 이러한 현실에 대한 비평계의 자구 노력이었으나 성과를 거두지 못했다.

---

19) 김명인 외, 『주례사 비평을 넘어서』, 한국출판마케팅연구소, 2002.

5. 표절은 이제 작가의 윤리 문제가 아니라 독자—소비자 권리 문제

신경숙 표절 사건이 이토록 커진 것에 대해 창비 측의 표절 옹호가 더 큰 분노를 야기했다고 생각한다. 그런데 SNS를 검색해보면 문학 권력의 타락이 이 지경에 이르렀는가를 질타하는 문학장^{文學場} 내부의 목소리와는 조금 다른 측면이 드러난다.

창비의 표절 옹호 논리는 두 번째 사과가 있고 나서 다시 등장한 윤지관의 논리가 첫 번째 해명 논리와 다르지 않다는 것에 주목할 필요가 있다. "더 잘 고쳤으니 표절이 아니다."는 윤지관의 말은 굉장히 실용적으로 들린다. 문학에서 표절 문제는 근본적으로 윤리적인 것이다. 영향의 불안을 앓지 않는 작가를 과연 작가라 부를 수 있을까? 따라서 베껴 쓴다는 것은 본질적으로 대화를 요구하며 그 대화의 결과는 결코 표절로 나타날 수 없는 법이다. '더 잘'이 아니라 '다르게' 쓰지 않으면 아류가 될 수밖에 없다는 불안에서 자유로운 작가는 단언컨대 작가도 아니다. 윤지관은 이걸 정말 모르는 걸까? 그런데 이걸 상업적 국면에 가져다 놓으면 뭔가 이야기가 달라지는 듯하다. "비록 베낀 것이지만 진품 샤넬 가방보다 훨씬 바느질도 좋고 지퍼도 더 고급이에요." 당연히 팔 수 있다. '야매 시장'에선 더 인기가 있을 수 있다.

독자의 분노가 바로 이런 방향에서 예기치 않은 방식으로 나타났다는 점에 주목하지 않을 수 없는 이유다. 나 같은 문학 지상주의자에게는 신경숙 문학이 고평가되었다는 사실이 문제시된다. 표절은 자신이 받아야 하는 것보다 높은 평가를 유지해 가야 하는 신경숙의 예견된 파산이었다고 생각한다. 신경숙이 베껴 쓰기라는 방식으로 글쓰기를 연습했다는 사실은 그녀가 지향한 것이 문학이 아니라 글 생산이라는 점을 단적으로 드러낸다. 그리고 글 생산은 소설을 시대와 작가의 대화 또는 불화의 소산이 아니라 읽힐 수 있는 상품이라 여기는 태도나 다름없다. 신경숙 소설에서 작가 의식을 읽은 건 작품집 말미에 붙은 해설을 쓴 평론가들이었다. 물론 이러한 평가는 가혹한 데가 있다. 신경숙 소설은 그 많은 유명 평론가들의 상찬에 값할 정도가 아니라는 것이지 소설로서 기본을 아주 갖추지 못한 것은 아니다. 그래서 작품에서 표절을 읽어 내지 못하고 평론을 독자를 향한 광고 카피 정도로 생각한 비평가들이 이 책임을 함께 져야만 하는 것이다.

놀랍게도 이러한 생각과 정반대의 관점에서 신경숙 사태에 분노하는 독자들이 발견된다. 그들은 신경숙 문학의 달콤함과 가벼움을 자신의 취향에 맞는 문학 상품으로 소비했던 독자다. 그들의 분노는 "카피를 진품으로 속여 팔았다."는 불쾌함에 근거한다.

요약하면 이렇게 된다. 신경숙 문학이 달달하고 쓸데없는 연애이야기라도 상관없다. 그런 게 진품의 표지라며? 문학 전문가인 '너희들'이 훌륭하다 했으니 그건 너희들끼리 따져. 왜 가짜를 파는 거야?

대단히 생뚱맞은 그러나 현실적인 분노다. 신경숙과 창비가 한사코 '표절 아님'을 강변하는 배후에는 이러한 독자—소비자의 강력한 리콜 감정이 도사리고 있다. 이것은 이중의 전선이다. 문학에 대한 오래되고 낡은 존경심을 신경숙 판매의 가장 중요한 광고 문구로 사용한 창비와 문지와 문동은 바로 그 낡은 문학 정신으로 신경숙 문학이 가짜였다는 것을 추궁받는다. 한편, 상품으로서 신경숙의 가치에 대해 독자들의 평가가 변할 수 있다는 사실에 두려워해야 하는 처지가 되었다.

뻔한 말로 결론을 맺어야겠다. "신경숙이 표절했다."가 예전과 달리 큰 파문을 일으킨 것은 문학 소비자로서 독자가 자신의 권리를 침해당했다고 깨달은 덕분이라고 생각한다. 그러나 이 깨달음이 곧바로 '소비되는 문학'을 거절하는 일로 이어지는 것은 아니다. 또 다른 신경숙이 등장하거나 신경숙 자신이 '물의를 빚었던 연예인'처럼 일정한 자숙 기간을 거쳐 재등장하게 될 수도 있다.

스튜어트 홀이 지적한 대로 그 자체가 문화 권력이기도 한 언론은 메커니즘의 속성상 지배 이데올로기를 유지하고 유포하는 역할을 한다. 그 가운데서도 조선일보는 남다르게도 의식적으로도 그렇게 한다. 심지어 정치 권력이기까지 한 것이다. 강렬한 극우적 정치 성향과 아무런 정치색이 없는 신경숙 문학은 정말 어울리는 한 쌍이며 문학이 극우 정치에 어떻게 동원되는가의 극명한 사례이기도 하다. 체제에 도전하지 않는 개인적 기억의 서사, 아무런 위험도 없는, 심지어 정치적 위협뿐 아니라 남근 권력에 도전하지 않는, 주로 여성 독자의 감상적 지지를 받아 돈을 버는 이런 문학을 생산하는 신경숙을 한국의 대표 작가로 추켜세우는 것이야말로 '다른/새로운/위험한' 문학에 대한 가장 효과적인 억압이기 때문이다.

심지어 진보적 언론마저도 이러한 메커니즘에 문제의식 없이 문학과 문화에 대해 상투적 통념을 단순히 반복하는 방식으로 그럭저럭 연명해 왔음을 깨달아야겠다. 1990년대를 복기하면서 가슴이 조여 온다. 문학이란 인간 존재를 도구화하고 물신화하는 지배 이데올로기에 맞서서 존재의 가치와 의미를 복권해내는 작업이어야 한다. 이 고전적 주장을 그때도 했고 지금도 하고 있다. 하지만 패배했다. 그리고 앞으로도 계속 패배하지 않으리라는 보장이 없다.

글 말미에 이런 통속적 비교를 하고 싶은 만용을 용서해 달라. 어떤 이념에도 치우지지 않고 그냥 문학이면 된다는 식의 문학동네의 지향과 문학이 정치적이면 안 된다는 조선일보의 지향은 본질적으로 똑같은 것이다. 거기에 창비가 가세한 모습은 수구 보수 정당과 전혀 차별점을 보여 주지 않는 새 정치를 보는 느낌이라고 말하고 싶다. 문화적 지배 연합은 신경숙 하나로 천하 통일되었다. 그리하여 모든 변혁 운동이 시작되어야 할 지점인 문학장文學場을 훼손시키고 말았다. 자본의 위계를 중심으로 한 지배 이데올로기가 철저히 관철된 채 유지되어 온 문학판 87년 체제의 모습이다.

그렇다면 새로운 것은 어떻게 오느냐고? 그것까지 물러나야 할 세대가 이야기할 수 있나. 이 부끄러움을 직면하게 될 젊은 그대들, 새로운 문학이라는 "고양이를 부탁해." 🏃

II

미당은
정말로 아버지였을까
그리고
정말 죽었을까

시인이라는 정체성

— 지식인인가 예인인가

1. 사건들

소위 '제삼천년기第三千年期'가 시작되면서 우리 문단은 변화의 격류에 휩쓸리고 있다. 강준만 교수의 주도로 시작된 실명 비판의 물결이 문학계에도 미치면서 문인이란 무엇인가에 관한 기존의 생각들이 비판받기 시작하는 조짐이 보이기 때문이다. 문학사적으로 볼 때 문학에 대한 기존의 태도가 수정되고 변화한 적이 처음은 분명 아니다. 다만 최근의 변화는 문학 외적인 시대 상황의 변화에 이끌린 것도 아니고 담론을 수입하던 선이 바뀐 데서 비롯된 것도 아니다. 문단 내부의 자생적인 문제 제기에서 발생하고 있다는 점에서 대단히 의미심장하다.

최근 문단에서 제기된 중요한 문제는 거칠게 꼽아 보아도 다섯 가지는 된다. 첫 번째, 김정란이 쓴 「조선일보를 위한 문학」[1]이 촉발한 문단

---

1) 김민웅 외, 『조선일보를 아십니까?』, 개마고원, 1999.

권력과 언론 유착 문제 제기와 뒤이은 후속 논쟁들이 있다.[2] 김정란의 문제 제기가 불러일으킨 파장은 깊고도 심각한 것이지만(이와 관련하여 비평가 이명원이 김정란을 '담론의 뇌관'이라 부른 것은 적절했다.)[3] 뜻밖에도 비판의 표적이 된 문학동네와 문지 권력자들은 사석의 중얼거림을 넘어서는 어떤 대응도 본격적으로 하지 않았다.

두 번째는 권오룡의 「권력형 글쓰기에 대하여」[4]라는 평문이 야기한 논란이다. 「김현 10주기 심포지엄」에서 권성우가 발표한 「4·19세대 비평의 성과와 한계」[5]라는 글에 대한 반론격인 이 글에서 권오룡은 '권력 비판'이 '권력을 깨뜨린다는 명분'으로 '권력의 음지에 기생하는 것'이라고 험담한 일이 있다. 이에 대해 문사 지면에 반론권을 요구한 비평가 권성우의 정당한 요구를 문사가 거부함으로써, 문지 에콜에 대한 비판이 고조되고 있다.[6] 4·19세대 비평가들은 아마도 비평 담론의 주도권을 장악하는 것이 문단 권력을 장악하는 것이라고 하는 사실을 자

---

2) 이와 관련된 글들은 고종석의 「두 권의 책에 대한 메모」(『인물과 사상』 11호, 1999), 권성우의 「비판, 그리고 '성찰'의 현상학」(『문예중앙』 가을호, 1999), 이명원의 「김정란의 싸움은 아름다운 싸움이다」(『반갑다 논장』 7월호, 1999) 등이 있다.

3) 『애지』 1호, 2000, 18쪽 이하 참조.

4) 『문학과사회』 여름호, 2000.

5) 권성우는 이 글에서 김현을 포함한 이른바 4·19세대 비평가들을 비판하면서 그들이 '세대론적 인정 투쟁'을 통해 전 세대의 문학을 폄하하고 자기 세대의 문학을 지나치게 우월적 지위로 끌어올린 혐의를 지적하고 있다.

6) 권성우의 반론 요청은 문학과지성사 홈페이지 자유 게시판에 올랐다. 역시 같은 장소에 오른 거절의 변은 황당하게도 권성우를 적시한 비판이 아니라는 것이다. 이에 대해 네티즌들의 문지 에콜에 대한 비판이 거세지고 뒤이어 박남철 사건이 문지 게시판에서 논의되기 시작하면서 문학과지성사는 게시판을 폐쇄해 버리는 조치로 대응했다. 이 글을 쓰기 위해 문지마당으로 바뀐 문지 게시판을 검색해 보았지만 불행히도 권성우의 반론 요청글을 찾을 수가 없었다.

각하고 실천에 옮겼던 최초의 비평가 '그룹'이 아니었을까? 그런 의미에서 4·19세대를 이어받은 에콜이라 할 문지에서 정당한 논쟁의 장으로 나서지 않고 기득권에 안주하려는 움직임을 보이는 데 따른 문단의 왜곡 현상은 대단히 심각하다.

세 번째 사건은 조선일보사가 주관하는 동인 문학상 제도의 개편을 둘러싸고 벌어진 공방이다. 동인 문학상의 심사 대상에 오르기를 거부한 황석영의 선언[7]과 동인 문학상 심사 위원인 이문열, 정과리의 입장 표명에서 비롯된 공방[8]은 조선일보 기고와 인터뷰를 거부하는 지식인 서명 운동으로 번졌으며 1차 서명자 명단에는 시인들도 다수 들어 있다.

네 번째는 가톨릭대 역사학과 교수 박광용의 「국화옆에서」 비판이 야기한 친일파 논쟁이다. 공적 영역에서 시인의 처신이 텍스트에 대한 가치 평가와 무관한가라는 질문을 유발시킨 사건이라 할 수 있다.

다섯 번째는 박남철 시인이 여성 시인 폭행 및 성추행 혐의로 고소를 당한 사건이다. 사안 자체가 폭력 등의 혐의라는 것도 문제이지만 사건의 발단에서부터 경과에 이르기까지 1980년대 문학사에 일정한 위치를 점하고 있는 시인이라고 하는 문단적 평가가 영향을 미친 사건이라는 점에서 주목을 받았다.

---

7) 황석영 「특별기고—나는 동인 문학상 후보작을 거부한다」(『한겨레 신문』, 2000. 7. 20.)에서 촉발된 이 공방은 곧이어 『한겨레 21』(2000. 7. 25.)에서 표지 이야기로 「"문학인 모독 참을 수 없다." 동인 문학상 심사대상 거부한 황석영이 밤새워 털어놓은 속내」라는 타이틀 아래 이상수 기자와의 인터뷰로 이어졌다. 양귀자, 이문열, 정과리 등은 각기 조선일보 지면에 동인 문학상을 옹호하고 황석영을 비난하는 요지의 글을 올렸다.

8) 이와 연장선상에 있는 인터넷 문지 게시판의 공방에서 정과리는 권오룡과 유사한 방식으로 김정란으로 간주되는 어떤 비평가가 사적인 이유에서 특정 에콜을 비방한다는 요지의 글을 올렸다가 네티즌들의 항의와 해명 요구로 곤욕을 치른 바 있다. 그러나 정과리는 권오룡과 유사하게 자신의 말로 빚어진 논란에 대해 책임을 회피하고 있다.

2. 문제들

비판자의 자리에 서 있는 사람들에게 태도의 유사성이 발견된다는 점에서 위의 다섯 가지 사건은 하나의 꿰미로 엮인다. 비판자들은 상대의 실명을 적시하면서 특정한 언술에 구체적인 비판을 가하고 있다. 그에 비해 비판당하는 자들은 모르쇠로 일관하거나 마지못해 답변의 자리로 나올 때에도 "아는 사람은 안다."는 식의 '분무기 안개 비평'으로 일관한다는 점에서도 대단히 비슷한 태도를 보인다.

이 사건들은 인터넷을 통해 많은 논의가 진행되었다. 그리하여 문학 담론의 유통 구조에 새로운 지형 변화를 몰고 왔다는 점에서 공통적이다. 등단을 하고, 특정 문예지에 글을 싣고 하는 절차를 통해 담론의 생산자로 가입하던 과거의 관행을 깨고 인터넷이라는 열린 공간에서 수많은 사람들이 자발적이고 열성적으로 문학 일에 관여한다. 그 경험은 분명 새로울 뿐만 아니라 희망적이기도 하다.

그러나 가장 중요한 공통점은 다음과 같다. 비판하는 자리에 있는 사람들은 문학 텍스트가 미시적이든 거시적이든 권력을 발생시키며 따라서 텍스트의 발설자들은 어떤 형식으로든지 권력을 행사하는 데 따른 공적 책임을 져야 한다는 관점을 공유한다. 반면에 비판당하는 자리에 있는 사람들은 텍스트는 어디까지나 저자와 무관한 텍스트 그 자체로서 존재하며 텍스트를 통해 발생하는 권력은 루머이고 '종이호랑이'에 불과하다고 말한다. 그런 말들의 뒤에 숨어서 대중을 향해 실질적 권력을 여전히 행사하려고 하는 사람들이라 할 수 있다. 일련의 사건들을 하나의 사태로 묶어볼 수 있는 초점이 바로 이러한 충돌이다.

이 모든 공방들을 지켜보면서 시인으로서 나는 과연 '시인'이란 누구인가라고 하는 정체성에 심각한 의문을 느낀다. 특히 시인들이 관련된 뒤의 두 사건의 경우 앞의 세 사건에 비해 덜 중요하게 다루어지거나 문학적인 사건이 아니라고 생각하는 것 같다. 전자는 본격적으로 주의 주장을 개진하고 또 비판을 제기하는 비평 담론의 영역에 속한 반면에 후자는 '사람'이 문제이기 때문이라고 본다. 문단의 오랜 관행인 텍스트와 저자의 분리라고 하는 관점이 이 사건들을 문학적 문제로 바라보기를 방해하고 있다.

미당과 박남철 양쪽 모두에게서 공히 발견되는 텍스트와 시인의 분리가 과연 온당하고 가능한 것인지를 따져 보아야 할 것이다. 나아가 문단 권력에 대한 비판 못지않게 시인의 신비화도 문학을 위해 해로운 것이라는 생각이 공론화되기를 바란다.

3. 미당의 경우
— 기득권 옹호라는 정치성을 담보로 한 예술가 레테르의 획득

일단, 다음 두 문제의 진원지로 돌아가서 이야기해 보려고 한다. 미당을 어용 시인으로 고발한 역사학자 박광용의 글에 반론을 제기한 것은 지금으로서는 비평가 이남호의 정동 칼럼뿐이다. 그러나 이 칼럼에는 그동안 미당에 대한 학계의 태도가 종합 선물 세트라고 할 만큼 골고루 소개되어 있다.

과연 미당이 그렇게 비난받아야 할 만큼 반민족적인 행동을 많이 한 사람일까. 이에 대해서는 냉정하고 정확한 연구가 있어야 하고, 또 여러 가지 상황이 조심스럽게 고려되어야 하며, 다른 사람의 경우와 다른 점도 섬세하게 저울질해야 한다. (⋯중략⋯) 미당은 한국 현대문학사에서 최고의 시인이다. 첫 시집 '화사집' 이후, 미당은 반세기 이상 동안 수많은 명시들을 발표하였고 놀라운 시세계의 확장을 보여주었다. 가령 미당은 '화사집' 한 권만으로도 대표시인의 반열에 오를 만한 시인이다. 그러나 미당은 그 후 '귀촉도' '서정주시선' '신라초' '동천' '질마재신화' 등 '화사집'을 오히려 능가하는 많은 시집을 냈다. 여러 명의 큰 시인들을 합쳐도 미당의 시 세계를 감당하기 어려울 정도이다. 뿐만 아니라, 미당만큼 우리말의 아름다움과 표현을 확장시킨 시인은 없다.

또 미당만큼 우리 민족의 마음씨와 정서를 잘 표현한 시인도 없다. 겨레의 말을 아름답게 다듬어 겨레의 마음씨를 그토록 아름답게 표현하고 되살린 미당의 문학적 업적은 문학사뿐만이 아니라 민족사에서도 높이 평가받아 마땅하다. 미당이 없는 한국 현대시는 상상조차 할 수 없다. 미당의 정치적 행적이 얼마나 잘못 되었고, 우리 민족사에 누가 되었는지는 모르겠지만, 미당의 시가 그런 이유로 매도당하는 것은 엄청난 민족문화의 손실이다(⋯후략⋯).[9]

이남호의 글에서 엿보이는 가장 심각한 위험은 "미당이 없는 한국

---

9) 이남호, 「미당의 시를 옹호하며」, 『경향신문』, 2000. 7. 9.

현대시는 상상조차 할 수 없다." '엄청난 민족문화의 손실'이라고 하는 대목이다. 친일파이자 독재 정권에 복무해 온 미당의 인생과 무관하게 그의 시는 한국 문학의 발전에 크게 기여했고 한국적 정서와 가치를 잘 담아내는 언어라는 것이다. 따라서 대시인의 시를 그의 정치적 행적 만으로 폄하해서는 안 된다는 이야기다.

이 태도가 이남호 한 사람에 국한된 것이라면 큰 문제는 아닐 수 있다. 그러나 작가의 도덕적, 정치적 파탄에 대해 한국 문학이 비교적 관대했다는 것은 부인하기 힘든 사실이다. 더 엄밀히 말하면 '기득권을 옹호하는 작가의 정치성'은 '정치성'이 아니라는 암묵적 합의가 있었다. 이런 합의의 바탕 위에 기득권 이익에 복무하는 작가들의 도덕적, 윤리적 파탄을 문학의 이름으로 눈감아 온 것은 아닐까?

이 점은 1980년대에도 마찬가지였다. 1980년대 상황은 그 이전이나 이후와는 겉으로 보기에 정반대로 나타난다. 분명한 정치적 태도를 보이지 않는 작가들은 폄하되고 정치적 색채가 분명한 작가들의 사생활은 그의 공적 발언의 선명함 때문에 주목하지 않았다. 그러나 문단이라고 하는 작은 사회에 국한시켜 보자면 저항 이데올로기는 문단의 지배적 이데올로기였다. 바로 그 지배 이데올로기에 복무하는 작가군作家群들이 소위 '어용' 작가들과 똑같은 관면 혜택[10]을 누리고 있었다는 점은 대동소이하다.

비록 미당이 1980년대에 민족·민중 문학 진영의 비난과 지탄을 받아 오기는 했지만 일반 독자에게 그의 문학이 외면당한 적은 없었다.

---

10) 법이나 규정의 적용을 면제받는 것을 뜻하는 가톨릭 용어.

1980년대의 아주 짧은 시기를 제외하고는 문단에서 그의 영향력이 약화되지도 않았다. 수많은 출판사에서 여전히 그의 시집을 펴냈고 여전히 인기리에 팔렸다. '정치적'으로 특별한 죄과가 없는 한 시인의 '비정치성'[11]은 미당의 그늘에서 오히려 미덕으로 권장되기까지 했다. 그 그늘은 미당 문학의 문학성을 확신함으로써 문인에게 정치적 불순함에 대해 질문을 던지는 일을 뜨거운 감자로 만들어 버리기에 족할 만큼 컸다. 그 단적인 예가 바로 이남호의 미당 문학 옹호이다. 그 폐단은 정말 심각하다.[12]

과연 미당 문학의 예술성은 미당의 모든 세속적 굴절을 덮어 버릴 만큼 위대한 것일까? 문학 작품은 그 작품을 생산한 작가 자신의 개인적 경험의 범위를 넘어서서 독자적으로 존재할 수 있는 것일까? 그러면서도 그 위대함에 따른 존경과 찬탄이 그 작가의 온갖 잘못을 덮어 주고 눈감아 주어야 할 만큼 막강한 것일까?

이남호는 이에 대해 윗글의 인용하지 않은 부분에서 에즈라 파운드의 예를 들며 문인의 정치적 행적과 문학성을 분리하는 것이 타당한 것처럼 말하고 있다. 그러나 에즈라 파운드는 모더니즘의 극단적 폐단

11) 거듭 강조하거니와 문인이 '비정치적'이라는 것은 지금 현재의 체제와 기득권을 인정하고 거기에 동조한다고 하는 또 다른 정치성에 불과하다. 이는 1960년대 '순수·참여' 논쟁에서 이미 선명하게 드러난 바 있다. 그럼에도 바로 이러한 점이 대개의 시인들에게 의식화되지 않음으로써 아직도 "나는 정치에는 관심이 없다."는 말을 떳떳이 하는 문인들이 있는 실정이다. 바로 이렇게 전 시대의 논쟁의 성과가 다음 세대로 이어지지 못하는 것이 한국 문학의 고질적 병폐라고 생각한다.

12) 그 한 사례를 『21세기 고전에서 배운다—한국의 문인 183인이 권하는 인류의 위대한 저술들』(하늘 연못, 2000)에서 발견할 수 있다. 그 책에서 세계의 고전을 총망라한 추천작 가운데 미당의 시를 추천한 사람이 무려 네 명이나 된다.

을 보여준 시인일 뿐이다. 에즈라 파운드와 그의 동료 엘리어트의 문학을 고평하거나 동조하지 않기 위해 일어났던 문학적 운동이 바로 미국의 포스트모더니즘이 아닌가.[13] 파운드와 관련해서 모더니즘적 세계관의 파탄이 결국 파시즘에 동조하는 범죄를 저지르게끔 몰고 갔다는 문학적 평가가 반드시 따른다는 점을 이남호는 무시하고 있다. 문인의 정치적 범죄는 그의 문학을 의심하는 데로 곧장 이어진다는 본보기가 오히려 에즈라 파운드이다.

그러나 우리 문학사에서 언제 친일 문인들에 대해 그들의 언어에 친일할 수 있는 가능성이 내장되어 있었는지 검토한 적이 있는가? 나아가 그 언어가 드러내는 세계관이 파탄을 겪을 때 그 문학을 예술적이라 평가해도 될 것인지에 대해 합의를 시도 해 본 일이 있는가?

미당은 인간적으로 볼 때 1980년대 내내 분명 민족 문학 진영으로부터 비판받고 '왕따'를 당하는 수모를 겪었다. 그리하여 사적으로는 대가를 치렀다고 볼 수 있을지라도 문학사에서의 평가는 아직 시작도 하지 않았다. 이남호의 말처럼, "이에 대해서는 냉정하고 정확한 연구가 있어야 하고, 또 여러 가지 상황이 조심스럽게 고려되어야 하며, 다른 사람의 경우와 다른 점도 섬세하게 저울질해야 한다." 그렇다면 이남호는 미당을 옹호할 것이 아니라 이에 대해 당장 연구해야 한다. 이러한 역사

---

13) 이 점에 대해서는 김성곤의 여러 저술들을 참고하기 바란다. 김성곤은 포스트모더니즘을 프랑스 현대 철학자들의 탈구조주의적 맥락이 아니라 문학 내부의 문제로 파악하고 그 운동의 공과를 한국 문학의 진로 타개를 위해 참조하려고 한 거의 유일한 비평가이다. 김성곤은 1990년대 초 미국 내 포스트모더니즘 운동에서 영감을 얻어 포스트모던 리얼리즘이라는 방법론으로 1980년대 문학의 성과를 이어받는 새로운 문학 운동을 주장하였다. 하지만 문학의 '비정치성'을 옹호하는 문단의 수구성에 막혀 포스트모더니즘 논의 자체가 발전적으로 승화되지 못한 채 주저앉고 말았다.

적 평가 없이 '한국 현대문학사에서 최고의 시인,' '우리 민족의 마음씨와 정서를 잘 표현한 시인' 등등으로 표현하는 것은 위험한 발상이다. 비록 신문의 칼럼일지라도. 나는 이남호의 글에 반박하는 글[14]에서 위와 같은 주장에 이어 다음과 같이 주장했다.

> 문제의 본질은 다른 곳에 있다. 그것은, 우리 문단과 제도적 문학 교육이 손을 잡고 언어를 삶에서 분리시키는 방향으로 지속적으로 작동해 왔으며, 그러한 분리의 결과로 지금 우리가 말의 타락을 경험하고 있다는 사실이다. '정의구현'이라는 말이 공권력에 의한 시민 탄압을 뜻하고, '세계화'라는 말이 한국경제의 종속화를 뜻하게 된 것이 우연한 일이라고 보는가? 그렇지 않다. 말과 뜻이 따로 노는 그 핵심에는 가장 기초적인 언어예술인 시를 그 발설자의 실존적 절실함에서 분리시켜 독자 마음대로의 예술성을 부여해 온 잘못된 역사가 있다.
>
> 나는, 이제야말로 예술성이란 과연 무엇인가에 대한 본격적 논쟁을 시작해야 할 때라고 믿는다. 미당의 문학이 예술적으로 위대하다고 말하기 전에, 왜 우리 문학사는 거의 고의적이라 할 만큼 작품의 예술적 가치와 작가의 행적을 분리시켜 놓고서 어느 한쪽만을 선택해 왔는가를 물어야 한다. 이번 미당 논쟁이 좀 더 확산되어, 논의의 작은 실마리가 될 수 있기를 기대한다.

---

14) 노혜경, 「시인의 타락은 말의 타락이다」, 『부산일보』, 2000. 7. 12.

이남호가 주장하듯 단순히 '국화'가 이승만이냐 아니냐에 대한 해석 문제나 또는 시인과 시의 관계, 더 정확히는 역사적 사회적으로 온당치 못한 삶을 살아온 시인의 시도 예술적으로는 가치가 있을 수 있다는 말, 또는 문학 작품이란 문학성과 예술성으로 평가받는 것이지 정치나 도덕의 잣대로 잴 것이 아니라는 말에 대한 찬반이 논쟁의 핵심이 아니다. 문제의 핵심은 오히려 시의 예술성을 결정하는 우리 사회의 판단 기제가 과연 정확히 작동해 왔는가라는 질문이다. 다시 강조하자면 "우리 문단과 제도적 문학 교육이 언어를 삶에서 분리시키는 방향으로 지속적으로 작동해 왔으며, 그러한 분리의 결과로 지금 우리가 말의 타락을 경험하고 있다는 사실", 바로 이것이다. "미당의 문학이 예술적으로 위대하다고 말하기 전에, 왜 우리 문학사는 거의 고의적이라 할 만큼 작품의 예술적 가치와 작가의 행적을 분리시켜 놓고서 어느 한쪽만을 선택해 왔는가를 물어야 한다."

4. 박남철의 경우

— 아방가르드적 '탈정치성'을 담보로 한 예술가 칭호의 획득

거칠게 보아도 박남철의 문학을 대단히 '문학적'이라고 말하는 것은 세 가지 차원에서 미당의 문학을 '문학적'이라고 말하는 것과 다르다. 첫 번째로, 박남철은 강렬한 문학적 자의식을 바탕으로 시 작업을 해 온 시인이라는 것이다. 박남철은 자신의 삶을 텍스트화하겠다는 문학적 야심을 지니고 있다. 그 자체로는 지극히 온당한 야심이다. 미당이 작품 속에 거의 언제나 허구의 자아를 등장시키며 삶의 현장에서 비켜난 전달자의 자세를 취하는 데 비해 박남철의 시는 시인이 언제나 전면에 있다. 가족과, 지인들과, 자신이 경험했던 모든 상처와 의문들이 생경하다시피 한 언어로 튀어나온다. 그의 시는 그의 자서전이라 말해도 과언이 아니다.[15]

두 번째로, 자기 시에 대한 해석을 일방적으로 학자들이나 비평가와 같은 독자에게 양도하고 작품의 뒤에 숨어 있던 미당과는 달리 박남철은 시를 통하여 자기 문학의 해석에 적극적으로 개입하고 비평가들에게 담론의 씨앗을 제공해 왔다.[16]

---

15) 이러한 전략이 성공적이었는가라는 것은 다른 문제이다. 박남철의 전략은 한국 문학에 '고백'이라고 하는 새로운 시학을 수립할 뻔했던 긍정적 시도이기는 했다. 그러나 '고백'의 토대가 되는 죄의식과 공동선에 대한 의지의 결핍, 사적인 것과 개인성의 혼동 등의 이유로 실패한 기획이 되고 말았다. 이렇게 된 데는 자기 텍스트화란 자기 삶을 있는 그대로 써내는 것이 아니라 삶을 내적 통일성의 원리에 따라 조직해내는 것이라고 하는 점을 제대로 인식하지 못한 시인에게 문제가 있다. 거기에 덧붙여 대단히 소중했던 이 기획의 의미를 전혀 간파하지 못하고 박남철의 시에서 표면적인 실험성만을 천착했던 비평가들의 문제가 맞물려 있다.

16) 『용의 모습으로』같은 시집이 대표적인 경우이다. 그는 이 시집에서 다른 사람의 시에 자기 이름을 달아 발표하는 무모한 행위를 했다. 문단은 이러한 퍼포먼스에

세 번째로, 시인 추천권을 행사하며 에피고넨^{Epigonen}을 생산하는 것으로 문단 권력을 장악한 미당의 경우와는 달리 박남철의 문학은 문학 권력에 적극적으로 도전하는 형태를 띠고 있었다. 기득권을 지닌 문학에 도전하는 문학적 아방가르드의 성격을 지녔다.[17]

그러나 이렇게 외적으로 크나큰 차이가 있지만 시인이라는 한국 사회의 특수한 신분 속에서 두 사람에게는 유사점이 있다. 두 사람의 시가 여전히 시인 자신의 역사적, 심리적 진실과는 무관하게 텍스트에 담긴 '투명한' 언어로만 취급되고 있다는 점이다. 해석의 장에서 시인의 맥락은 전혀 고려의 대상이 아니다. 미당의 경우는 앞 장에서 이야기했으므로 박남철의 경우만 살펴보기로 하자.

'각주 17'에서 언급했듯이 박남철의 해체 전략은 문학사 내부를 향한 것이었다. 따라서 당대의 문학적 상황과 떼어서 생각할 수 없다. 거칠게 요약해 보면 물적 근대화가 어느 정도 진행된 시대적 배경을 등에

대응할 비평적 경험이 없었으므로 이 시집은 그 자체로 하나의 시적 방법으로 추인받기에 이르렀다. 박남철의 이러한 퍼포먼스는 그야말로 혁명적이었다. 시인이란 텍스트 안에 있는 것이 아니라 텍스트 바깥에서 텍스트를 관통해서 존재한다는 시관을 제안한 것이다. 하지만 시인 자신 스스로 뚜렷한 시적 전망을 제시하지 못했으며 문단 내에서 논쟁이 진행되지 못해 박남철표 해프닝으로 끝날 수밖에 없었다.

17) 소위 '해체시'로 불리는 이러한 아방가르드 전략이 실은 대단히 정치적인 것이라는 점을 지적한 사람은 구모룡이었다. 실제로 황지우의 경우 1980년대가 지나고 '해체'의 효용이 사라져 버리자 재빨리 '선禪'의 세계로 자리를 옮겨 앉을 수 있었던 것은 '해체' 전략이 당대의 정치적 억압에 대항하는 문학적 장치였다고 간주할 때 비로소 납득이 된다. 그러나 박남철의 경우 현실 정치의 거대 억압이 '해체'를 유발하였다기보다는 문학사적 야심, 문단 권력이라는 미시 억압에 대한 저항이 '해체'를 유발한 측면이 강하다. 따라서 새로운 주체의 확립으로까지 나아가지 않는 한 그의 아방가르드는 언제라도 '자해'에 떨어질 위험을 안고 있다고 보아야 한다(구모룡, 「억압된 타자들의 목소리」, 『현대시사상』 가을호, 1995 참조.).

업고 문학 내부에서 발생하고 있는 미적 근대성에 대한 갈망이 '고백'의 형식으로 드러난 것이 박남철의 시였다. 그러나 '고백'을 수용하기에 당시의 문학 현장은 여러 가지 의미에서 시기상조였다. 외적이고 형식적인 실험이라는 관점에서만 모더니즘을 파악해 온 학적, 비평적 협소함이 엄연했기 때문이다. 광주 때문에 공동체의 삶을 지키는 것이 최우선 과제로 떠올랐던 현실적 제약도 큰 이유였다. 따라서 그 자신이 직접 정교한 담론을 발생시키고 '고백'에 걸맞은 실천[18]을 수행함으로써 비평계와 시단에 관철시켜 내지 못한다면 박남철의 시도는 사장될 수밖에 없는 기획이었다.

박남철의 시가 지닌 문학적 성과가 1980년대로 끝날 수밖에 없는 이유가 여기에 있다. 비평가들뿐 아니라 박남철 스스로도 자기 시가 지닌 가능성을 스스로 분명하게 인지하지 못했다. 그만큼 문단의 주목을 받기 위하여 형식 실험으로 자신을 몰아간 혐의가 분명히 있다. 다시 말해, 텍스트와 일치하고 텍스트를 통해 자기 자신을 재구성해 가야 할 문학을 제안한 시인을 향해 비평가들은 지속적으로 텍스트만을 징발하며 오독했던 것이다. 그 결과 마침내 시인 자신이 자기 시를 오독하기 시작하는 기이한 자기 노출의 시를 생산하기에 이르렀다.

주체의 재구성이라는 자기 텍스트화를 시적 방법으로 삼았던 시인이 아무렇게나 살아도 그것을 시로 쓰기만 하면 면죄부가 주어지는 듯한 착각에 빠지게 되는 경위는 다음과 같이 설명할 수 있다. 오로지 억압을 재현하기만 해도 시 텍스트를 통해 저항한 것으로 간주하는 것은

---

18) '고백'이란 적어도 세 가지 함의를 내포하고 있다. 첫째는 시적 자아와 현실적 자아를 구분하지 않겠다는 의지, 둘째는 반성적 사유, 셋째는 적극적인 소통 의지.

어디까지나 거대 담론의 층위에서이다. 광주에 가해진 군사 독재의 폭압은 그 사실을 말하는 것만으로도 크나큰 용기를 필요로 하는 행위였다. 재현이 곧 비판이었다. 그러나 재현의 대상이 개인의 차원으로 옮아가게 되면 단순한 재현뿐 아니라 '해석'과 '구조화'라는 작업이 요구된다. 구체적 개인의 '일상'이 '정치적' 상황이 되는 바로 그 국면은 리얼리즘이 말하는 '재현'과는 다른 새로운 '재현 담론'을 요구한다. 우리 비평계는 바로 그 점에서 심각한 잘못을 저질렀다. 개별적 접근이 요구되는 개성적 시인들의 발생을 여전히 거대 담론 ─ 그것이 정치 담론이든 시학이든 상관없이 디테일을 무시한다는 점에서 거대 담론이다. ─ 으로 재단한 잘못이다. 박남철은 시에 담긴 삶의 내용에 어떤 비판도 당하지 않았다. 그의 시작 행위 자체를 새로운 실험으로 간주하는 비평에 직면하여 그는 삶과의 치열한 대결을 포기해 버린 것은 아닐까?

정리하자면 스스로 작가 자신의 삶을 텍스트에서 완전히 배제해 버리는 대가로 미당은 친일과 부역이라는 현실적 잘못에 대해 면죄부를 얻었다. 비평가들은 담론 행위를 쉽게 하려 미당에게 예술가의 칭호를 부여해 왔다. 박남철은 끊임없이 시를 통해 자기 자신을 드러내 왔음에도 비평은 그의 시가 말하는 인간의 윤리적, 정치적 정당성을 묻지 않았다. 박남철의 시가 지닌 파격적 형식은 비평가들에게 현실을 이야기하지 않고도 문학 담론을 생산할 수 있는 기회를 주었다. 그는 파괴적 시 쓰기로 아방가르드라는 영예로운 왕관을 쓰고 예술가의 지위에 등극했지만 기실 그 왕관은 머리가 아니라 꼬리에 씌워진 것이었다.

물론, 비평 담론을 생산하는 모든 사람들이 그런 일에 공모해 온 것은 아니다. 그러나 1990년대 문학의 파행을 몰고 온 실질적 문화 권력자들이 시에서 시인을 몰아내고 문학에서 가치를 몰아내는 일에 앞장서 왔다는 것은 부인하지 못할 사실이다.[19]

그렇다면, 우리 시대에 시인은 도대체 누구란 말인가. 급격히 흔들리는 기존 문화 권력의 향배가 바뀌더라도 시인들이 자신의 정체성에 대해 확고히 자각하지 못한다면 그릇된 역사가 본의 아니게 되풀이되는 것을 막을 수 있을까? 시인이 누구인가 생각해 보는 일을 더 이상 미룰 수 없다.

5. 시인은 지식인인가 예인인가

다시 한 번 정리하자면 대체로 우리 시인들은 자기 자신을 현실 문제에 오불관언吳不關焉하는 존재로 바라보는 데 아무런 불편함을 느끼지 못하는 것 같다. 멀리는 친일파 문제에서 가까이는 문단 권력을 비판하는 일에 이르기까지 시를 쓰는 일 자체를 제외한 어떠한 공적 발언도

---

19) 이 점에 대해서는 서영채의 「왜 문학인가: 문학주의를 위한 변명」(『문학동네』 여름호, 2000)을 참조하기 바란다. 서영채는 이 글에서 문학, 또는 문학적인 것을 역사적 상황에 대한 반응인 것처럼 묘사하고 있다. 그 묘사의 의도는 1990년대 문학의 '탈승화'와 '탈정신화'를 옹호하기 위해서이다. '탈승화'라고 하는 말이 본래 지난바 중심주의에 대해 저항하는 의미는 사라지고 가벼움이 판치는 문학판의 현상을 긍정하기 위해 의도적으로 굴절시키고 있다. 그는 김영하를 예로 들면서 '문학에 대한 저 가볍고 담담한 태도는 우리가 이미 그 변증법의 한 변곡점에 이르렀음을' 말하였다. 그런데 서영채가 속한 문학동네가 바로 김영하를 발굴하고 선택한 장본인들임을 감안하면 이 말은 아이러니이다. 그는 자신들의 담론 행위가 창출한 가벼움의 문학을 대세라고 말함으로써 선택의 책임은 피하고 그 결과는 수용하는 기묘한 발상을 보여 주고 있다. 미당과 박남철에게 일어난 것과 거의 동일한 패턴이다.

시인의 자세가 아니라는 듯 시인들은 기묘한 불관여주의의 태도를 견지하고 있다. 어디서부터 잘못된 것인가 탄식하지 않을 수 없다. 그런가 하면 시인이라는 이름에 주어진 상징 권력을 있는 대로 누리면서도 사적 영역에서 독자에게 비춰지는 시와 자신의 이미지 사이의 분열을 아무렇지도 않게 여긴다.

앞의 태도에서 엿보이는 것은 시와 시인에 대한 전근대적인, 또는 고전주의적인 관념이다. 뒤의 경우에 바탕이 되는 사고는 신비평적인 관점에서 이루어지는 시와 저자의 분리일 것이다. 미당의 경우는 전자에 해당한다. 박남철의 경우는 아방가르드로 출발했으나 전근대로 되돌아가고 만 일종의 파탄이다.

미당의 친일 부역과 박남철의 폭력, 성추행 혐의는 언뜻 보기에 대단히 상반된 상황처럼 보인다. 앞의 것은 시인의 공적 영역에서의 처신이 문제이고 뒤의 것은 사적 영역에서의 행동이 문제라는 듯 말이다. 그러나 이 두 사안이 문단에서 제대로 담론화되지 않고 있는 이유는 앞에서 말했듯이 '시인'이라고 하는 현상과 그가 생산하는 '시 텍스트'의 관계가 공적으로든 사적으로든 분할 통치될 수 있고 또 있어야 한다는 문단의 암묵적 합의 때문이다.[20] 이 사건은 '시인' 자신들이 말해야 하

---

20) 이 글에서 다루기에는 범위가 너무 방대하지만 바로 이 분할 통치의 기반 위에서 비판당하는 자들의 권력 유지가 가능하다는 사실을 지적하고 싶다. 동인 문학상 하나만 두고 보더라도 기이하게도 황석영을 제외한 어떤 작가도 심사의 대상이 되는 것 자체를 거부하겠다는 발상을 한 일이 없다. 심사 대상을 선정하고 평가하는 것은 흡사 심사 위원들의 고유한 권리라고 여기는 듯 암묵적인 동의를 함으로써 심사하는 사람들의 권위를 구성하는 데 일조하고 있다.

시인이나 소설가들이 자기 글 때문에 발생하는 담론에 대해 얼마나 무책임한가 하는 것은 각종 문학상 수상자들만 보아도 짐작할 수 있다. 독자의 수준에서 뚜렷이 대조되는

는 사건임에도 시인의 입은 비평가에게 저당 잡혀 있기 때문에 비평계가 문제의식이 없는 한 영원히 침묵 속에 떨어지고 말 사안이 될 수도 있다.

왜 이런 일들이 가능했던가를 고민하는 동안 우리 시인들이 스스로 지니고 있는 이미지가 '지식인으로서의 시인'이 아니라 '예인으로서의 시인'이라는 점을 발견하게 되었다. 이때 '예인'이란 비판 이론가들이 말하는 '예술가'가 아니라 '수공업자', '저자 의식이 발생하기 이전의 노래꾼' 등의 의미로 사용한 것이다. 근대적 의미의 '예술가'는 지금 말한 바, 지식인, 예인 구분에서 분명히 지식인에 속한다. 그러나 한국 문단의 시인 의식은 아직도 스스로를 지식인으로 보는 자의식에서 멀리 뒤떨어져 있다. 글 쓰는 자들을 대단히 전근대적인 이항 대립—선비/예인—으로 구분하는 의식에서 그렇게 발전하지 못한 것이다. 말하자면 '예인'적인 내포를 '예술가'의 외연에다 덧붙임으로써 시인과 독자 대중에게 가짜 아우라를 제공하고 있는 것이다. 미당을 예술가라고 말하는 것과 박남철을 예술가라고 말하는 것은 분명 대단히 상반된 문학관을 토대로 한 발언이다. 그러나 예술가의 월계관이 현실과의 분리, 현실 저 너머의 세계로의 유람이라면 그것은 무늬만 '예술가'인 일종의 '예인'화이다.

두 개의 문학상을 동시 수상하는 것이 어떻게 가능한 것인지를 명쾌히 자기 문학 세계를 두고 해명한 경우는 드물다. 예컨대, 김수영 문학상과 김소월 문학상을 동시 수상한 황지우의 경우, 심사위원 중 어느 한 쪽은 분명 오심을 했다고 보아야 할 것이다. 황지우 자신이 그 균열을 가장 견디지 못하지 않을까 하는 의문은 아직도 풀리지 않고 있는 것이 한 예다. 다시 말해, 텍스트를 생산하는 자가 침묵할 것이라는 전제하에 비평가들의 작업이 이루어지고 있다는 말이다.

현재의 문단 상황을 보면 불행하게도 시인은 '텍스트'를 비평가에게 징발당하고 자기 시에 적극적인 발언을 자제하는 '미덕'을 발휘하는 대가로 '명예'를 얻는다. 공적 영역에서 사회적 역할을 수행하지 않는 대가로 '찬양'을 받는다. 그리고 그러한 '침묵'과 '절제'의 '미덕'을 발휘한 대가로 사적 영역에서 저지르는 도덕적 파탄과 공적 영역에서 행하는 직무 유기가 보호된다. 그 결과 '시'는 권력과 이데올로기의 재생산을 위한 도구가 되고 마는 것이다.[21]

오직 극소수 시인들만이 시를, 세계를 미학적으로 개조하려는 적극적 담론 행위로 바라보고 있다. 그 연장선상에서 시의 진정한 정치적 성격을 간파한다. 그리고 대중에게 상징 권력을 행사하며 기득권을 유지하려는 문단 권력에 시를 통해 적극적으로 맞선다. 미당과 박남철, 두 대조적인 시인들의 일탈에 대해 문단이 보여 주는 무거운 침묵은 바로 이 극소수의 시인들이 말하고자 하는 것을 거부하는 적극적 반응이다. 텍스트의 생산자들에게 텍스트와 삶과의 통합성을 요구하라는 주장에 대해 침묵하는 것이다.

그렇다면 노선은 분명해졌다. 시인들은 더 이상 우리에게 '예인'을 강요하는 담론과 독자 대중들의 압력을 수납해서는 안 된다. 시인이야말로 리처드 로티[Richard Rorty]가 잘 간파했듯이 상상력의 힘으로 타자의 고통과 연대하고 새 시대의 전망을 이야기할 수 있는 지식 계층인 것이다. 🏃

---

21) 이러한 관점에서 바라볼 때 서영채의 앞의 글은 문학의 탈정치화가 바라는 것이 무엇일까를 짐작하게 하는 하나의 시사적인 예라 할 수 있다.

미당을 둘러싼
몇 가지 문학적 오해에 대하여

1. 미당 옹호의 착종과 오류

이때(해방이 될 때) 내 나이 17세―. 하루는 친구 놈한테서 김구 선생이 오신다는 말을 들었다.

얘! 너 그, 김구선생이라는 이가 중국사람이래!"

"그래? 중국 사람이 뭘 하러 조선엔 오지?"

"이런 짜아식! 임마 것두 몰라? 정치하러 온대."

"정치? 그럼 우린 중국한테 멕히니?"

지금 나는 요즘의 17세에 비해서 그 무렵의 내 정신연령이 몇 살쯤 되었을까 생각해본다. 식민지교육 밑에서, 나는 그것이 당연한 줄만 알았을 뿐 한 번 회의조차 해본 일이 없었다. 한국어를 제외한 모든 관념, 이것을 나는 해방 후에 얻었고 민족이라는 관념도 해방 후에 싹튼 생각이었다.

이제 친일문학론을 쓰면서 나는 나를 그토록 천치天癡로 만들어
준 그 무렵의 일체를 증오하지 않을 수 없었다. 내가 신라 고구려의
핏줄기인 줄 알았던들 나는!

— 임종국, 「자화상」[1]에서

위 글은 임종국 선생이 쓴 『친일문학론』의 맨 앞 「자화상」의 일부이
다. 미당의 「자화상」에 등장하는 바로 그 단어인 '천치'가 유난히 눈길
을 붙잡는다. 임 선생으로서는 자신에게 가할 수 있는 가장 가혹한 비
난의 말로 골라 쓴 단어였을 것이다. 식민지 교육에 순치되어 그 모든
사회적, 민족적 책무와 관련 사안에 관해 압도적 무지로 중무장한 자기
자신을 돌이키는 회한의, 가장 절실한 '뉘우침'의 한 마디인 그 천치.

그런데 이제 "어떤 이는 내 눈에서 죄인을 읽고 가고/어떤 이는 내
입에서 천치를 읽고 가나/나는 아무것도 뉘우치진 않으련다."(서정주,
「자화상」에서)라고 말하던 또 한 사람의 '천치'가 2000년 세상을 떴다.
한 사람은 해방 후 자기가 '천치'였던 데 대해 분노와 회한으로 그 시절
을 잊지 않기 위해 기록을 남겼는데 또 한 사람은 이미 일제 때에 자기
가 '천치'인 줄 알았으면서도 죽을 때까지 진정 뉘우침이 없었다. 펑펑
쏟아지는 눈발 속에 "괜찮타"라는 말이 꼭 들려와야만 했던 부끄러운
삶을 왜 기어이 뉘우치지 않고 그는 갔을까? 『친일문학론』 뒤표지에 소
설가 서기원은 이렇게 적고 있다.

---

1) 임종국, 『친일문학론』, 평화출판사, 1966, 6쪽.

'문학자답지 않은' 행동이란 웃어넘길 수 있으나, 문학자로서 '해서는 아니될' 행동은 기록에 남겨두어야 한다.

시사하는 바가 큰 말이다. 미당은 참으로 여러 차례 '해서는 아니 될' 행동을 해 왔다. 그리고 그것들이 다 기록으로 남아 있다. 그런데도 미당의 삶은 몰라도 문학만은 여전히 상찬하려는 분위기가 있다. 이는 아마도 미당 문학에 대한 평가가 지금 현재의 문단 권력자들의 행태와 문학을 합리화해 주는 중요한 잣대이기 때문이라고 본다.

중요한 사회적 이슈에서 인터넷상의 여론과 주류 언론이 충돌하는 경우가 자주 있기는 하지만 미당에 대한 평가만큼 극심한 차이를 드러내는 경우는 드물다. 독자들이 미당의 죽음 앞에서 느끼는 당혹감 가운데 가장 중요한 것이 훼손된 정치적 행동을 했는데도 그의 작품만은 아름답지 않으냐라는 문학 전문가들의 주장이 아닐까 한다. 미당 추모 기사에서 조선일보 김광일 기자는 다음과 같이 보고하고 있다.

문학평론가 이남호(43)씨는 최근 산문집의 첫 마디에서 "인간이 만든 것 가운데서는 모차르트의 음악과 미당의 시가 가장 아름답다고 생각한다."고 말했다.

미당은 일제하 동인지 '시인부락'을 주재했고, 김광균 김달진 김동리 김진세 함형수 등과 같은 문학 세대였다. 첫 시집 '화사집'(1938)은 악마적이며 원색적인 시풍으로 그를 일약 '한국의 보들레르'라 불리게 했으며, 두번째 시집 '귀촉도'(1948)에서는 동양 사상과 민족 정조가 새로운 미학 공간에 돌올하게 세워놓았다. 시인

이자 문학평론가인 남진우(40)씨는 "서정주는 아직도 현재형의 시
인이며 한국 시는 본격적인 '서정주 이후'의 시대를 개막하지 못하
고 있다."고 말했다.

— 김광일, 『조선일보』, 2000. 12. 25.

추모 기사라는 성격을 감안하더라도 이남호, 남진우 등의 유명 평론
가의 말에 근거한 이러한 상찬은 현재의 문단 기득권에서 소위 미학적
분리주의를 얼마나 지지하는지를 단적으로 보여 주는 사례라고 할 수
있다. 아예 미당의 삶은 미당 문학에 아무런 고려 대상이 되지 않는다
는 태도이다. 이러한 태도는 비단 어제 오늘의 일만은 아니다. 미당이라
는 시인에 주목하는 문학 연구자의 대다수가 바로 이러한 분리주의를
자기의 문학관으로 내면화하고 있다.

한국일보와 동아일보에 미당 추모글을 실은 유종호 교수의 글은 이
러한 문학 전문가들의 태도를 여러 가지 점에서 집약적으로 보여준다.

회갑을 전후한 시기에 미당은 대담한 산문 지향을 통해 새로운
경지를 연 '질마재 신화(神話)'를 선보인다. 전통적 농경사회와 그
기층민 문화의 시적 탐구인 이 시집은 가장 독자적이고 성공적인
민중 문학의 하나로 기억될 것이다. (…중략…) 미당은 청년기에 '시
인부락'이란 시 동인지의 동인이었다. 반세기 후 그는 인용부호 빠
진 이 나라 시인부락의 명실상부한 족장이 되었다. 생활인으로서의
미당의 행적에 대해서는 이런 저런 비판도 없지 않다. 그러나 우리
가 미당의 시를 읽는 것은 우리 자신을 위해서이지 시인을 위해서

가 아니다. (…중략…) 어디서나 뛰어난 재능은 희귀한 법이다. 20세기 한국과 같이 척박하고 파란 많은 사회에서 한길로 정진해 전례 없는 성취를 보여준 재능은 존경받아 마땅하다. 진정한 의미의 살아있는 고전이 영세한 우리 터전에서 전범에 값하는 미당의 시는 현대의 고전으로 숭상되어야 한다.

— 유종호, 『동아일보』, 2000. 12. 26.

위 인용은 미당을 옹호하는 문학 전문가들의 문학 인식이 어떠한가를 잘 보여 주는 대표적인 예라고 생각된다. 정리하면,

첫째, '생활인'으로서의 과오는 '시'를 평가하는 데 영향을 미쳐서는 안 된다.

둘째, 시를 읽는 것은 우리 자신, 즉 독자를 위해서이다.

셋째, 미당은 진정한 의미의 살아있는 고전이다.

언뜻 보기에 지극히 공정한 견해처럼 보인다. 그의 첫 번째와 두 번째 견해에 원칙적으로는 찬성한다. 다만, 유종호의 이러한 견해는 교묘한 착종과 오류를 숨기고 있다. 대단히 위험한 발언이다.

첫 번째 주장은 소위 미학적 분리주의라 부를 만하다. 시와 시인은 다르다는 주장을 함축한다. 두 번째 주장 또한, 저자의 권위를 부정하고 독자의 지위를 격상시켜야 한다는 주장으로 읽힌다. 그리고 세 번째는 결국 "미당의 문학은 빼어나다."[2]는 것. 이는 "시의 가치는 독자가

결정한다."는 말과 일견 상반된 주장으로 보인다. 그러나 핵심은 독자 (실제로는 비평가)가 미당의 시를 빼어나다고 보기만 한다면 그의 삶이 보여 주는 파탄에는 눈감아도 된다는 것이다. 미당 옹호자들의 일관된 원칙은 시인의 위대한 업적은 오로지 시로써 평가해야 한다는 문학 지상주의를 전파하는 것이다.

그런데 이 말들에는 간과해서는 안 될 함정이 도사리고 있다. 시 텍스트와 삶은 별개라고 할 때 삶과 시의 함의가 과연 무엇인가에 대해 합의가 없다. 또한 삶과 문학, 특히 공적인 삶과 문학의 분리라는 것이 온당한가에 대해 검증이 빠져 있다. 다음으로 미당 시가 빼어나다는 기준이 누구 것이냐는 점이다. 아니, 시를 빼어나다, 아니다라 평가하는 것이 과연 온당한 기준인가에 대해 합의가 없지 않았는가. 위의 주장이 실제 문단 상황과 만나게 되면 대단히 기묘한 현상을 낳게 된다. 시와 삶의 분리는 '생활인'이 아니라 '공적 존재로서의 시인'의 의무를 방기하는 데 면죄부를 주거나 무관심으로 이어진다. 또 '독자의 권리'는 '비평가의 우위'로 이어진다. '독자의 선택'은 말만 번지르르한 허위이다. 독자가 모든 문학 작품에 공평하게 접할 수 있는 가능성은 거의 없다. 교과서, 잡지, 그 밖의 언론 매체가 매개하지 않는 문학은 독자에게 가기도 전에 사장되는 것이 지금 현실이다. 그런 현상은 점점 더 심해지고 있다. 미당을 둘러싸고 벌어진 추모 열기 자체가 바로 우리 언론의 매개 행위가 얼마나 편향적인가를 보여 주는 단적인 예가 아닐까? 이런 점을 염두에 두고 유종호의 견해가 시사하는바, 미당 옹호자들의 입장

---

2) 세 번째 주장에 대한 평가는 미당의 시가 우월하다는 유종호 개인의 신념이지만 이 신념의 형성에 앞의 두 견해가 토대가 되고 있다.

과 문제점을 조금 더 자세히 살펴보기로 하자.

2. 시와 시인의 분리, 가능하고 타당한가

독자들이 자칫 간과하기 쉬운 것 하나는 시의 미적 가치가 절대 불변의 기준에 따라 평가되거나 결정되는 것이 아니라는 점이다. 어떤 시가 아름답다, 그렇지 않다는 미적 판단 기준이나 시인과 시는 별개다, 그렇지 않다는 문학 비평적 태도는 의외로 절대적인 것이 아니다. 가치판단의 차이를 등에 업은 비평 담론들끼리 전투를 통해 형성된 것이기 때문이다. 미당이 그 역사적 파탄에도 미학적으로는 우수한 시의 생산자라는 말 그 자체가 특정한 비평 담론의 구호인 셈이다.

문제는 지금도 울려 퍼지고 있는 미당 문학의 아름다움이라는 구호가 대단히 기만적이라는 사실이다. 왜냐하면 그것이 비평 담론들끼리의 텍스트 해석을 담보로 한 논리적 투쟁에 따라 정당성을 획득한 결론적 구호가 아니기 때문이다. 위에 인용한 글들이 보여 주듯 하나같이 근거 없는 선언으로 발생한 저널 비평적 아포리즘이다.

이런 구호들은 문학사 자체의 작동 원리에 따라 발생된 것이 아니다. 그만큼 언제라도 기득권층의 이해에 충실하게 이용될 위험을 지닌다. 실제로 미당 문학에 대해 상찬하는 일은 곧바로 친일 부역 문인들에게 면죄부를 주는 일이 될 수 있다. 그리고 역사성이나 윤리성을 강조하는 문학관을 회피하는 수단으로 이용될 수 있다. 나아가 가장 상업적인 문학이 득세할 수 있게끔 해주는 토양 구실을 한다.

시와 시인의 분리라는 비평적 태도의 근본적 의미를 미당 옹호자들이 고의로, 또는 무지로 왜곡하고 있다는 점이 더 중요한 문제다. 이는 우리나라 문학 교육이 중요한 방법론으로 받아들였던 미국의 신비평의 영향이라 할 수 있다. 미국의 신비평은 텍스트를 시인이라는 원인과 분리된 언어 구조물로 보고 텍스트 자체로만 이해해야 한다고 말한다. 이미 1950년대부터 우리나라에 소개되고 1970년대에 들어서면 문학에서 사회의 문제를 분리시키고자 하는 정치적 시대적 억압과 맞물려 많은 대학에서 가르치고 있다.[3]

---

3) 1950년대에 신비평이 소개될 당시, 그리고 이후 이어진 우리나라의 문학적 사정은 신비평이 제대로 이식될 토양을 갖추지 못한 상태였다. 신비평가들이 텍스트와 작가의 분리를 주장하고 그 분리가 가능할 수 있도록 작품 분석 이론들을 개발한 것에는 그 나름의 역사적(문학사적) 이유가 있었다. 신비평의 토대가 되는 텍스트 중심주의는 지금 우리가 일반적으로 생각하듯 시인이라는 인격을 시에서 완전히 분리하자는 것은 아니었다. 오히려, 시인을 실제 시인과 작품 내적인 시인 둘로 나누고 후자에 방점을 찍자는 관점에 가깝다. 이 점을 이해하려면 모든 비평 사조나 문예 사조가 바로 앞 시대의 주도적 유행에 대한 반발이나 극복으로써 발생한다는 사실을 유념할 필요가 있다.

상당히 오랜 기간에 걸쳐서 문학은 작가라는 원인의 결과라는 생각이 유행해 왔다. 따라서 작품을 잘 이해하려면 작가를 잘 알아야 하는데 그 앎이란 것은 지극히 사적인 것이었다. 태어나서 자란 곳, 어릴 적 경험, 가족 관계, 심지어 유전 질환 등등이 작품 속에 등장하는 여러 가지 에피소드, 특별한 단어 들을 이해하기 위한 척도로 사용되었다. 그리하여 작가가 누구인가를 알면 문학 작품의 비밀이 다 해명된 것처럼 여기는 관습이 오래 문학 비평계를 사로잡았다. 이를 보통 역사주의 비평 또는 전통 비평이라고 부른다. 신비평가들이 텍스트를 시인에게서 분리하자고 말한 것은 우선 당장은 역사주의 비평 방법에 대한 거부이다. 거미줄 가득한 다락방을 들쑤셔 가며 몇 백 년 전 일기장을 들추어 보거나 호적 등본과 학적부 등을 떼러 다니는 연구로는 문학 작품이 우리에게 주는 생생한 감동의 비밀을 더 이상 전달할 수 없다는 것을 깨달았을 때 문학은 바로 작품 그 자체라는 비평이 등장하게 되는 것은 당연하다.

하지만 우리나라에 소개된 신비평이 급작스럽게 대학 강단뿐 아니라 심지어 각급 학교 문학 교육 현장까지 휩쓸고 시 독해의 가장 중요한 방법으로 자리 잡게 된 데에는 문학사의 내부적 요인보다는 정치적 요인이 끼친 영향이 더 컸다고 보아야 한다. 즉, 텍스트 중심주의를 문자 그대로 해석함으로써 작가의 사상 체계와 아무 상관없이 시를 한국 문학사는 처음부터 사회를 계몽하거나 또는 기록하고 전망을 제시하는 중요한 장치로 문학을 생각했다. 팔봉 김기진이 회고록에서 말한 것처럼 "조선의 문예는 그 발생에 있어서부터 비록 약하나마 '반항의 문예'"였고, 발생 이후로도 1990년대에 이르기까지 근본적으로 '존재의 기반으로서의 언어의 자유'를 쟁취하려는 투쟁의 역사였다. 그러나 그 투쟁이 번번이 패배로 끝나고 마는 지난한 역사이기도 했다. 군국주의 일본에 의해, 분단 조국에 의해, 이승만, 박정희, 전두환으로 이어지는 독재자들에 의해, 심지어는 동구권 체제 전환이라는 세계사적 격변에 의해 문학사의 흐름이 바뀌기도 했다. 이런 상황에서 민족어가 부과하는 역사의 소명에 충실하기보다 쓰고자 하는 사적 욕망에 더 충실했던 시인들에게 일종의 면죄부를 준 것이 바로 "시인은 작품으로만 승부한다."는 가짜 신비평의 구호가 아니었을까? 그리고 이 구호를 개악적으로 강화한 것이 바로 소위 대표작 중심의 문학 교육이었다. 말하자면, 지금 미당 문학에서 '생활인으로서의 시인'을 배제하자는 말은 근본적으로 실제 시인과 함축적 시인을 구별하는 신비평의 이론에 그 뿌리가 있기는 하다. 그런데 미당 옹호자들이 신비평이 주장하는 시와 시인의 분리가 지금 그들이 말하는 것과는 상당히 다른 문맥에서 발생한 것임을 깡그리 무시하거나 고의적으로 모른 체하고 있다는 점이 문제이다.

텍스트와 시인을 분리해서 보아야 한다는 말이 문학적 의미를 지니기 위해 전제해야 할 것이 있다. 시인 자신이 자기 시를 언어적으로 수

방법론 적용의 대상으로 삼는 태도로 전용되었다. 이는 문학에서 정치적, 사회적 관련성을 고려하지 않고서도 문학 이야기를 할 수 있는 적절한 도피의 도구였다.

행하는 자기 동일성, 근대성의 치열한 탐구로 보아야 한다는 사실이다. 다시 말해 근대적 시관을 수납한 근대인이어야만 한다는 것이다. 과연 미당이 그러한가?[4] 더구나 '작품 그 자체'라는 것은 실제로 지금 미당을 옹호하고자 하는 사람들이 말하는 것과 유사한 그런 의미가 아니다. 미당 옹호자들이 말하는 작품 그 자체란 것은 시를 그야말로 제작자의 이름을 지워낸 상태로 시장에 나와 있는 일종의 도자기나 진품 포도주처럼 취급하는 반문학적이고 도구적인 발상이거나 시를 기예의 일종으로 보는 전근대적 문학관의 용어이지 전혀 신비평적 태도가 아니다. 오히려 신비평가들은 글쓰는 자로서의 한 시인의 모든 언어적 텍스트를 서로 연결된 구조물로 보는 관점—동일성의 관점—을 일관되게 고수하고 있다. 한 작가를 그의 일련의 텍스트의 연속성 위에서 파악해야 한다는 것이다. 이 연속성은 시인이 바로 자기 텍스트를 통해 세계와 의미심장한 미학적 관련을 맺는다는 사실을 당연히 전제하고 있다.

그러므로 텍스트와 저자가 분리 가능하다는 것은 아주 제한적인 것이다. 미당이 "애비는 종이었다"라고 진술했음에도 그가 실제로는 몰락 양반의 후손이었다는 이유로 "미당은 알고 보니 거짓말쟁이다."라고 말하지 않는 것. 반대로, 언제나 웃는 낯으로 내게 대해 주던 분이라는 이유로 그의 모든 시가 훌륭한 인품의 소산이니 훌륭하다 말하지도 않는 것. 달리 말해, 텍스트 속에 나타난 언어가 실제의 작가를 정확히

---

4) 이 점에 대해서는 이미 조정환이 『말』지에서 상론한 바 있으므로 참고하기 바란다. 조정환, 「서정주의 죽음에 부쳐—독재를 숭상한 한 '민족주의자'의 시적 투쟁」, 『말』 2월호, 2001.

반영한다 믿지 않는 것.

시를 그 시인의 정신세계의 총화가 아니라 단어, 주제, 기법 등의 공예가적 자질로 바라보게 만드는 것은 오로지 한국 문학에만 해당되는 기형적인 독법에 불과하다. 그러므로 "그래도 시는 아름답지 않느냐."라는 미당 옹호자들의 말은 일견 대단히 심각한 문학적 딜레마를 대변하는 것 같지만 실은 발설자가 문학적으로 엄밀하지 못한 독자라는 것을 알려줄 뿐이다.

탈근대의 관점이 아니라 신비평의 관점에서만 보아도 시인의 공적 영역에서의 행위는 시 텍스트의 연장선상에 있으므로 당연히 비판과 해석의 대상이다. 아니, 시인이란 말 그 자체가 이미 공적 존재를 의미하는 것이다. 미당의 시가 '아름답기' 위해서는 미당의 공적 삶이 자기 시를 배반하지 말아야 한다는 전제가 반드시 요구된다. 소위 초월 미학의 대가인 미당은 친일도, 이승만 전기를 쓰는 일도, 광주 항쟁을 모욕하는 그 어떤 발언도, 어떤 문단적 감투도, 공적인 영역에 자기 모습을 드러내는 그 어떤 행위도 하지 않았어야만 한다. 더구나, 미당의 친일 행위나 독재자 찬양은 바로 그의 시작을 통해 이루어졌다. 결코 '생활인'으로서의 행위가 아니었다. 그러므로 미당의 친일은 반드시 고려의 대상이 되어야만 한다. 그것이 미당 시에 요구되는 내적 일관성이자 미당 시의 문학성을 보장하는 최저선이다.

3. 독자의 선택을 위한 비평의 매개는 온당했는가

이 질문은 우선 문학사가들이 과연 미당 문학을 한국 문학사에 어떻게 자리매김했는가라는 질문이 될 것이다. 나아가 그 문학사적 평가를 다른 비평가들이 어떻게 수납하고 또 반박하는가의 문제가 될 것이다. 그런데 미당 문학에 대한 사적史的 평가는 미당 옹호자들이 저널적 아포리즘으로 주장하는 것과는 달리 그렇게 높지 않다. 구모룡은『한겨레21』에 기고한 글에서 미당의 문학이 고평되었다고 말한 바 있다.[5] 실제로 현재 언론과 일부 문인들에 의해 유포되고 있는 미당 문학에 대한 격상 작업은 결코 문학사적으로 인정된 견해가 아니다. 김용직은『한국현대시사』에서 흥미로운 진술을 하고 있다.

> 『시인부락』은 30년대 후반기 한국시단에 한 충격이었다. 이 동인지 체제의 순수시 잡지가 첫호를 낸 것은 1936년 11월의 일이다. 그 부피가 30여 면, 거기에는 또한 새로운 유파 활동의 의욕이나 정열을 집약한 선언문이나 취지도 붙어있지 않았다. 그리하여 이 잡지는 상당 기간동안 우리 주변에서 외면되거나 군소문학 현상으로 취급되어 별로 주목받지 못한 채 남아 있었다. 이런 사정에 변화가 생긴 것은 일제 말을 거쳐 8.15 해방기를 맞고 부터이다. ─구체적으로『시인부락』이 한국현대시사에서 거론된 것은 서정주 자신이 낸『조선현대명시선』(온문사, 1950)의 부록인『현대조선시약사』를

---

5) 구모룡,「당신의 '초월미학'에 애도를」,『한겨레21』제341 호. 2001. 1. 3.

통해서였다. 서정주는 이 글의 '생명파' 부분에서 『시인부락』을 거론한 바 있다. (2권 29쪽. 이탤릭체 부분은 '각주'.)

미당의 문학사적 위상은 바로 그 자신의 언급으로부터 시작되었다는 것이다. 물론, 이는 적어도 미당이 시작 활동의 초기에 이미 문학사가 일종의 담론 투쟁 및 노선 투쟁의 역사라는 점을 알았다는 증거로 고평해야 마땅한 일이다. 그러나 결과적으로 김동리의 순수론과 유사한 문학적 입장에 놓인 미당의 문학이 문학사에서 중요해진 것은 이러한 문학적 투쟁의 승리라기보다는 미당이 문학적 타자로 인지했던 정지용을 비롯한 1930년대 중요 문인들이 대거 월북 또는 납북된 탓이 아닐까라는 의심이 든다. 미당이 문학적으로 의심받지 않을 수 있었던 유일한 방법은 정지용의 문학사적 위상을 확실히 자리매김한 뒤 미당 문학이 지용의 한계를 뛰어넘는 것임을 보여 주는 것이었다. 그런데 그는 그렇게 하지 않았다. 이후 문협의 중심으로서 미당의 위상은 더 이상 흔들림 없이 지속되었다고 보아야 한다.

김용직이 정지용에 대한 극복으로 미당의 언어를 바라본 것에 비해 김우창은 미당의 언어를 그렇게 생각하지 않았다. 「한국시와 형이상」[6] 에서 김우창은 「화사」를 실패한 시로 평하고 있으며 나아가 미당의 실패는 한국 시문학의 실패로까지 규정하고 있다. 남진우가 미당 문학의 완숙기라 불렀던 1960년대 당시 현장에서 월평을 썼던 김수영은 단시 위주의 미당 시가 평범하다는 단편적 소감을 남기고 있다. 시적 세계관

------

6) 김우창, 『궁핍한 시대의 시인』, 민음사, 1977.

이 다른 점을 감안하더라도 미당에 대해 시적 평가가 높지 않은 것은 사실이다.

김윤식의 저서[7]에 보면 해방 후 새로운 문단 권력으로 급부상하던 청년 김동리가 서울 상경 후 가장 먼저 찾아간 사람이 바로 미당이었다는 짤막한 비화를 전하고 있다. 곧이어 해방 공간에서 두 사람은 나란히 좌익인 조선 문학가 동맹에 맞서 조선 문필가 협회의 행동대 격이었던 조선 청년 문학가 협회를 주도하는 사이가 되며 소위 문협 정통파를 구성하게 된다. 한편, 미당은 서라벌 예대와 동국대 교수라는 지위와 현대문학의 추천권자라는 지위를 이용해 한국 시단을 자신의 에피고넨으로 가득 채우게 되었다.

달리 말해, 미당의 문학성에 대한 신비화는 과격하게 보면 반공을 국시로 하는 정치 상황에 부응하는 일이었다. 독재자와 유착 관계로 형성된 문단 권력을 이용해 소위 제자들을 양산하고, 교과서를 통해 홍보하는 등 상당 부분 시에 대한 한국인들의 미학을 지속적으로 훼손해 온 결과라고 생각한다. 그렇게까지 보지는 않는다 하더라도 미당이 누려온 영예가 공정한 경쟁에 의한 것이 아님은 확실하다. 2000년 당시 고등학교용 18종 문학 교과서에는 미당의 시가 무려 11편이나 인용되고 있다. 그런 인용이 관습적인 것인지 어떤 문학사적 근거로 이루어진 것인지에 대해 생각해 볼 만하다.

미당을 언어의 연금술사니 부족 언어의 마술사니 하고 말하는 것은 증명할 길 없는 단순한 수사에 지나지 않는다. 시인의 언어 감각이란

---

7) 김윤식, 『해방공간 문단의 내면 풍경』, 민음사, 1996 참조.

단순히 글을 매끄럽게 다듬는 재주가 아니다. 한국 문학사에서 언어 의식을 기반으로 문학적 몫을 챙긴 사람은 단연 정지용이다. 미당이 방언을 자유자재로 다룬다는 평가도 있지만 알고 보면 백석이 훨씬 윗길이다. 미당이 방언이란 것을 단지 표피적인 소리만으로 이용한 데 비해 백석은 방언을 민족정신의 보존과 일제의 일본말 강요에 대한 저항의 장치로 의미심장하게 사용하였다. 지용과 백석이 남쪽에 있었던들 과연 미당의 권력이 있었을까? 분단의 혜택을 가장 많이 입은 문인이 바로 미당이라는 점에 대해서 우리는 한 번 더 생각해 보아야 할 것이다.

4. 미당의 시는 아름다운가

이제, 마지막으로 미당의 시는 그럼에도 아름다운가를 생각할 차례다. 이미 시의 아름다움을 보는 기준이 문제가 있다는 점을 지적했지만 그럼에도 독자 대중에게 미당의 시는 아름다움의 대명사로 지속적으로 매개되고 있다. 실제로 미당의 시를 두어 편 읽어 보는 것이 유익하리라 생각된다. 인용하는 시들은 인구에 회자되는 대표작이 아니라 전집에 실린 평균적 수준의 작품들이다.

"설마가 사람 죽인다고./혹시 모르니/오늘은 각별히 조심해라."/1960년 4월 19일 아침 /나는 아무래도 예감이 좋지 않아/내 큰자식의 대학 등교길에 /이렇게 간절히 당부하고 있었다. /그랬더니, 아니나 다를까./이날 경무대로 몰려가던 학생데모대의 선봉은/

돌연한 총포로 죽기도 했는데, /내 아들은 그 도중에서 내 당부가 생각나 /통의동 골목으로 새어 살아왔대나./是보담도 非보담도 무엇보담도 /이것 하나 정말로 다행한 일이었다.

— 「1960년 4월 19일」(『안 잊히는 일들』, 현대문학사, 1984.)

이 시는 4·19 당일의 감회를 읊조린 것이다. 그 안에 드러난 보신주의에 대해 비판은 자제한다 치고, 과연 이것이 객관적으로 문학성을 담보할 만한 '아름다운' 시라고 보기는 어렵다. 이번에는 소위 신라에서 질마재로 이어지는 한국 역사의 새로운 이상향을 개척했다는 찬사를 받고 있는 미당의 역사시를 한 편 보도록 하자.

歷史여 歷史여 한국 歷史여./흙 속에 파묻힌 李朝白磁 빛깔의/새벽 두 時 흙 속의 李朝白磁 빛깔의/歷史여 歷史여 한국 歷史여.//새벽 비가 개이어 아침 해가 뜨거든/가야금 소리로 걸어나와서/춘향이 걸음으로 걸어 나와서/全羅道 石榴꽃이라도 한번 돼 봐라.//시집을 가든지, 안上客을 가든지,/해 뜨건 꽃가마나 한번 타봐라./내 이제는 차라리 네 婚行 뒤를 다르는/한 마리 나무 기러기나 되려 하노니.//歷史여 歷史여 한국 歷史여./외씨버선 신고/다홍치마 입고 나와서/울타리 가 石榴꽃이라도 한 번 돼 봐라.

— 「歷史여 韓國歷史여」(『미당 서정주 시전집』, 민음사, 1983, 242쪽.)

여기서 역사란 말은 아무런 레퍼런스도 지니지 못한 단순한 소리에 불과하다. 이 시에서 미당이 한국 역사를 바라보는 새로운 비전을 제시했거나 부르기만 하면 역사가 절로 걸어오는 비의적 경지를 개척한 것 같아 보인다고는 차마 말하기 어려울 것이다. 의미의 문제는 그렇다 쳐도, 이 시의 언어도 예쁜 단어의 나열이기는 하지만 아름답다고 말하기는 어렵다.

결국, 시의 아름다움이란 총체적인 것이다. 낱말의 재미, 운율이나 비유의 참신함이나 유쾌함 등등은 시의 아름다움을 결정하는 작은 요소에 불과하다. 미당의 시가 아름답다는 추모의 말들은 저널리즘의 선정주의이거나 텍스트를 제대로 읽지 않고 통념적 판단에 의지해 이야기하는 것일 뿐이다.

5. 누가, 왜 미당을 찬미하는가

그러므로 이제, 왜 미당 문학에 대해 기어이 고평하려고 하는가를 물어야 할 때다. 이 글의 초입에서 미당 문학에 대한 평가가 아마도 현재의 문학 권력자들의 행태와 문학을 합리화해 주는 중요한 잣대이기 때문일 것이라 말했다. 문인의 생애에서 작품을 분리하고, 작품은 오직 작품 그 자체의 아름다움만으로 평가해야 한다는 주장은 얼마나 그럴듯해 보이는지! 게다가 가벼운 것을 요구하는 이 상업주의 시대에 거대 담론의 억압에 지친 우리들에게 또 얼마나 달콤하게 들리는지!

그러나 그 주장은 잘못 해석된 외국 문학 이론에 근거한 것이며 나아가 제대로 주장되고 있지도 않다. 우리가 작가에게 표하는 경의는 근본적으로 도자기 제조공이나 포도주 제조인에게 표하는 경의와 다르다. 문학 자체의 아름다움은 그 생산자에 대한 총체적 경의로 이어진다. 그러므로 그 아름다움을 결정하는 기준 또한 절대로 생산자와 분리될 수가 없다. 그럼에도 이를 분리해서 보아야 한다는 주장은 시와 삶의 분리, 시의 고평가, 다시 고평가에 힘입은 시인이 문학사의 정문이 아닌 뒷문으로 슬그머니 복귀하는 수순을 정확히 포함한다. 지금 소설가 이문구 딜레마,[8] 소설가 신경숙 딜레마[9]를 생각해 보라. 작품 그 자체라는 허구가 얼마나 우리 문학을 괴롭히고 있는가.

이 부당한 순환의 직접적 피해자는 문학을 삶 그 자체의 언어적 구조화라고 생각하며 생을 다해 투신하는 진짜 문인들이다. 그리고 문학이란 게 결국 말장난이나 시간 보내기용 읽을거리에 지나지 않는다는 싸늘한 경멸감으로 한국 문학을 버리게 될 독자들이다. 문학의 권위가 땅에 떨어질수록, 아예 죽어갈수록 바로 지금 현재의 문학 권력은 오히려 공고해질 것이기 때문이다. 🏃

---

8) 2000년 동인 문학상을 수상한 일로 벌어진 파문을 말한다. 이문구는 조선일보가 주는 친일 문인 문학상을 거부하지 않은 일로 심한 비판을 받았다.

9) 2000년 가을 문단은 신경숙의 표절 문제로 술렁였다. 박철화가 『작가세계』 2000년 가을호에 「여성성의 글쓰기, 대화와 성숙으로」에서 「기차는 7시에 떠나네」와 「작별인사」가 표절임을 주장했고, 한겨레신문 최재봉 기자가 「딸기밭」이 재미 유학생 안승준 씨의 유고집 『살아는 있는 것이오』를 표절했다고 주장했다. 평론가 정문순은 「통념의 내면화, 자기 위안의 글쓰기」(『문예중앙』 가을호, 2000)에서 「딸기밭」뿐 아니라 신경숙의 「전설」이 미시마 유키오의 「우국」의 전면적 표절이라 주장했다. 이런 와중에 신경숙은 2000년 21세기 문학상을, 2001년 이상 문학상을 각각 수상한다.

▼

시인이 독자를 괴롭히다니

— 국민 시인 미당이라는 허구

1. 미당을 둘러싼 말의 전쟁

인터넷이라는 소통 공간이 생겨난 것이 여간 다행스럽지 않다. 이 공간에는 과거에는 상상조차 할 수 없었던 말의 자유가 있다. 특히 말로 하는 예술인 문학과 관련시켜 보면 주류 문인들(문학 권력을 지닌 사람들)과 그 추종자들이 매체를 독점한 상황에서 결코 들을 수 없었던 살아있는 비판과 개혁의 목소리가 지난 일 년간 많은 인터넷 게시판을 지면 삼아 활발하게 울려 퍼졌다. 뿐만 아니라 이 논의들이 넘쳐 나와 현실적인 변화를 추동하기도 했다. 조선일보 같은 주류 언론에서 최근 들어 인터넷이 언어 쓰레기의 바다인 양 이미지 조작을 하려고 애쓰는 것도 인터넷 언론의 대안적 기능이 점점 확대되는 것과 무관하지 않다. 1999년도에도 인터넷의 부정적 기능을 있는 대로 보여 주는 사이트들은 존재했다. 2000년도는 오히려 긍정적인 의미의 적극적 토론 마당들이 대거 등장한 시기였다. 불과 1년 전까지 인터넷 세상의 도래와 그 장밋빛 청사진을 그려 보이던 바로 그 신문이 새삼스럽게 인터넷의 폐해를 지적하고 나선 의도는 뻔하다. 지금까지 주류 매체들이 독점해 온 여론화 기능을 빼앗기지 않겠다는 생각이다. 이러한 대안 언론으로서 인터넷의 장점을 극대화해서 보여준 것이 아마도 문단 권력 논쟁과 더불어 미당의 죽음을 둘러싸고 벌어졌던 말들의 전쟁일 것이다.

주류 언론의 미당 추모 열기와 인터넷상에서의 미당 성토는 접점을 찾아내기 어려울 정도로 팽팽했다. 이 대립은 두 개의 핵심을 가지고 있다. 하나는 미당의 친일, 친독재 행적을 둘러싼 평가이고, 또 하나는 친일파 미당이 국민 시인이고 미당 문학이 한국 시의 최고봉인가 아닌가이다.

주류 언론은 아예 친일 친독재 경력에 대해서는 언급도 하지 않는 한편, 극상찬의 추모사들이 줄줄이 늘어섰던 이상 과열의 추모 열기를 보여 주었다. 얼마 전 황순원 선생의 타계에 보여 주었던 추모 열기와는 비교가 되지 않을 정도다. 상식적으로 생각한다면 문단의 거목이자 한국 문학사의 중요한 작가로서 황순원에 대한 대접이 서정주에 비해 가벼워야 할 이유가 없다. 대학 신입생들의 교양 과목을 담당하면서 알게 된 바에 따르면 미당 서정주와 그 작품을 모르는 학생은 꽤 있어도 황순원의 소나기를 모르는 학생은 별로 없었다. 그 차이가 크지는 않을지라도 미당과 황순원에 대해 주류 언론의 대접이 다르다고 느끼게 할 만큼은 된다. 반면에 황순원 선생이 네티즌들 일반의 슬픔과 아쉬움 속에 고이 하늘나라로 가셨다면 미당은 인터넷상에서 어쩌면 저주에 가까운 비난의 세례를 받고 있다.

왜 이런 차이가 발생하는가는 자명하다. 미당의 생애와 문학은 한국 문학사의 왜곡된 실상을 고스란히 간직하고 있다고 해도 과언이 아닐 만큼 표본적인 것이었다. 그 모순들이 제대로 해명되고 해결될 기회가 지금까지 거의 없었던 때문이라고 본다. 주류 언론들이 주류 문인들의 입을 빌어 미당의 문학을 더 격렬하게 찬미하지 않을 수 없었던 이유 또한 미당의 생애에 대해 단죄하는 일이 바로 자기 자신들의 치부를 단죄하는 성격을 띤 것이었기 때문이다.

만일, 미당 문학에 대해 긍정적인 평가로 기울어질 경우 "이미 기득권을 가진 것은 선이다."는 수구적 논리에 입각하여 자신들의 입지가 공고해질 수 있다. 네티즌들도 이 사실을 인지하고 있었다. 그리하여 미당에 대한 비판과 비난의 말들이 문학과는 전혀 무관할 것 같은 토론장에서조차 흘러넘치게 되었던 것이다. 이는 문학이 얼마나 사람들의 삶에 영향을 미치는가에 대한 매우 역설적인 증거물이다. 한 시인이 잘못 살아오면 전 국민이 괴로워지는 것이다.

이제 우리는 미당을 국민 시인이라 부르며 칭송했던 과거의 잘못을 반드시 청산해야 한다는 중요한 과업 앞에 서 있다. 일단, 미당의 생애와 문학적 궤적의 어떤 부분이 그토록 치열한 비판의 표적이 되었는지를 먼저 알아보자. 다음으로 미당에 대해 문학적으로 고평가하는 것이 과연 타당한가를 살펴보기로 하겠다.

2. 주류 헤엄치기—부끄러움으로 점철된 삶

미당의 생애가 보여 주는 가장 중요한 특징은 언제나 주류에 편승해 왔다는 것이다. 등단 초기의 짧은 기간을 제외하고 미당은 늘 문단이라는 폐쇄적 회로의 중심에 있었다. 아니, 열려 있어야 할 문단을 폐쇄 회로로 만들어 버린 그 중심에 미당이 있다.

그런데 흥미롭게도 미당 등단 초기 일제 강점기 때 미당에 대한 문단적 평가는 미미한 정도가 아니라 아예 없었던 것처럼 생각된다. 첫 시집 『화사집』이 한정판으로 제작되어 지인들에게만 돌려진 것도 그 사실을 뒷받침해 준다. 물론 이 당시 시집들의 발행 부수가 많지는 않지만 『화사집』이 해방 전에 시인이나 평론가들에게 읽힌 흔적은 찾아볼 수 없다. 그럼에도 한국 문학사에 미당이 발을 들여놓기 시작한 것이 해방 이후 김동리와 정치 활동을 시작하면서부터였음을 아는 독자들은 많지 않다. 말하자면 지금 주류 언론이 이미지 조작을 통해 자기들 입맛에 맞는 작가를 띄우듯이 미당은 문단의 헤게모니를 장악한 다음 '자가발전한 자화자찬형 대가'라고 말할 수 있다.

우리는 지금 미당 문학의 출발점이자 1930년대의 중요한 문학적 운동으로서 『시인부락』의 발간과 '생명파' 운동을 들고 있다. 하지만 이 『시인부락』의 존재 의의와 '생명파'라는 유파의 창설에 대해 의미 부여한 것은 10년도 더 지난 다음 미당 자신이었음을 지적하고자 한다. 물론 『시인부락』과 『화사집』의 시가 일정한 문학적 성취를 이루고 있다는 사실까지 부정하고 싶지는 않다. 그러나 미당이 자기 문학의 기원을 생명파로 소급해 가는 과정에서 응당 반드시 해명하거나 반성했어야만 할 미당 자신의 친일 행적에 대하여 반성은커녕 한 마디 언급도 없이 그냥 누락시켜 버렸다는 사실은 대단히 중요한 잘못이다. 생명파를 말 그대로 반생명적이고 인간을 억압하는 문명에 대해 반대하는 원시성 회복의 시 운동이라고 간단히 요약할 수 있다. 그런데 미당의 친일 행적은 바로 그 억압적 문명의 가장 타락한 형태인 군국주의 일본에 대해 옹호하고 아부함으로써 자신의 문학적 신념을 정면으로 위배한 것이다. 더구나 그 행위가 슬쩍 넘어가도 될 정도로 미미한 것이 아니었다. 1930년대 미당 문학과 해방 이후 미당 문학 사이에는 친일 문학이라는 단절이 엄연히 존재하는데도 어떤 문학적 해명도 없이 과거의 일정 시기를 싹 도려내어 버린 채 문학적 연속성을 주장한다는 것은 시인으로서의 도덕성 결여일 뿐 아니라 문학적 정당성의 결여이기도 하다.

사람들이 흔히 변명하거나 오해하듯이 일제 말 미당의 친일 행위가 당대의 억압적인 분위기에서 마지못해 사소하게 행해진 것이 아니라는 증거가 많이 있다. 그의 친일 행각은 당대 그 어떤 시인도 따라오지 못할 정도로 적극적이고 활발한 것이었다. 전문 연구자들이 머뭇대는 사이 네티즌들은 미당의 이러한 친일 행각을 탐사하고 있었다. 한겨레신문 독자 마당에서 조규봉이란 네티즌이 정리한 말을 인용한다.

일제말기에 다쓰시로 시즈오로 창씨개명을 하고 황국신민화 정책의 선전에 앞장섰다는 사실을 아는 사람은 아주 드물다. 또한 조선 청년들에게 일본을 위한 전쟁에 나가서 싸우다 죽을 것을 권하고 일본 군대를 쫓아다니며 종군기사를 썼던 사실을 기억하는 사람도 거의 없다. 그는 1942년 친일 어용 문학지 「국민문학」과 「국민시가」의 편집 일을 맡게 되면서 본격적으로 친일작품을 양산했다. 그가 쓴 친일작품은 평론 1편, 시 4편, 단편 소설 1편, 수필 3편, 르

포 1편 등 10편에 이른다.

—조규봉, 「미당을 칭송할 수 없는 이유」, 『한겨레』, 2000. 12. 26.

창씨개명과 다른 문인의 몇 배에 이르는 작품의 양으로만 보아도 이것은 적극적인 친일이다. 이러한 적극적 친일 행위로 미당이 얻어낸 이익은 명백해 보인다. 그러한 적극성을 통해 무명의 시인에서 최재서, 이광수와 어깨를 겨루는 중요 문인으로 성장했다는 점이다. 이광수나 정지용 같은 당대의 주요 문인들과는 달리 미당의 입지는 그때까지는 미미한 것이어서 친일을 요청받거나 강제당할 정도의 위상이 아니었던 것으로 보인다. 아니, 위상이 높았던 시인들이라 해도 『국민문학』에 한두 편 정도의 소극적 시를 쓰기만 해도 별다른 박해 없이 살아남을 수 있었던 것이 더 사실에 가깝다. 그런데 미당은 적극적인 친일 논문의 발표, 친일시의 발표를 통해 자기 입지를 굳힌 것이다. 아주 대단한 정치적 감각이다. 미당의 정치적 감각은 여기서 그치지 않는다. 미당 논쟁에 불을 붙였던 성신 가톨릭대 국사학자 박광용 교수는 1947년 경향신문에 발표한 연시 「국화옆에서」가 사실은 이승만을 찬송하는 노래라고 하는 요지의 논문을 발표했다. 그 논문에서 박 교수는 미당이 미군정과 친미파 이승만에게 발 빠르게 접근한 사실을 확인해 주고 있다. 이러한 미당이 일제가 천년만년 갈 줄 알았다고 변명하는 것은 교활함을 넘어선 흉한 거짓말이다. 친일을 통해 문단이라는 작은 사회에서 입지를 만들고 미군정과 이승만에게 접근함으로써 입지를 공고히 한 것이다. 이는 친일파 청산에 철저하지 못했던 우리의 역사가 만들어 놓은 비극의 전형적 모습일 뿐이다.

미당의 주류 편승 행각은 여기서 그치지 않는다. 박정희 정권 공고화의 한 축을 담당한 베트남 파병에 대해 찬미가를 지어 부른 것도 미당이고 1980년 신군부가 득세한 뒤 신군부를 옹호하고 민중 문학을 반대하는 세력을 규합한 것도 미당이다. 우리 사회의 가장 부패하고 가장 힘 있는 세력이 원하는 말을 매끄럽게 뽑아내 바칠 줄 알았던 그는 그 감각으로 언제나 주류에 속해 있었던 사람이다. 더 나아가, 그는 자기의 문학 행위로 주류의 권력을 공고히 하기 위해 힘써 온 사람이기도 했다.

다른 글에서 미당의 탈정치적으로 보이는 시들이 실은 대단히 현실 정치 옹호적인 시라고 말한 적이 있다(「시인이라는 정체성」, 『오늘의 문예비평』 가을호, 2000.). 시인에게 정치 무관심을 강요하는 당대 권력의 요구에 너무나 충실하게 응한 것이 미당의 탈정치적 정치성의 핵심이기 때문이다. 뿐만 아니라, 미당을 포함한 당대 주류 문단 권력자들은 미당 시의 전형적 특질인 무역사적인 초월 미학을 시의 본령인 것처럼 퍼뜨림으로써 시를 사랑하는 독자를 탈정치성의 영역에 머무르게끔 오도하기도 하였다는 점에서도 정치적이다. 그러니 미당의 시는 자기 삶에만 너무도 충실했던 결과물이라 해야 하리라.

3. 미당 시 평가에 대한 고민

미당의 죽음 앞에서 주류 언론과 그에 편승한 주류 문인들이 주장하는 바는 단순명료하다. 문학예술은 예술가의 행적과 분리시켜서 그 자체로 평가될 수 있으며 그렇게 되어야 한다는 것이다. 그러므로 이제 미당 문학은 어떤 정치적 잘못이 있어도 아름답고, 그 아름다움의 정도가 한국 시의 최고봉이라는 주장이 얼마나 큰 오류인가를 살펴볼 차례이다.

미당 문학을 둘러싼 오해를 해명하는 다른 지면에서 문학의 미적 가치를 평가하는 기준이 절대적으로 객관성을 지닌 것이 아님을 이야기한 바 있다(「미당을 둘러싼 몇 가지 문학적 오해에 대하여」, 『월간 인물과 사상』 3월호, 2001.). 문학은 일종의 제도이기 때문에 그 제도를 장악한 당대의 권력자들과 제도에 도전하는 새로운 문인들 사이의 담론 투쟁을 통해 변화하고 발전한다. 그런데 우리나라는 이러한 제도의 자율적 전개가 언제나 문학 외적인 이유로 억압받아 왔다. 이미 일제하 우리 문학사의 중요한 문인들 대부분이 북에 있다는 이유로 일반 독자는 물론이고 전문가들에게조차 연구가 금지된 상황에서 문학사적 단절이 일어났다. 아울러 현실에 대한 날카로운 통찰과 비판 의식을 지닌 문학에 대해 박해가 대단히 위협적으로 자행되었다. 미당은 바로 이러한 문학 외적 조건들의 덕을 본 사람이다.

그렇다면 미당의 문학이 현재 상찬 받고 있는 이유는 대단히 정치적인 데 있다고 해야 할 것이다. 이때 정치적이란 단순히 어떤 정권에 동조한다든가 하는 차원을 넘어서서 학적, 비평적 헤게모니를 누가 장악해 왔는가의 문제와도 관련이 있다. 미당 문학의 문제는 단순히 한 시인이 친일을 했는데 그것이 아직 단죄되지 않았다고 하는 문제가 아니라, 하필 친일, 친미, 친독재, 친수구보수 기득권이라는 노선을 충실히 따라온 그 시인이 문단 헤게모니를 장악하게 된 사정이 정치적이라는 데 있다.

다시 말하면, 미당 문학은 미당과 같은 문학을 좋은 문학이라고 가르치고 평가해 온 '미당파' 문인들이 정치적으로 우대받고 수적으로 우위를 차지함으로써 과대평가된 것이 문제다. 미당 자신이 자기 문학과 다른 종류의 문학에 대해 결코 너그럽지 않았다는 것은 김관식 시인을 십 년이 넘도록 등단시켜주지 않았다는 에피소드에서도 극명히 드러난다. 자기와 동종의 문학을 하는 시인들만을 고평하고 등단시켜 주는 폐쇄적 회로가 미당의 정치적 장악력으로 계속 유지되었던 것이다.

그렇다면, 1980년대가 지나고 외형상으로는 독재정권이 타도되고 난 다음에도 여전히 미당 문학이 상찬 받는 것은 무슨 이유인가? 이는 역시 미당 문학이 그 어떤 정치적 과오가 있어도 여전히 너무 훌륭하기 때문인가? 결코 그렇지 않다.

미당은 위에서 말한 여러 가지 이유로 1980년대에 문학을 주도하던 민족·민중 문학 계열의 문인들로부터 단죄 받고 국정 교과서에서도 밀려 나가는 수모를 겪었다. 문학적으로 완전히 침몰하는 것처럼 보였다. 그러나 1991년 『미당 시전집』을 출간한 바 있고 유종호, 이남호가 편집 위원으로 있는 민음사에서 『화사집』 50주년 기념 재출간 사업을 벌이면서 문학적인 검증 작업 없이 출판 시장을 통해 복귀하였다. 문학적 검증 작업이 없었기 때문에 미당 시가 근본적으로 보여 주는 독재 부역적 정치성과 그에 따른 역사적 죄과를 문학적으로 묻지 않았다는 것이 문제다. 미당은 말하자면 뒷문으로 돌아온 셈이다. 또 한 번 친일 행각을 슬쩍 덮어 버렸던 것과 유사한 잘못을 저질렀던 것이다.

이처럼 뒷문으로 숨어들기가 비겁할지언정 한국 문단이 건강성을 유지하기만 했더라면 큰 문제가 되지는 않았을 것이다. 그러나 1990년대의 문학 현장은 본래의 비평적 치열성을 잃어버리고 상업화 논리에 함몰해 버렸다. 미당의 재등장은 그래서 또다시 한국 문학의 왜곡을 보여 주는 한 표본이 되고 말았다. 쫓겨난 아버지가 뒷문으로 숨어들어 와 다시 가부장이 되다니! 더구나, 지금 와서 미당이 18종 문학 교과서의 최다 시 수록 시인이 되어 있다는 것은 끔찍스러운 일이다. 이는 전적으로 교과서 편찬자들의 직무 태만이다.[1]

그러나 미당에 대해 비판적 시각을 지닌 다수의 네티즌 독자들은 주류 전문 독자 문학 연구자들의 미당 긍정 분위기에 당황하고 있다. 그 긍정의 대표적 논리로 시인과 텍스트는 별개다, 작품의 감상은 독자의 몫이다라는 발언 앞에 분개하고 있다. 하지만 반박하기 힘겨워하는 것도 사실이다. 다음과 같은 네티즌의 발언은 그 곤혹스러움을 집약해서 보여 주고 있다.

서정주의 부정적 행태에도 불구하고 그의 문학적 공적을 인정해야 한다는 의견. 이는 주로 국문학을 공부하는 이들의 의견으로서 대표적으로는 이남호의 모 신문 칼럼에 의해 피력되었다. 개인적으로는 이 견해를 국문학과 관련된 이들의 확인하지 않은 습관적인 동조로 간주하고 있다. 이는 서정주 시의 문학성이 그의 초기시에 국한된다는 구모룡같은 평론가의 지적에 개인적으로 동의한다는 뜻이다. 나는 서정주의 후기시가 갖는 느슨함이 「자화상」이나 「국화 옆에서」 같은 완결성을 갖추고 있느냐에 대해 의문을 품고 있다. 즉, 문학 텍스트와 작가의 행적을 분리해서 간주해야 한다면, 서정

---

1) 2000년대 초반의 이런 비판의 결과 2019년 현재 10종 문학 교과서에는 서정주의 작품이 거의 실려 있지 않다.

주의 후기시는 그만큼의 성과를 이루지 못했다는 것. 서정주의 부정적 행태에 대해 텍스트와 작가를 분리해야 한다는 주장을 한다면, 그의 후기시는 그만큼의 성과를 이루지 못한 만큼 그에 대한 비판이 이루어져야 한다는 것이 기본적인 내 생각이다.(덧붙이자면 서정주의 시에 찬사를 바치는 이들이 순수하게 서정주의 모든(!) 시에 감동하고서 의견을 피력했는가에 대해 의심을 품어야 할 것이다.)

그러나 문제는 작가와 작가의 행적을 분리해야 한다는 주장에서 생긴다. 이 문제로 들어가면 문제는 상당히 복잡해진다. 심정적으로 말하자면 좋은 글을 쓰는 사람이 그에 적합한 행적을 갖는 사람이었으면 좋을 것이다. 그러나 그렇지 않은 경우가 비일비재한 것이 현실. 이는 동서양을 막론하고 수없이 많은 작가들, 혹은 더 넓게 얘기하자면 지식인들이 저지르는 오류 중 하나이다. 知行合一이라는 동서양의 이상은 그야말로 이상에 불과하다. 그렇지 않은 예를 수십 명, 수백 명, 수천 명은 들 수 있는 상황. 그렇다면 동서양의 문학사를 비롯한 예술사는 그들의 행적을 기반으로 다시 쓰여져야 하는가.

— ID 쥐, 「서정주 논쟁에 대한 생각」, 『문학방』 2)

이 네티즌이 지적한바 국문학 연구자들의 엄밀하지 못한 태도—확인하지 않은 습관적 동조—는 비판받아 마땅하다. 실제로, 내 주변 시 전

2) 〈http://neo,urimodu.com/bbs/zboard.php?id=club_literature&page=1&sn1=&div page=1&sn=on&ss=off&sc=off&keyword=%C1%E3&select_arrange=headnum&desc=asc&no=380〉(게재 일자 : 2001. 1. 6.)

공자들 가운데도 대표작이라 불리는 몇 편을 제외하고는 미당 시를 읽어보지 않은 사람들이 상당수이다. 이것이 정말 심각한 문제라고 본다. 미당을 중요 시인으로 간주한 전제 하에 미당의 시를 연구하는 그러한 태도를 국문학 연구자들이 버리지 않는 한 미당 문학에 대해 올바르게 평가하는 일은 아직도 요원하다.

그런데 막상 미당 옹호자들과 반대자들 사이의 쟁점은 오히려 텍스트와 삶을 분리할 수 있는가라는 문제에 집중하고 있다. 유종호가 미당을 옹호한 가장 중요한 논리도 이것이다. 남진우, 이남호 등 대표적 미당 예찬자들뿐 아니라 막연히 미당 시를 좋아하는 독자들도 "시는 좋지 않은가."라는 아쉬움을 표현하기도 한다. 심지어, "그나마 미당 시 같은 시를 버린다면 한국 문학은 너무 초라해지지 않느냐."라고 염려하는 시인들까지 있다. 그리하여 미당의 생애의 과오로부터 미당 문학을 보호하자는 분위기가 발생한다.

이 문제를 나름대로 명쾌하게 설명하기 위해 한 편의 글을 이미 쓴 적이 있으므로 참고해 주시기 바란다(「미당을 둘러싼 몇 가지 문학적 오해에 대하여」, 『월간 인물과 사상』 3월호, 2001.). 이 문제의 핵심은 텍스트와 시인을 분리한다는 발상이 실제로 어떤 의미인가라는 점과, 텍스트 자체만으로 보더라도 미당의 시가 과연 우수한가, 라는 이율배반적인 질문이다.

위 'ID 쥐'라는 네티즌이 잘 지적했듯이 시인의 행적과 텍스트를 분리하지 않았을 경우 발생할 여러 가지 문제는 정말 많다. 시가 정신의 산물이므로 장기적으로는 그의 행적을 필연적으로 반영할지언정 단기적으로는 시인의 행적과 분리되는 일은 얼마든지 있을 수 있으므로 그

한 편의 시가 구조적 완결성을 지니고 있을 때 시인의 생애와 무관하게 읽어낼 수 있다는 것은 상식에 속하는 일이다.

다만, 바로 그러한 텍스트와 시인의 분리가 가능하기 위해서는 한 편의 시가 언어적으로 그 어떤 전기적 선행 맥락의 도움도 받을 필요가 없을 만큼 단단하게 구성되어 있어야 한다. 그 한 편의 시 속에 화자, 즉 시인의 인격이 자기 완결적으로 구성되어 있어야 한다. 즉, 시 속의 자아는 시 밖의 자아, 즉 실제 시인과는 다르다는 비평적 관점이 통용 가능한 시가 있고 그렇지 않은 시가 있다는 말이다. 더 나아가, 시 속의 특정한 허구적 자아—신비평적 용어로는 마스크—를 만들어내는 원리나 지향, 습관 등등에 관심이 미치게 되면 시 텍스트와 시인 자신을 분리한다는 발상이 단순히 연구자의 편의를 위한 것이라는 의구심마저 들게 만든다. 시인의 사상과 시인 자신의 실천이 일치하지 않을 수 있다는 문제와 특정한 시를 시인의 사상에서 떼어 내어 독자 마음대로 이해해 버려도 된다는 문제는 대단히 차원이 다른 문제인데도 지금 미당 논의는 그것을 뒤섞어 독자를 혼란스럽게 한다.

더구나, 미당 옹호자 중 가장 이론적 근거를 많이 지닌 유종호의 견해 가운데 특징적이라 할 수 있는 것이 미당의 언어 구사 능력이 귀한 재능이고 재능은 그 자체로 인정되어야만 한다는 것이다. 이는 어디까지나 시에 대해 일정한 형식적 기준이 통용되던 근대 초기 고전주의 문학관의 기계적 적용에 불과하다. 말하자면 유종호의 주장은 많은 독자들이 고민하는 것과 같은 현대적 의미의 텍스트 분리주의에 입각한 개념이 아니라 아직 현대시가 형성되기 이전의 상태로 시와 시인을 바라보자는 주장에 불과한 것이다.

짧은 서정시가 시인의 손을 떠나 인구에 회자될 수 있는 이유는 그 시가 독자들의 집단 정체성을 반영하기 때문이다. 그러한 서정시의 시대는 문학적으로는 현대시 이전의 시기에서 끝났다. 지금은 이미 대중가요조차도 특정 세대나 특정 관심 집단의 정서만을 반영하기 시작한 지 오래다.

다시 강조하자면 시와 시인을 떼어서 생각할 수 있다는 발상도 그러한 문학관을 자기 것으로 체화하고 문학적으로 엄격하게 적용하는 시인들의 시에 국한된 비평 태도가 되어야 한다. 그러나 미당의 시는 개별자로서의 정체성의 확립에 무관심하거나 실패하기 일쑤이고 오히려 일상적 자아가 문학적으로 정제되지 않은 채 함부로 시 속에 침투하고 있다.

그러므로 그래도 시는 좋지 않으냐는 강변은 그동안 미당이 이승만, 박정희, 전두환의 비호 아래 등단 추천권을 행사해 온 결과로 문단에 미당의 에피고넨이 가득차게 된 데 따른 정치적 귀결에 불과하다. 아무런 근거도 없이 그냥 시가 좋다는 이 괴상망측한 신비주의가 버젓이 문학 전문가들의 입에서 발설되는 것은 코미디이다. 미당 시를 기준으로 삼아 미당 시가 좋다고 말하다니, 누가 그 시를 가치의 기준으로 삼았는지는 한번만 돌아보아도 민망해진다. 미당 시와 같은 시가 고평된다는 것은 비평가들의 게으름이나 무지가 빚어낸 한국 문학사의 실패에 불과하다.

4. 교과서에 실린 미당의 시를 어떻게 보아야 할까

사실, 미당 시를 둘러싼 공방은 일반 독자들의 입장에서 보면 『미당

시 전집』을 살 것인가 말 것인가라는 상업적 선택의 문제에 불과할지도 모른다. 그러나 전문 독자들, 즉 비평가들과 교육 현장의 국어 교사들 입장에서 보면 상당히 다른 차원의 문제가 발생한다. 전문 독자들의 선택은 교과서에 실릴 시들을 선정하는 문제와 직결되므로 교사들은 마땅히 시 그 자체에 대한 평가 이전에 비평가들의 선택의 공정성과 문학적 타당성을 물어야 할 것이다. 그 기준이 타당하지 않다는 생각은 이미 이야기했다.

　문학 작품을 교과서에 싣는 선정 기준은 무엇일까? 솔직히 말하면 교과서를 들여다보지 않은지 오래되어 어떤 작품들이 실리고 있는지 명확하게 파악하기 어렵다. 그러나 국어 교사들이 만든 홈페이지나 고등학교 『문학』 교과서의 작품 목록을 들여다볼 때 소위 '고전'이라 부름직한 민족 공유의 문학적 자산을 학생들에게 소개하려는 목적의식을 지니고 있음을 발견할 수 있다. 다만, 이미 전문 독자들이 저지르고 있는 오류와 실패가 교과서에 고스란히 반영되고 있고, 그 대표적인 사례가 미당 시의 교과서 수록이다.

　문학사는 수많은 외적 여건의 어려움에도 더딜지언정 조금씩 진보하는 문학의 역사다. 더구나 근대 이후의 문학사는 대단히 뚜렷하게 문학으로부터 인간 그 자체의 모델을 발견하고자 애쓰고 있다. 리얼리즘 문학론에서 강조하는 전형성, 모더니즘 문학론에서 강조하는 자기 동일성 또한 개인을 집단의 우위에 두고 개인을 통해 전체를 발견하려는 문학적 태도라고 거칠게 요약할 수 있다. 그렇게 청소년들은 교과서에 소개되는 문학 작품들을 통해 현대를 살아 나갈 인간의 모델을 발견하는 것이다. 이 모델은 다양하게 분화되는 현대 사회의 삶에 일종의 공동체적 통일성을 부여한다. 그러니 교과서 수록 작품은 단순히 하나의 작품에 불과한 것이 아니라 우리 민족성의 근간을 이루는 신화적 상상력의 뼈대를 만드는 작품인 것이다. 그 작품의 생산자인 작가는 국민적 문인으로 저절로 숭상받게끔 되어 있다.

미당 시의 교과서 수록은 바로 그런 차원에서 두 가지 문제를 야기한다. 하나는, 미당 문학이 앞에서도 이야기했듯이 근대적 자아 개념이라고 하는 근대 문학의 중요한 요건을 갖추지 못하고 있으며 오히려 전근대적이고 집단적 자아를 주장함으로써 힘과 권력에 맹종하는 특성을 보여 준다는 것이다. 청소년기에 미당 같은 역할 모델을 만난다는 것은 자기 정체성의 확립에 실패한다는 뜻 이상이 될 수 없지 않을까? 더구나 2001년 현재 18종 교과서라는 수치가 말해 주듯 이제는 모든 고등학생이 같은 문학 작품을 읽는 시대가 아니다. 문학 교과서는 이제 작품을 선정해서 읽히는 것이 아니라 학생들 각자가 문학을 스스로 선택하여 스스로 이해하고 자기 상상력을 개발하여 자기 정체성을 수립하는 데 도움이 되도록 방법론을 가르쳐야 할 처지에 놓여 있다. 시의 평가 기준은 더 이상 좋은 시, 나쁜 시 같은 개념이 아니다. 기준이 명확하던 시절—즉 근대 초기의 고전주의 시대 정도라면 좋고 나쁨이 개인적 취향의 문제를 넘어설 수 있을지 몰라도 지금은 그렇지 않다. 구조적 완결성, 시적 자기 동일성의 확보가 더 중요한 문제이다. 이럴 때 어딘가 비의적이기까지 한 미당 시의 신화는 해롭기까지 하다.

또 하나는, 미당의 시를 가르치기 위해서 국어 교사는 미당의 친일 행적을 은폐하든가 아니면 시란 민족 공동체의 운명이나 사회의 진보에는 아무 관심 없는 그저 예쁘기만 한 단어의 나열이라 가르치든가 양자택일을 해야 한다는 것이다. 기실 미당 시의 아름다움이 "손가락이 오도도 떤다."라든가 '눈물 아롱아롱' 같은 의성어, 의태어 수준을 넘어 시적 사유나 태도의 아름다움에까지 이어지는 것은 거의 없기 때문이다. 시가 인간 존재의 가장 첨예한 지점을 상상력의 힘으로 개척해 가는 것이라고 하는 진보적인 시의 이념이 개입할 자리가 미당류의 시에는 존재하지 않는다. 고등학교를 졸업함과 동시에 시와는 담을 쌓아 버리거나 사춘기 감수성을 자극하는 정도에 불과한 시에 고착되는 독자가 그토록 많은 것은 바로 고등학교 문학 교육에 내재한 이러한 딜레마 때문이다.

미당의 죽음과 더불어 친일파 문인들의 시대는 물리적으로 막을 내리고 있다. 그러나 여전히 문학 외적 지위—출신 학교, 비평가들과의 친분, 언론이나 특정 잡지와의 유착 등등을 통한 문학 권력의 획득, 잘 팔린다는 이유 등—가 문학성을 결정하는 숨은 요인으로 작용하고 있다. 그 결과가 교과서에까지 영향을 미치는 문학 행태는 시정되지 않고 있다. 교과서에 수록된다는 것이 '좋은' 문학을 의미한다는 것은 이러한 왜곡된 구조가 바로잡히지 않는 한 추문일 뿐이다. 국어 선생님들의 비판적 역할이 그래서 더욱 기대된다.[3] 🏃

---

3) 이 글을 쓴 때로부터 18년이 흐르는 동안 미당 시는 교과서에서는 사라졌지만 미당 문학상의 이름으로 부활하여 다시 비판을 받고 있다. 차이가 있다면 이 글을 쓰던 당시는 미당이 거의 신격화되다시피 상찬되던 시절이었으나 2019년 현재는 비교적 다양한 평가가 있다는 사실이다.

III

'여성시'라
부르기 시작한 순간
드디어 시인이 되었다

▼

얼굴이 지워진 여자들

— 1990년대 이후 여성시의 화자에 관하여

1. 여성시, 어떻게 규정할 것인가

1980년대가 민중시의 시대였다면 1990년대는 '여성시의 시대'이다. 이 견해에 동의하지 않는 비평가들도 있을 수 있다. 그러나 1990년대에 들어서 여성시가 대단히 의미심장한 목소리를 내기 시작했다는 것을 부정할 수 있는 사람은 많지 않을 것이다. 겉으로 보기에 민중시와 여성시는 아무런 공통점도 없는 것처럼 보일 수 있다. 그러나 '민중시'와 '여성시'는 사실은 같은 맥락 위에 놓여 있다. 즉, '민중시'는 근대성 구현의 정점으로서 민중의 의미가 회복되고 때로는 특권화되던 시대의 산물이었다. 반면 탈근대를 표방하는 1990년대에도 여전히 타자로 남아 있는 여성의 위치를 회복하려는 여성시의 입지는 이 '민중시'와 묘하게 닮아 있는 것이다. 다만, 전자가 문학 외적인 거대 담론들과의 길항의 산물이었다면 거대 담론들과 가지는 여성시의 길항 관계는 훨씬 더 문학 내적인 성격을 드러낸다는 점이 다를 뿐이다.

그러나 '여성시'에 대해 이야기할 때 '여성시'를 어떻게 규정할 것인가. 이는 어떻게 보면 너무나 원론적인 것 같지만 실은 대단히 섬세하고 논쟁적인 문학 내적 쟁점과 관련된 문제를 발생시킨다. '여성시'를 여성이 쓴 시로 국한/확장시킬 것인가, 아니면 여성적인 것을 문제로 삼는 시로 포괄/배제할 것인가. 사실 이 문제에 대해 아직 합의를 도출하지 못한 형편이다. 그럼에도 '여성시'라는 용어가 현장 비평가들에게 두루 사용되고 있다. 이 용어를 어떻게 정의하더라도 일단은 '여성시'를 하나의 독립된 장르로 생각하는 데 문학 현장 종사자들이 대체로 동의하고 있다는 결론을 내려도 무방할 것 같다.

'여성시'를 정의할 때 우리는 대체로 두 가지 커다란 위험에 노출된다. 첫째, 여성만의 특질, 또는 여성성이라고 부를 수 있는 어떤 특질을 저자가 여성이라고 하는 생물학적 근거에 따라 규정될 위험. 이 경우 '여성시' 장르의 문학적 정당성을 주장할 근거가 위협받을 우려가 있다. 말하자면, 여성 시인이 쓰면 어떻게 써도 무조건 '여성시'로서 고려해 줘야 하는 것이냐는 문제가 생기는 것이다. 둘째, 여성시 작가들이 문제 삼고 있는 여성성이란 과연 무엇인가. 기존 담론이 '여성다움'이라고 규정한 것과 얼마만큼 어떻게 다른가라는 문제를 제기할 수 있다. 이것은 대단히 미묘한 문제이다. 왜냐하면 '여성시' 작가들이 해체의 대상으로 삼고 있는 '여자답다'는 통념의 윤곽을 규정하기가 상당히 힘들기 때문이다.

따라서 이 문제를 기술적으로 처리할 방법을 잠정적으로 제안하려 한다. 앞에 제기한 문제들이 보편적 수준에서 명쾌하게 해결되기를 기다리면서 일단은 우리 사회의 당대적 콘텍스트 안으로 문제를 좀 더 깊이 끌고

와 보자. 그러면 '여성시' 장르가 발생하게 된 당대의 고뇌가 읽힌다.

'여성시'를 따로 논의해야 할 필요성은 무엇보다도 '여류시' 자체에서 생겼다고 볼 수 있다. 흔히 편의상 '여류시'라 불린 시들은 베티 프리단Betty Friedan적 의미에서 '여성의 신비'를 재생산해 낸다. 이는 남성들이 '여성적'이라고 여겼던 특질이다. 아직도 많은 여성 시인들은 여전히 '여류시'의 특징에 매달려 있다. 이러한 시들을 생산해 내는 여성 시인들의 시적 자아는 아직 '여성'이 아니라 '여자', 즉 남성이 타자화한 여성이다. 그러나 대략 1970년대를 전후해서 발생하기 시작한 여성시들은 의식적이든 무의식적이든 '여류시'와 분명히 다른 목소리를 내기 시작했다. 그리고 그 다른 발성법의 근저에서 우리는 여성 정체성에 대해 뚜렷한 자각을 읽어낼 수 있다. 따라서 또 다른 개념 장르가 필요하다. 그러므로 '여성시'란 '여류시'와 변별성을 획득하려는 일련의 특별한 시적 운동을 일컫는다고 정의할 수 있다. 우리가 '여성시'를 '운동'으로 파악할 수 있는 이유는 거대한 남성시 시대가 야기한 인식적, 문학적 공백을 메꾸려는 공통된 지향성을 드러내고 있기 때문이다. 여성시 작가들이 의식적으로 에꼴이나 유파를 형성한 것은 아니지만 일종의 '에피스테메episteme'라 부를 수 있는 사적史的 원리에 토대를 두고 있다. 따라서 기존 남성 담론이 '여성다움'으로 분류해 놓은 특질들이 여성시 작가들에게는 오히려 공격이나 극복의 대상이 된다.

이렇게 입장을 정하면, 어떤 여성이 쓴 시는 여성시이고 어떤 여성이 쓴 시는 여성시가 아니냐 하는 미묘한 문제가 제기될 수 있다. 대개 여성시 논의는 이 부분에서 급진적 페미니즘의 기준을 도입하여 해결하려는 경향을 드러낸다. 즉, 가부장적 억압에 대한 고발과 저항을 담지하고 있으면 여성시라고 보는 관점이 그것이다. 그러나 이 관점은 '문학적'인 기준으로 볼 때는 전적으로 수용하기는 어렵다. '여성시'가 가부장적 억압구조를 공격하고 있는 것은 사실이지만 거기에 머물지 않는다. 여성시 작가들은 단순히 고발과 저항의 수준을 떠나 여성 자신의 목소리를 추구하는 쪽으로 접어들었다. 저항의 전략 자체가 문학적으로 훨씬 더 전문화된 것이다. 새로운 '여성시'와 기존 '여류시'가 결정적으로 갈라지는 지점은 바로 이 지점이다. 즉, 거칠고 생경하지만 스스로 발견한 자신만의 목소리로 말하느냐, 아니면 이미 있었던, 여성에게 허용된 목소리로 말하느냐의 차이가 발생하는 것이다. '여성시'에 대해서 말할 때, '화자'가 문제가 되는 것은 바로 그 때문이다. '여성시'의 화자는 바로 이 '다른 목소리'로 말하는 자들이기 때문이다.

2. 시인인가, 화자인가

사실 이 글을 "공산주의라는 유령이 유럽을 어슬렁거린다." 라는 마르크스의 말을 패러디해서 "타자성이란 유령이 지금 한국 문단을 어슬렁거리고 있다." 라는 말로 시작하려 했었다. 미리 앞질러 결론부터 말한다면, 1990년대 이후 여성시의 화자는 바로 타자들이라고 생각하고 있기 때문이다. 또 한편으로는 '타자'라는 개념에 대해 마르크스가 '공산주의라는 유령'이라고 말했을 때처럼 옹호와 비난을 함께 드러내고 싶었기 때문이다. 오해의 여지를 없애기 위해 이 말을 잠시 짚어볼 필요가 있다. 아마도 많은 사람들은 '타자'라는 개념을 '비난'하고 싶다고 말할 때, 당장 그것이 '수입된 개념'이기 때문이라고 생각할지도 모른다. 그리고 수입된 개념에 기대어 자신들의 여성성을 옹호하고 극복하려 한다고 여성 시인들을 싸잡아 비난하려 들지도 모른다. 그러나 이것은 본말이 전도된 생각이다. 한국의 여성 시인들이 자각한 '타자성'은 수입된 개념이 아니다. 그것은 현장에서 실존적 고뇌를 통해 자생적으로 형성된 것이다.

우리는 이미 1990년대 초 포스트모더니즘 소란을 통해서 존재하는 어떤 현상과 더 잘 설명하기 위해서 가져온 개념은 동일한 것이 아니라는 사실을 확인한 바 있다. '타자'를 둘러싸고 진행되는 논의 역시 자칫 같은 과오를 범할 수 있다. 즉, 실존적 핍진성이 탈각된 채 유행되는 문화 코드로서 '타자성'이 논의될 때 타자는 실체가 없는 유령이 되어 버린다. 타자의 경험을 지니지 못한 수많은 시인들조차 다만 시적 포즈로서 타자를 표방한다면 타자를 또다시 타자화시키는 비윤리적 태도가 생겨날 것이다. 제대로 복원되어야 할 진정한 타자의 목소리들이 또다시 어둠 속으로, 더 깊은 그늘 속으로 밀려들어 가 버리는 비극적 결말에 이르게 될지도 모르는 것이다.

사실, 이 점은 '화자'의 개념 자체가 포함하고 있는 위험이기도 하다. 전통적으로 시의 화자는 경험적, 역사적 자아와는 다른 일종의 가면이라는 생각이 통용되었다. 시의 화자가 시의 발화자와 늘 동일한 인물은 아니며 시인이 창조한 것이라는 생각은 이미 잘 알려진 것이다. 시가 하나의 공예품, 잘 빚어진 항아리가 되게 하는 데 기여한 것이 바로 이러한 화자의 개념이었다. 이 개념의 중심에 놓여 있는 것은 바로 '전체성'의 개념이다. 즉, 개별 시 속의 다양한 화자들이 비록 시인 자신의 경험적 자아와 구분되어 있다 하더라도 이를 이해하고 받아들이게 만드는 것은 모종의 합의에 이른 단일한 세계관과 담지된 총체성 혹은 동일성이라는 것이다. 이를 보다 거대한 자아, '대★저자'라고 부를 수 있다. 이자아가 확보하고 있는 동일성은 동일자로서의 시인과 동일자의 창조물인 시적 화자를 모두 포함한다. 시적 화자는 자아의 창조물이므로 여전히 동일자의 편린을 간직하고 있다. 시의 바깥에서 시의 통일성을 담지하는 데 십분 기여한다. 요컨대, 이 경우 시적 화자는 동일자에 의해 조작된 가짜 타자이다. 자아는 해체되기는커녕 강화된다.

그러나 여성시에서 논의되는 타자성은 전혀 다른 맥락에서 이해해야 한다. 이것은 전혀 다른 수준의 논쟁거리를 숨기고 있다. 다만, 여성시에서 논의되는 '화자'와 연관된 '타자성'은 어떤 항아리주의적 모더니스트들의 경우처럼 시를 만드는— making하는 — 정신과는 아무런 관련도 없다는 것만을 말해 두려 한다. 여성 시인들에게 시는 언어를 통해 존재를 기투企投하는 존재의 사건이다. 그것은 언어적 실천이다. 적어도 당대의 여성 시인들에게는 그러하다.

사실, 1980년대까지 시적 실천은 이와는 전혀 다른 수준에서 논의되었다. 시적 실천과 경험적 실천은 1980년대라는 시대의 특성 때문에 상당히 비슷하거나 또는 구별할 필요가 없는 것처럼 여겨졌다. "시여, 무기여!"라는 감성적 구호로 요약할 수 있는 이 시대의 시들은 시의 화자들에게 적어도 투사로서 정직성을 요구했다. 그리고 이 혁명가 혹은 투사로서 화자의 정당성은 실제 시인이 어떤 입장에 있든 상관없이, 무슨 말을 어떻게 하든 상관없이, 시를 곧바로 실천이 되게끔 해 주었다. 시와 시인의 행복한 일치를 이루었던 것이다. 기법적 미숙함과 형식적인 조야함, 목소리의 순진함이 드러난다 해도 수많은 민중시들을 존중해야 하는 것은 바로 시를 생의 형식으로 삼았던 점에 있다. 이런 의미에서 1980년대는 오히려 행복한 시대였다. 비록 거대 담론에 눌리고 숨통이 막힌 시대였다 해도 또 다른 거대 담론으로 바꿔치기할 수 있다는 안도감이 있었다. 아마도, 우리를 우리 자신과 직면시키지 않으면서 스스로에 대해 충족감을 부여해 주었다. 불행히도 시적 퍼소나로 시인 자신을 대치하는 역설적 행복의 추억은 쉽사리 사라지지 않는다. 시인들은 시에서 끊임없이 위안을 받으려 한다. 몰개성론에 입각한 '항아리주의자'[1]들이 시적 화자의 뒤로 숨어버림으로써 세계에 대해 윤리적 책임을 모면하려는 것과 너무나도 똑같다. 만들어진 시적 화자와 자기 자신을 고의로 혼동함으로써 시적 화자의 외적 정당성으로 자신의 윤리성을 확보하려는 것이다. 1990년대로 넘어오면서 갈기갈기 찢어지고 조각나고 잘 파악되지 않는 무질서한 세계와 어쩔 수 없이 대면하게 된다. 시를 위해서는 다행이라 할 수 있다. 시는 삶의 형식이지 단지나 항아리가 아니기 때문이다. 따라서 화자는 만들어진 것이 아니고 주어진 것이다. 시를 통해서 재구조화되는 새로운 자아, 화자는 시인의 운명이다.

이 글에서 가장 현저히 여성적인 특징을 드러낸다고 생각되는 두 시인, 박서원과 김정란의 경우를 통해 1990년대 이후 여성시의 화자의 특성을 밝혀 보고자 한다. 박서원은 가장 깊숙이 은폐된 타자인 무의식에

---

1) '항아리주의자'란 20세기 초중반 영미의 신비평 대표 평론가 중 한 사람인 클리언스 브룩스Cleanth Brooks의 『잘 빚어진 항아리』에서 나온 말이다. 신비평 이전의 비평 사조인 역사주의 또는 실증주의적 비평이 작가의 전기적 사실에 근거해 작품을 해석하던 경향에 반대하여 작품의 구조, 언어 형식 등을 중요한 비평 대상으로 삼았다. 비평에 대한 이 비판 의식에서 등장한 '잘 빚어진 항아리주의자'라는 말은 지나치게 형식 미학에 치중하는 비평 또는 그러한 작품을 조롱하는 용어로 쓰인다.

게 입을 달아줌으로써 모든 억압된 것이 되돌아오게끔 해준 시인이다. 그의 시는 퍼소나를 지니지 않는다. 즉, 의식적 자아가 아니라 주어진 존재로서의 무의식적 자아가 그의 화자이다. 한편 김정란의 경우는 이러한 시의 형식이 어떻게 해서 삶에 주어졌는가에 대해, 그 삶을 구조화시키는 자아의 필연성에 대해 그가 드러내 보여 주는 엄청난 자의식을 주목해야만 한다. 가장 깊은 무의식과 가장 명징한 자의식, 이 두 축 사이에 여성시의 모든 스펙트럼이 있기 때문이다.

3. 고백자, 그리고 중재자―박서원의 경우

'인적 그친 넓고 깨끗한 하늘'[2]이 아니라 포스트모던이란 말로 안이하게 요약하는 '얼룩덜룩하고 들쭉날쭉한', '잡동사니 꽃다발' 같은 세계가 우리에게 찾아왔다. 이 세계와 대면하는 방식에서 비로소 여성 시인들의 특이성이 발생한다. 적이 소멸된 세계는 또한 동지들도 사라진 세계이기 때문에, 각자 알아서 먹고 살아야 하는 세계이기 때문에, 과연 시란 무엇인가, 과연 시 쓰는 자는 누구인가, 왜 쓰는가, 누구를 위해 쓰는가, 이러한 원초적이고도 절박한 질문이 불타는 화로 위를 맨발로 뛰어다녀야 하는 백설 공주의 엄마들에게서 터져 나왔다. 그 최초의 질문 형식은 절묘하게도 고백으로 시작된다.

---

2) 강은교, 「우리가 물이 되어」(『우리가 물이 되어』, 문학사상, 1987.) 중에서.

아무도 없어요./원고지도 비어 있고/화병도 비어 있어요./하루종일 노닐다 간/햇살도/벌써 가고 없어요.//거울 속에는/내 얼굴만 있군요./근데 얼굴은 없고/생각만 이리저리/굴러 다녀요.//약이 떨어진 볼펜은/ 권태롭고/약속해주지 않은 채/하루는 가고 있어요.//무언가가 있을 것 같은데/너무 억제되어 박혀 있어서/아무것도 보이지 않는 걸까요.//벌써 불을 끌/시간이군요.//가만,//드디어 계단에/발소리가 들리는군요./누군가 나를 채워주려/오나봐요.//그러나 역시 아무도/안와요./나는 물만 마셔요./차라리/그리움이 그리움을/삭발하고/거울 앞에 설래요.

　　　　　　　　　　　　　　　　　—박서원, 『아무도 없어요』3) 전문

1990년대 초입에 탄생했지만 오랫동안 잊힌 시집의 표제인 이 시에서 박서원은 우리 문학에 중요한 것을 가져왔다. 고백체가 아니라 고백의 형식을 가져온 것이다. 우리는 오랫동안 내면의 폭로와 고백을 혼동해 왔다. 사적인 감정의 표출, 흔히 시로 다루기 어려운 비밀스럽고 수치스런 욕망의 드러냄, 물론 근본적으로 고백은 이러한 요소를 포함한다. 그러나 순전히 형식적인 측면에서 누구에게 말하는가의 문제가 해결되지 않은 모든 1인칭 화자의 시를 고백이라고 부를 위험은 언제나 있다.

시가 고백의 형식이 되기 위해서는 적어도 세 가지가 해결되어야만 한다. 첫째, 고백은 진술이나 폭로가 아니라 변화를 요구하는 실천이다. 예컨대 위 시에서 가장 중요한 것은 아무도 없다고 하는 사실의 발설

---

3) 박서원, 『아무도 없어요』, 열음사, 1990.

이 아니라 거울 앞에 서겠다고 하는 다짐이다. 그처럼 고백은 자기 정당성을 확보하기 위해 그 근거를 의심해 보는 정직성을 요구한다. 둘째, 고백은 청자에게 지식을 제공하지 않고 참여를 요구한다. "내가 너에게 고백할 게 있어."라는 은밀한 전언은 발설 내용의 비밀스런 가치보다는 그 비밀의 공유를 통해 발생하는 연대 자체에 방점이 찍힌다. 말하자면 고백은 단순히 듣는 자에 그치지 않고 적극적으로 나를 받아 가라고 청자에게 요구하는 셈이다. 셋째, 그렇기 때문에 고백은 보다 윤리적이며 영적인 행위이다. 고백은 청자가 없는 상태에서 더욱 의미가 확실해진다. 고백자가 마주하고 있는 것은 자신의 언어로 비로소 분명해진 어떤 상황이기 때문이다. 이럴 때 고백은 화자의 개인적 정황을 떠나 인간적인 연대성을 획득하며 절대자 앞에 마주서는 행위가 된다. 그러므로 위의 시는 고백의 전형을 보여준다.

바로 이 보이지 않는 청자는 단순히 언어적 구조가 제공하는 함축적 청자의 존재와 다른 것이다. 아무도 듣지 않기 때문에 결국 자기 자신만이 자기 말에 귀 기울이는 것이 분명해 보인다. 이 상황에서 화자로 하여금 그토록 다정하게 말을 건네게 할 수 있는 그는 누구인가. 우리 모두 알고 있지만 늘 잊어버리기로 결심한 이 절대적 타자의 존재를 박서원은 너무도 자연스럽게 시 속으로 끌고 들어왔다. 이 레비나스적 의미의 타자는 탈식민주의적 의미에서 복원되어야 할 작은 타자들의 존재와 더불어 1990년대 이후 여성시가 오랫동안 물고 늘어지는 바로 그, 너, 당신이었던 것이다. 당신이 듣고 있기 때문에 아무도 듣지 않는 괴로움을 나는 견딜 수가 있고, 내가 견딜 수 있기 때문에 당신은 우리를 구원해야 한다, 이것이 진정한 고백의 형식이다.

다시 화자의 문제로 돌아가면 고백하는 화자는 고백의 포즈를 취하는 자가 아니다. 고백의 포즈는 사회학적인 자아의 것이지만 고백은 보다 종교적인 자아의 문제이다. 그렇기 때문에 고백자는 퍼소나가 아니다. 박서원의 시에서 화자는 발화자와 다시 말해 시인 자신과 현저히 겹쳐진다. 거꾸로 말하면 박서원의 시에서 화자는 최대한 자기 자신을 희미하게 하여 말 뒤로 자꾸만 숨어 버리려는 주체를 되살려 내 보여주려는 것이다. 그렇다면 박서원은 왜 그렇게 하는가.

> 얼굴을 보이지 말아다오 오오 얼굴을 보여다오/골수까지 내장까지 없어진 너희들의 마음까지/보여다오 보이지 말아다오/나는 이 외곽에서 너희들에게 말을 건넸는데/성난 목소리 즐기는 목소리 그것도 아닌 너희들 목소리의 갈대밭/나는 휩쓸린다 갈대밭에서 들리지 않는 너희들의 목소리와 들리는 너희들의 목소리와/나는, 나는, 말하는 나와의 이 경계에서/정녕 분간치 못할 너희들과 나와의 시비/나는 빼앗기려고 너희들을 기다렸다/나는 되찾으려고 너희들을 기다렸다/오오 너희들 내 괴로움과 즐거움의 족속들/매일 무성하게 뿌려지는 너희들의 혁명을 보여다오 보이지 말아다오/나는, 나는, 나의 변두리/변두리에서 너희들에게 손을 내미는 나/나를 버리지 말아다오 나를 버려다오 제발/매일, 매일의 똥밭에서 /시간, 시간의 날개밭에서
>
> ─박서원, 「시간의 날개밭에서」[4] 전문

---

4) 위의 시집.

보이지 않는 청자는 「아무도 없어요」에서 귀 기울이는 자, 절대적 타자로 드러났다. 그런데 이 시에서는 듣고 말하는 자의 이중적 존재로 제시된다. 나, 그리고 나를 에워싼, 혹은 나를 소외시키기도 한 이 너희들/타자들과의 접촉에서 박서원은 거듭 '나는, 나는,' 하고 말하며 그 '나'는 '말하는 나'와 말하지 않는 혹은 존재할 뿐인 '나', 중심이면서 또한 '나의 변두리'이기도 한 '나'다. 이때 '나'는 '말하는 나'이면서 한편으로는 '너희들'이기도 하다. 왜냐하면 '너희들'은 '들리는 목소리'이기 때문이고 나—존재하는—는 말하는 나의 목소리를 한 겹이 아닌 여러 겹으로 인식하는 셈이 된다. 후술하겠지만 김정란의 시에서 명징한 의식으로 드러나는 여러 겹의 존재에 대한 인식은 박서원의 시에서는 무의식의 분출로 언표된다. 이 분출을 가능하게 하기 위해서 즉, 진정한 자신은 얼굴이 뒤집어쓰고 있는 가면이 아니라 솟아나오는 무의식의 말들 속에 있다는 것을 알기 위해서 박서원의 화자는 자기 분열과 자기 무화를 무릅쓴다. 자신으로 존재하기 위해서는 자신을 지워내야 한다는 역설이 박서원의 화자가 보여 주는 상황이다. 이것이 바로 우리가 우리 자신의 타자라고 하는 말이 의미하는 바다. 그러나 이 타자는 한 겹이 아니다. 나와 '정녕 분간치 못할 너희들'과는 겹쳐 있다. 그 겹침이야말로 이 시대의 새로운 자기 인식이다. 나는 나이면서 너희들이란 말이지.

누군가가 내게 또 속삭인다. 당신은 임신할 수 /없어./천만에!/나는 내 자궁에다 더 깊이 속삭인다. 천만에!//이제 난 급류처럼 범람

하는 내 속의 양수를 /굽어본다./물살을 가르며 번창하는 아이들/
그래, 난 언제나 완벽한 여자였던 거야.

　　　　　　　　　　　　　　—박서원, 「생리불순」[5]에서

　박서원이 내면에 기르는 수많은 아이들은 분열과 부정을 이겨 내고
공존하기 시작하는 '타자들'이다. 이 타자들은 아름답다. 이 아름다움
을 살아 내기 위하여 박서원은 고백한다. 다시 말해 박서원의 화자는
시인의 내면을 들여다보는 자이며 들여다본 것을 세계와 연대시키려는
자이다.

　　남들이 잠드는 시간, 나는 이제 하느님을 만날/오솔길 지름길을
가요 해가 뜨면 사람들은/일터로 가고 밤사이 얻은 꽃과 과일,/나
는 그들을 위해 무엇이든 담아낼 수가 있지요/나는 푸른 뱀을 타고
춤추는 정령들의 조율사/밤과 밤을 넘어 태(胎)를 벗는/내 몸은 푸
르게 물들어가고

　　　　　　　　　—박서원, 「무당을 위한 나의 노래.1」[6] 에서

　그런데 어떻게, 우리는 이 많은 타자들을 발견하였나? 이에 대한 답
은 김정란에게서 더욱 명징하게 드러난다.

---

5)　박서원, 『난간위의 고양이』, 세계사, 1995.
6)　위의 시집.

4. 인식자, 무규정의 규정성―김정란의 경우

김정란의 시집[7] 표지 글에서 김정란 시어의 특징을 황현산은 '직의 어'라는 말로 요약했다. "은유나 상징의 시는 스스로 도달하려는 전대 미문의 광휘를 그 은유와 상징의 뒤에, 어두운 무덤 뒤에 은폐하고, 그 에 대한 그리움을 살아간다." 그러나 직의어란 것은 존재 그 자체에서 바로 떠낸 말, 말하자면 지금껏 말해진 일 없는 말을 가리키는 것이다. 이 최초의 언어란 지금까지 기호화된 적 없던 존재에 대한 언어이다. 대 개의 여성시가 그러하듯 김정란의 시들은 '무엇보다도 시적이라고 여겨 졌던 것들에 대한 철저한 불신에서 시작'하기 때문이다. 이미 시적인 것 은 왜 부정되는가. 때가 탄 말이기 때문에?

김정란이 부정하는 것은 엄격히 말하면 시적인 것으로 규정된 언어 들을 시적이라고 규정하는 바로 방식 그 자체이다. 이 화자는 엄청나게 반성하는 자이다. 그는 나뭇잎이라고 말함과 동시에 이것이 나뭇잎이 라고 내가 아는 것은 과연 정당한가 묻는 자이다. 의식이 있고, 의식하 는 내가 있고, 내가 의식한다는 것을 의식하는 내가 있다. 그러한 내가 보기에 이미 시적인 것들에는 반성이 결핍되어 있다. 그 말들이 최초에 발설되었을 무렵 신선한 떨림은 이제 습관이 된다. 다시 한번, 그럴 수 는 없을까?

박서원의 시에서 화자가 고백을 통해 세계 안으로 무의식을 귀환시 키는 자였다면 김정란의 시에서 화자는 인식을 통해 언어를 세계 내에

---

7) 김정란, 『그 여자, 입구에서 가만히 뒤돌아보네』, 세계사, 1997.

존재케 하는 자이다. 피할 수 없이 존재 자체에 사로잡혀 있으면서 어떻게든 존재를 인식으로 바꿔 놓으려 한다. 그리하여 삶 속으로 데려오려는 몸부림이 그 안에 있다.

응, 그렇군, 나는 불안을 응시한다/한없이 가라앉은, 완성된, 불변의 배경을 가진,/이상하게 안정된 흔들림//내 존재는 기댄 채로 흔들린다/이건 괜찮은데……라고 나는 생각했다, 기보다/그렇게 알아졌다, 들판 부풀고 뒤틀리고 흔들리고//거기 아주 알아보기 힘든 미세한 「사이」들이 생겨난다/벌써 그 「사이」 속으로 다른 시간이 흐르기 시작한다/대탈출이 시작된 거야 나는 눈을 반짝인다/부부 부부부 내 안에서 작은 우주선들이 시동을 건다

— 김정란, 「여자의 말—세기말, 부풀고 뒤틀리는 들판」[8]에서

응시하고, 흔들리며, 생각했다기보다 그렇게 '알아지는' 바로 그 존재감. 이 언어들은 외적 사물이 아니라 어떤 내적 현실의 양태를 지시하는 것이다. 그 양태가 바로 이 '알아지는' 수동태이다. 이 1인칭 화자는 철두철미 응시하는 자이며 기다리는 자이다. 자, 보자, 이제 무슨 일이 일어나는가. 그 기다림의 자세에서 '아주 알아보기 힘든 미세한 「사이」들이 언어의 그물에 사로잡힌다. 사로잡혀 준다. 나에게 나는 언제나 미지인 것이다. 내가 내게 오지 않으면 나는 나를 모른다. 그래서 나는 와 주고, 와

---

8) 위의 시집.

지는 존재다. 여기서도 박서원의 경우처럼 나는 나의 타자라는 인식이 존재한다. 그렇기 때문에 나에게 내가 하는 일은 그토록 '의식'되는 것이다. 나에게 나는 존재하는 모든 세계이며 나를 해석함으로써 나는 세계의 의미에 다가간다는 것이다. 그래서 김정란 시의 화자들은 많은 경우 성격이 아니라 태도이다. 이 한없이 나르시시즘으로 보이는 언어가 일종의 연대일 수 있는 것은 내가 나의 타자, 아니 타자들이라는 인식 때문이다.

　　그/그녀는, 내 영혼이 망설이며, 내 것이라고 인지하기를 머뭇거려 온, 어떤 억압되어온 기질의 경사를 따라 무작정 내 안으로 걸어들어왔다. 그때, 내 영혼의 어느 지하공장에서 가다말다 하던 톱니바퀴의 헐거운, 비실거리던 볼트가, 끼이이익 소리를 내며 꽈악 맞물려지는 것을 나는 느꼈다. 그리곤, 내 영혼의 지하공장은 맹렬하게 작동하기 시작했다.//그 이후로, 「나」는 없다. 「나」는 무참히, 그리고 무참한 만큼 더욱 즐겁게 흔들리고 깨어졌다. 「나」는, 일종의 셋집에 불과하다는 것을, 언제든, 어떤 식으로든, 내가 「나」라고 생각하는 것은, 다만 하나의 임의적인 기호에 불과하다는 것을, 삶은 무시무시한 불투명성이라는 바다를 떠도는 한 줄기의 불안한 「있음」이라는 빛에 불과하다는 것을. 그리고, 그, 공포에 가득 찬, 동시에 무한히 감미로운 흔들림의 경험 안에서, 내 자아는, 존재의 권리의 이름으로, 자아라는 집을 걸어나왔다. 그렇게 나는 그/그녀가 가르쳐준 대로, 우주가 나에게 알려준 바를 살기 시작했다. 나는 그것을 사랑이라고 부른다. 자기인 채로 자기 밖으로 걸어나가 우주의 부름에 대답하기.//그/그녀는 나에게 아무 말도 하지 않는다. 나는 다만, 그/그녀를 바라볼 뿐이다. 그/그녀를 알아본 것으로 이미 충분하다. 내 인식의 그릇이 텅 비어 있더라도, 나는 그것이 가득 찬 텅빔임을 안다. 모르는 채 알기. 그것이 사랑이라는 인식의 방식이다. //그/그녀에게 물어보라. 당신은 누구세요?라고. 그/그녀는 대답할 것이다. 나는 아무나예요, 나는 누구나예요, 나는 당신이에요, 나는 당신이 아니에요,라고.

— 김정란, 「무시무시한 공허」[9] 에서

자기 자신의 정체가 여성이라는 것에 대해, 보다 적극적으로 육체의 길을 따라가는 박서원과 달리 김정란의 여성은 훨씬 내면적이다. 박서원의 화자들이 시인 자신에게 자리를 내주기 위해 스스로를 지워 내려는 특성을 지닌 점과 몹시 대조적으로 김정란의 화자들은 자기 존재의 정당성을 끊임없이 주장하는 대단히 자의식적인 화자이다.

순결한 퍼덕임, 죽음, 너무나 다정한 친구 같은 부재/나는 가만히 고개를 쳐든다 햇살, 가벼운 손가락/내 거의 빈 육체에 부서질듯 부서질듯 스치는,/오 미묘해라, 내가 어느덧 겹쳐진다, 베로니카,/죽은 다른 나, 나들, 무수한, 가벼운...

— 김정란, 「베로니카, 두 겹의 삶」[10]에서

---

9) 위의 시집.
10) 김정란, 『매혹, 혹은 겹침』, 세계사, 1992.

한 명의 여자가 아니라 여러 명인 여자들. 그것도 죽은 나, 나들. 생물학적으로 그녀가 여자라는 인식은 없다. 단지 동시적으로 존재하는 다른 나들에 대한 인식일 뿐, 베로니카라는 여성 인명으로 간신히 여자임이 드러나는 이 희박한 여성성은, 그러나 사실은 죽음과 겹쳐진 존재이며 그 죽음을 어떻게든 살아 내려는 존재라는 점에서 현저히 여성적이다. 이러한 여자들에 대한 의식은 그녀의 시집 곳곳에서 드러난다.

한 여자라는 내면의 층위에 새겨진 여러 겹의 여자들—어머니, 할머니, 언니, 아우, 딸, 동무—로서뿐 아니라 세상 천지에 퍼져 있는 그 '무수한', '가벼운', '한 여자 어떤 여자 혹은 여자 다른 여자'들. 이 여자들을 관통하는 특이성은 그들이 모두 시적 대상이 아니라 화자 그 자체라는 점이다. 드물게 김정란이 그/ 그녀/ 그 여자라고 말할 때에도 그녀들은 객체가 아니라 주체의 자리를 차지한다. 한 여자의 내면에 꽉 들어차 있는 그 여자들. 이러한 반성적 사유의 틀 위에서 비로소 여성 시인들의 정체성 확보를 위해 몸부림이 시작된다. 나는 누구인가, 왜 나는 여성인가, 내가 과연 여성인가, 나는 어떤 여성인가.

5. 얼굴이 없는 여자들

고백하는 자아와 인식하는 자아, 이 화자들이 언뜻 상반된 것으로 보일 수 있는 것은 그 외양에서뿐이다. 가장 깊숙이 나라는 나는 모조리 지워내고 절대적 타자 앞에 순연히 마주선 존재로서의 고백자와 이 절대적 타자가 거하는 집으로서의 나라는 존재에 깊이, 더 깊이 내려가 있는 인식자는 같은 곳에서 만난다. 아니, 처음부터 길은 같다. 층위가 다를 뿐이다. 그렇기 때문에 이들은 자기 자신을 현저히 겹쳐진 존재, 복수의 여자들로 인식하는 것이다. 겹쳐지고 꼬이는 두 개의 길을 따라 이들이 도달한 지점은 어디인가.

그것을 나는 '얼굴이 없는, 혹은 지워진 여자들'이라는 말로 요약하려 한다. 이들의 시는 다른 얼굴로, 즉 맨얼굴로 말해야 할 필요성을 깊이 인식한 세계이다. 왜냐하면 그들이 드러내야 하는 것은 지금껏 한 번도 본 적이 없었던 여자의 얼굴이기 때문이다. 남성 담론의 규정된 틀 안에서 그들이 얻었던 얼굴을 '지워 버린', 그리하여 다시 새로운 얼굴을 가질 때까지는 얼굴이 없는 여자들.

주여,/나에게 聖女가 되길 요구하지 마세요.//갈비뼈 앙상한 십자가 허리/망치로 내리친다 차례대로……/손목……무릎……발목………//내 팔뚝도 면도날로 난도질한다//아무도 내 얼굴을 잘 모른다//버려진 내 시/소망으로 가득찼었지만 나뒹구는 내 시//와 고통은 얼굴을 원치 않는다

— 박서원, 「부서진 십자가」[11]에서

소망으로 가득 찼었지만 버려진 '시'와 망치에 으깨지고 면도날로 난도질당하는 '고통'은 '얼굴'을 원치 않는다. 언어, 곧 시와 고통을 통해

---

11) 박서원(1995), 앞의 시집.

인지되는 육체, 혹은 삶은 등가이며, 이 둘은 다 얼굴이 없다. 그런데 왜 이름이 아니고 얼굴이 없는 것일까? 사실 이 과정은 하나다. 성녀라는 이름 아래 그녀는 애초에 얼굴이 없다. 아무도 그 얼굴을 모르는 것이다. 고통을 감수해 가면서 되어야 할 성녀라는 하나의 이름이 그녀에게 주어졌을 뿐. 그 이름을 걷어 내고 남는 것이 무엇이어야 할까. 이러한 인식은 김정란의 시에서도 되풀이된다.

새벽? 오후? 덜 세계와 세계의 사이. 세계와 덜 세계의 사이. 여자들이 왔다. 얼굴이 없는 여자들. 검은 옷을 입고 흰 모자를 깊이 눌러 쓴 여자들. 그녀들이 나지막하게 속삭이며 그 나무를 둘러쌌다. 서넛? 열두엇? 연두색 나뭇잎들 사이로, 낮은, 분명함의 독성이 빠진, 자기 확신을 버린, 모호한 태양이 흔들렸다.

―김정란, 「여자의 말―연두색 잎사귀들과 낮은 태양」[12]에서

이 여자들은 얼굴이 없는 걸까, 가려 버린 걸까. 어쨌든 그녀들의 없는 얼굴 때문에 태양은 낮게 깔리고 모호하며 분명함의 독성이 빠져나간다. 윤곽이 흐려지고 안팎이 잘 섞이는 분명치 않은 경계가 여자들과 태양의 사이에 있다. 태양이 흔들리는 것은 그래서이다.

이름을 주어야 해, 명명해야 해/하지만 내 마음은 조금도 불안하

---

[12] 김정란(1997), 앞의 시집.

거나/초조하지 않았다 나는 윤곽이 뭉개진/그 얼굴에게 조용히 가을바람처럼/나지막하게 세계의 모든 있음…에/피…이슬처럼…방울방울 맺히는/가슴으로……말했다 널 사랑해

— 김정란, 「작고 낮은 나라(영역)」[13]에서

이들에게 이름이 없는 것은 초조하거나 불안한 일이 결코 아니다. 이름은 동일성의 표지이며 세계 내에 자리 잡히는 기호이다. 이미 동일자가 아니라 타자로서, 아니 타자들로서 자신을 개방해버린 이 여러 겹의 여자들은 불리는 이름이 없으므로 이미 있는 세계의 질서 속에 이미 있는 방식으로 소환되지 않을 것이다. 이름 없는 것이 그들의 적극적인 운명이 될 수 있다. 이들이 바라는 것은 얼굴이다. 얼굴은 기호가 될 수 없으므로, 얼굴은 마주해야만 볼 수 있으므로. 이들은 '너 이름 없는 꽃'이라거나 '이름 없는 어둠, 이름 없는 짐승'이라 하지 않고, '얼굴'이라고 한다. 자신들이 얼굴을 마주하고 있다는 인식, 그러나 또한 그것은 '얼굴이 지워진 얼굴'이라는 인식이 정말로 의미하는 것은 무엇일까. 이들이 대면하고 있는 것이 무엇이기에, 그리고 이들은 그 존재를 어떻게 하고 싶기에 이 얼굴에 눈, 코, 입이라는 표지를 달지 않는 것일까.

바로 여기에 여성 시인들이 마주하고 있는 타자성의 신비가 있다. 이들은 본다. 그리고 그 본 것에 최대한 자리를 내주려 한다. 이름이라는 무기로 이 존재를 포획하여 무명을 걷어 내고 실용화시키려 하지 않고

---

13) 위의 시집.

그냥 그대로 지워진 얼굴을 보여 주려는 것이다. 타자에게 무한히 내어 주는 사랑이 이 지워진 얼굴에 있다. 그래서 '나'는 말하는 것이다. 피맺힌 가슴으로 "널 사랑해"라고.

1980년대가 저물고 1990년대가 시작될 무렵, 우리는 극심한 통과 의례를 치르고 있었던 것을 기억한다. 갑자기 문학과 실천을 다하여 마주 싸우던 적이 죽어 버렸다. 그 적이 죽고 보니 우리가 애비 없는 자식이라는 것이 백일 청천하에 드러나 버렸던 것이다. 저마다 애비를 찾아 여기저기로 뛰어가고, 그 와중에 애비로부터 버림받은 바리데기들이 애비의 목숨을 구할 수 있는 지하의 생명수를 찾아 하데스로 여행을 시작했다.

병든 애비로서의 시를, 혹은 문학을, 애초에 버린 자식이던 바리데기들이 어떻게 구원한단 말인가. 애비는 자신이 앓아누워 있다는 생각도, 설령 누워 있다 하더라도 버린 자식의 봉양을 받을 생각도 없던 것이 더 고약한 문제다. 오히려 그는 바리데기가 구해온 생명수를 독이 든 물이라 생각하는 것 같다. 아니, 생각할 것 같다. 그럼에도 바리데기는 하데스로 간다. 오로지 그 길만이 자기 존재의 정당성을 확인받는 길임을 알고 있기에. 그러한 바리데기들, 이것이 1990년대 이후 여성 시인들의 화자들이다. ᘛ

이 시대 여성에게
시적인 것이란 무엇인가[1]

1

이런 제목으로 글을 시작하려니 불편하기 그지없다. 이 시대, 여성, 시적인 것. 약간의 편법을 써서 내 불편함의 원천을 청소해 보려는 시도를 독자는 용서해 주시기 바란다. 우선, 이 시대를 어떻게 한계 지으려 하는가에 관해서. 정말 할 말이 많지만, 따지고 보면 사소한 일상적 체험의 영역을 넘어선 모든 정의는 내가 읽은 책 속에서 나온 것이다. 그러니 글을 복잡하게 할 것 없이 1990년대 이후 한국은 이미 포스트모던 사회로 접어든 것으로 보인다는 대중 문화론자들의 견해를 그냥 채용함으로써 한 가지 난점은 해결한 것으로 하자.

여성, 이것은 정말 어렵다. 자칫하면 이 말의 미로에 갇혀 이 글을 끝

---

1) 젠더라는 개념도, 페미니즘이라는 이념도 아직 익숙하지 않던 1990년대 중반 여성 문인을 '여류'라 부르는 데 맞서 썼던 글 중 하나다.

맺지 못하고 질식하게 될지도 모르겠다. 자궁을 가졌다는 공통점 이외에 어떤 공통점도 발견하기 어려운—이것은 차이를 의식하는 감각이 훨씬 더 발달한 취향 탓인지도 모르지만—인간 무리를 뭉뚱그려 여성이라 부를 때,[2] 수많은 인류학적, 문화적, 사회적, 정치적, 경제적, 정신분석적 편견들의 긴 목록이 바로 여성이라 할 때, 그런 여성이 실제로 존재할까. 보편이란 것이 현실적이지 않은 것처럼 여성이란 비현실적이다. 남성이 비현실적인 것과 마찬가지로 '우리 여자들'이 도대체 누구인지를 잘 모를 때가 많다. 그럼에도 그 모든 개념에 우선하여 나는 여성으로 분류 당한다. 이 구분은 모든 이분법의 기초적인 범주이자 여성의 자기 정체성 가운데 가장 큰 범주이다. 그러니 이 여성이란 개념이야말로 모든 고통의 근원이 아닌가. 근원적인 고통이 무엇인지를 조금이라도 알고 겪어 내는 삶을 사는 자라면 여성이라 불러도 무방하다고 생각한다. 이 정도에서 발을 빼지 않으면 아마 여성을 제2의 성으로 규정하는 드 보봐르 여사의 말씀부터 전투적인 아마조네스 여인들에 대한 가슴 설레는 묘사에 이르기까지 수없이 늘어놓고 싶은 유혹에서 헤어나지 못할 것이기 때문에.

마지막으로 시적인 것. 위대한 아방가르드 예술 덕분에 시적인 것에 내리는 정의는 너무도 간결해졌다. 즉, 시적인 것이란 자기 자신을 시인으로 인식하는 자가 시적인 것이라고 생각하는 바로 그것이다. 우리 시대에 절대적으로 모든 인간에게 통용되는 시적인 것이 있을까. 없다고 생각하면서도 여전히 시적인 것이 무엇인가를 묻는 바로 그 개인적인

---

2) 최근의 퀴어 이론은 '생물학적' 여성의 정의를 염색체, 성호르몬의 농도, 외부 성기 모양으로 규정한다.

경계를 돌파하는 일이 시적인 것이 아닐까. 시적인 것을 향해 탐험하는 우리 시대 시인들은 시를 규범화시키고 싶어 하는 독자들의 마음을 대부분 불편하게 할 터이다. 하지만 어쩌랴.

다시금 처음 질문으로 돌아가 보자. 이 시대 여성에게 시적인 것이란 무엇인가. 앞서 늘어놓은 사소한 정의들을 종합해 보면 다음과 같은 말이 된다. 1990년대 이후 포스트모던 한국 사회에서 스스로를 시인이라 인식하는 여성—남성이 아니라는 근원적인 이분법에 소외된 경험이 있는 자—한 사람이 시라고 생각하는 것은 무엇인가. 아, 또다시 수많은 정의가 필요하다. 이 일을 어떻게 해결하지?

2

이쯤까지 써 놓고 보면 예민한 독자께서는 눈치 챘을 것이다. 질문(전제)에서 대답(결론)을 이끌어 내는 글쓰기 방법에 대해, 다시 말해 지극히 연역적인 글쓰기에 대해 반항하는 것이 이 글의 여러 가지 목적 가운데 하나다. 흔히 남성적인 글쓰기와 여성적인 글쓰기의 차이점에 관해 얘기할 때 잘 하는 말이 남성적인 글쓰기는 연역적이며 여성적인 글쓰기는 귀납적이라 한다. 그렇게 명료하게 규정짓고 싶은 생각은 없지만 과연 남성들의 글은 엄격한 정의와 정연한 논리에 따라 대단히 초월적인 어떤 질서를 만들어 내는 경향이 있다. 예컨대 오늘 내게 이런 주제로 글을 쓰라고 요구하게끔 분위기를 유도한 하나의 단어, 여성시라는 것에 대해 생각해 보자.

여성시란 것이 '열린시', '절대시'처럼 하나의 에꼴을 형성한 적은 없다. 민중시, 일상시 같은 뚜렷한 범주를 형성할 만큼 여성시로 불리는 시들이 공통점을 지닌 것도 아니다. 그럼에도 여성시란 말이 만들어져 쓰이고 있다. 너무 아무렇지도 않게. 여성이란 것이 유행하는 시적 제재인 것처럼 혹은 시 쓰는 여성은 어쨌든 여성시적인 것을 쓰고 있기라도 한 것처럼 말이다. 여성이란 것, 여성적 체험이란 것이 다양한 인간적 경험이나 시적인 경험 가운데 한 종류이기라도 한 것처럼—고독, 그리움, 가을, 별, 민족, 추억, 여성, 하늘, 바람, 기타 등등—오해된다. 이 여성시라는 말을 통하여 남성들이 의도하는 바는 여성이란 어쨌든 2차적 부류의 존재라는 오래된 편견을 재확인하는 데 지나지 않는다. 단지 시, 그리고 여성시가 있는 것이다.

그렇긴 하지만 여성시라는 말은 그 나름의 효용성을 지니고 있기는 하다. 시 쓰는 여성들이 통칭 여류 시인으로 불리던 때가 있었다. 그리고 그때 여성이자 시인은 자신들의 경험이 남성들과 다를 수 있다고 생각하지 못했다. 단지 못 미칠 뿐이었고 열등할 뿐이었던 것이다. 어쩌면 여성시란 말은 여성 그 자체가 처음으로 중요해졌다는 것을 의미하는 말이기도 하다. 여성들 특유의 경험이 이류에서 벗어나 인간적으로 더욱 중요해지고 의미심장해졌기 때문이다. 이 과정에서 잠정적으로 중요성을 얻는 말이 바로 여성시인 것이다. 이리하여 다양한 시적 진실 가운데 하나의 진실로 개개인의 시인들이 자리매김 받게 될 때까지 여성시로 불리기를 마다하지 않는 용기가 여성 시인들 각자에게 필요하다. 범주화하고 나누고 서열을 정하고 하는 모든 작업에 대해 선천적으로 반감이 있음에도 나 자신 또한 실로 여성적인 것이 무엇인가에 대해 끝없이 이야기해야 할 내적 외적인 요청과 대면하게 된다. 정말이지 여성이란 말이 중요한 화두다.

시라고 하는 지극히 내밀하고 개인적인 행위가, 여성이라는 자기 정체성의 불안정함 때문에 언제나 외적이고 집단적인 특성으로 번역되지 않을 수 없다는 강박 관념에 시달림을 받아 보지 않은 여성 시인이 혹시라도 있을 수는 있다. 그러나 그런 시인을 현대적이라 부를 수는 없을 것이다. 어떤 형태로든 시인이기 이전에 우선 여성이라고 하는 자기 존재감의 부피가 더 큰 현실을 이 시대의 여성 시인들은 살아가고 있는 것이다. 하지만 아마도 이것이 소위 포스트모던 시대라 불리는 이 시대의 가장 큰 장점인지도 모르겠다. 감히 세계 문학사까지 언급하지 않아도 한국 문학사에서만큼은 어쩌면 처음으로 여성이란 것이 문학사의 전면에 등장한 것이다. 그리하여 전에는 다만 인간적인 것으로 치부되던, 그래서 남성 일반의 이름 아래 흡수되던 모든 행위들을—생각하는 일까지 포함하여—여성이라는 입장에서 재조명해야 한다는 생각은 마땅하고도 옳은 일이 되었다. 그러니, 적어도 1990년대에 시인이 된 덕분으로 여성의 정체성이 문제가 되는 행복한 시대를 나 자신의 것으로 삼게 된 행운을 처음으로 얻은 셈이다.

사회학적인 측면이 아니라 문학적이고 미학적인 측면에서 여성의 입장을 발견한다는 것은 어떤 의미일까? 다시 말해 우리 시대의 여성에게 시적인 것이란 도대체 무엇인가? 지금부터 여성 시인들이 스스로 시적이라 생각하는 것들에 대해 기술해 보자.

어쩌면 너무 앞질러 가고 있는 것인지도 모른다. 여성이 섹스에 대해 금기 없는 언어를 늘어놓았다 해서 화제가 되고 베스트셀러가 되는 현실에서 감히 미학적인 여성의 입장이라니. 정신 병리학이라는 틀이 아니고서는 여성시를 제대로 읽어 내기조차 힘겨워하는 독자들이 수두룩한 판에 이 무슨 황홀한 망상인가. 그러나 어쨌든 돌파하자. 나름의 시적 확신을 가지고 경계를 넘어가 보자!

3

인터뷰에서 자기 시에 영향을 미친 전통이 있느냐 묻는 질문에 박서원은 "없다." 라고 잘라 말했다. 뛰어난 여성 시인 가운데 한 사람인 박서원뿐만 아니라 슬프게도 이 대답은 대개의 여성 시인들에게도 해당이 된다. 왜냐하면 여성이 인간이면서 시인이기 위하여 통과해야 하는 길목에 가장 큰 장애로 버티고 선 것이 소위 전통이라 불리는 남성들의 언어이기 때문이다. '없음' 혹은 '이루 헤아릴 수 없이 많은' 그 영향은 자신이 말의 진정한 의미에서 타자라는 것을 스스로 발견할 때까지 여성을 물고 늘어진다. 타자, 여성은 남성과 다르다!

가끔 생각한다. 김수영의, 김춘수의, 김지하의 시가 내가 물려받아 극복해야 하는 진정한 유산인가 하고. 더 나쁘게 말하면 내가 그들을 계승 극복했다는 사실을 누가 인준하는가 하고 말이다. 약간 과격하긴 하지만 박서원의 발언은 그러한 사정을 잘 요약해 놓은 것이라 할 수 있다. 이것은 여성 시인들의 아방가르드 특질과는 다른 의미이다.

물론, 1990년대 이후 한국 시에서 아방가르드일 수 있는 시인들이 바로 여성들인 것만은 틀림없다. 이 아방가르드적 특성을 자각하는 데서부터 여성이면서 동시에 시인이고자 하는 자의 특수함이 생겨난다.

기억이 확실치 않지만 1986년쯤이다. 부산의 가마골 소극장에서는 작은 규모지만 열기에 가득 찬 공연이 있었다. 이윤택이 연출한 이 공연은 파울 첼란Paul Celan의 「죽음의 푸가」와 김수경의 「핑크 핑크 핑크」, 장정일의 「물에 잠기다」, 그리고 기억나지 않는 다른 몇 편의 시들을 엮어 배우들의 도움을 빌려 구연한 것이다. 연극과 사랑방 담화의 중간쯤 형태였다. 그 가운데 특히 「핑크 핑크 핑크」는 이런 형태의 공연에 너무나 어울리는 시였다. 독백과 코러스가 교차하면서 빚어내는 화음과 핑크라는 말이 발성될 때의 어감은 눈으로 읽는 시와는 전혀 다른 전달 효과가 있었다. 이때 공연된 시들은 당시 대학가에서 불리던 서정적인 운동 가요와는 전혀 달랐다. 김지하의 「새」, 「녹두꽃」 같은 노래, 정호승의 「맹인부부가수」 혹은 「눈사람」 등의 노래가 주는 효과는 선율에 실린 가사의 길이와 똑같은 시간으로 체험된다. 정서를 감염시키는 효과가 아무리 클지라도 말이다. 이 노래들이 지닌 환기의 힘은 외부 현실에 많이 기대고 있다. 언어는 자체의 내면적 리듬이나 호흡 때문이 아니라 선율로 전달된다. 그러나 「핑크 핑크 핑크」에서는 전혀 다른 종류의 전달을 체험한다. 모더니즘 시의 시간적 지연이 단어 하나하나 혹은 구문의 연결이 빚어내는 언어적 내포의 크기들을 그려보는 데서 오는 일종의 무시간적 확장이라면 「핑크 핑크 핑크」가 상기시킨 것은 전혀 다른 종류의 체험이다. 일종의 구성이라 할 만한 것이다. 이 시를 듣고 보면서 청중, 혹은 관중이 알게 된 것은 한 줄의 진술이나 언어적 얼개가 아니라 하나의 여자, 혹은 여러 명의 여자, 흐느끼는 여자였던 것이다. 청중이 얼마든지 상상으로 삶을 구가할 수 있는 인물의 창조, 어떻게 그것이 가능했던가.

그것은 목소리의 힘 때문이다. 연극적 형식으로 재현되기는 했지만 물리적인 음성을 말하는 것이 아니라 '펑크'라는 독특한 장르를 선포하는 개성적인, 그러나 분열되어 있는 여자의 목소리.[3]

---

3) 참고로, 그때 공연되었던 시 「펑크 펑크 펑크」의 전문은 다음과 같다.

펑크(아무 음악을 배경으로)
펑크(아무 음악을 배경으로)
펑크(아무 음악을 배경으로)

자다가 일어나 거리로 나갔지
구린내 나는 시간들
잠에서 깨어나 반액 대매출의 거리
전자 오락들의 거리 술집들의 거리 거리로

독백: 꿈속에선 행복했어. 따뜻한 꿈 속에서
물장구치며 (내 목소리는) 아이들의 소리를 내고

펑크(북소리와 함께)
펑크(북소리와 함께)
펑크(북소리와 함께)

시간들이
악취를 풍기며 거품을 만드는 도랑길로
남포동을 지나 서대신동을 지나
지나서 지나서 지나서

아니야 펑크 펑크 펑크(가냘픈 바이얼린과 함께)
커다란 웅덩이
시간들의 시간들
그중에서도
가장 깊게 썩는 그곳에서

난 잠들었어, 오랫동안

전기밥솥과
설겆이통 슈퍼마켓에
고개를 처박고

독백: 꿈속에선 행복했어. 따뜻한 꿈 속에서
인형놀이를 하며(내 목소리는) 아이들의 소리를 내고

펑크(장구소리와 함께)
펑크(장구소리와 함께)
펑크(장구소리와 함께)

정액이 홍수처럼 넘치는
침대에 누워
언제나 자궁의 가장 깊은 곳을 열어 놓고
그 비린내 나는 아이들을 키웠지

독백: 이젠 꿈 속으로 들어갈 수 없어
들어갈 수 없어 아! 들어갈 수 없어

잠에서 깨어나
거리로 나갔지, 익명의 시간들
시정잡배들과 더불어
남포동을 지나 서대신동을 지나

날 부르는 소리
날 따라오는 소리
펑크 펑크 펑크

공작의 펑크
원앙의 펑크

펑크 펑크 펑크
카나리아의 펑크

독백: 꿈속에선 행복했어. 따뜻한 꿈 속에서
소꿉놀이 하며(모두들 목소리는) 아이들의 소리를 내고

남포동을 지나 서대신동을 지나

그때 당시 놓치고 있었던 그것이 이 시의 가장 특징적인 측면이었다. 흔히 우리가 교과서식으로 시를 공부할 때에 언제나 빠뜨리게 되는 바로 그, 성별을 지닌 목소리다. 우리는 시를 읽으면서 이 시의 지은이가 여성인지 남성인지 생각하지 않는다. 그리고 그 성별의 의미가 시의 탄생에 어떻게 작용하는지에 대해서도 생각하지 않는다. '시는 그저 시'라는 신비평적인 사고방식은 고질병과도 같은 것이었다. 그랬는데, 걷잡을 수 없이 여성적인 것이, 그녀가 여자라는 돌이킬 수 없는 경험 그 자체가 시가 되고 있는 현실과 만났던 것이다. 여성의 목소리가 아니면 도저히 존재할 수 없는 그러한 시를 말이다. 물론, 사회학적인 의미에서 여성이라는 것이 중요한 시의 원리가 된 경우도 있다. 고정희와 최승자도 있었으며 여성의 심리학적 차별성을 보여 주는 김혜순과 김승희도 이미 있었다. 그들이 대단히 중요한 시인이라는 사실을 의심하진 않는다. 그러나 나는 왜 그녀들의 시를 여성의 것이라기보다는 중립적인 시로 읽었을까. 아무래도 내게 개입해 들어온 남성 담론 탓이라고 해야겠다. 「펑크 펑크 펑크」는 달랐다. 말하자면 나는 나만의 문학사적인 사건

바다까지
모든 푸른 것들이 한꺼번에 출렁이는
그곳까지

난 자다가 깨어난 펑크
붉은 머리의 노란 머리의
온갖 잡풀들의 펑크

펑크(아무 음악도 없이)
펑크(아무 음악도 없이)
펑크(아무 음악도 없이)
……

현장을 지나쳐 온 셈이었다. 「펑크 펑크 펑크」는 여성의 내밀한 경험에 호소하고 여성들만의 동류의식에 호소했다. 어쩌면 거의 처음으로 남성들을 향하지 않고 여성들만의 세계에 침잠한 시가 내 앞에서 말을 건넸다. 이 말 건넴이 새로운 시의 길임이 지금은 너무도 분명하지만 그때 당시는 알지 못했다. '다른 목소리로', 즉 여성의 목소리로 말하는 것이 바로 새로운 시의 길이라는 것을.

어쨌든, 이 운명적인 공연을 보러 간 일로 내가 경험한 것과 스스로를 시인이라 여기게 되는 것 사이에는 '사이'가 필요했다. 흡사 박서원처럼, 내 속에 든 김수영의, 김춘수의, 정현종의, 너무도 사랑하던 수많은 시와 시인들의 그 모든 전통 어법에 대해 "싫어!" 라고 말해야만 한다는 충동에 쫓기며 바위틈에 숨어 기다려야 할 그 '사이'란 것. 틈새 또는 간극 또는 갭. 또는 거리. 멀리하기, 없다고 말하기. 여기가 아니라 저기, 그것에 없기. 남성적 개념 규정에서 벗어난 언어들은 늘 '사이'에 있기 때문이다.

물론 모든 남성 시인들에 대해 싫다고 말하는 것이 여성 시인으로서의 정체성을 곧장 확립해 주는 것은 아니다. 전통에 대한 거부가 모든 여성들을 한 줄로 꿰어주는 실타래인 것도 아니다. 다만, 1990년대 이후 시단에 여성들이 탄생시킨 것이 과연 무엇인가를 생각해 볼 때, 그것은 새로운 주제도, 새로운 형식도 아닌 것, 과거와 아무런 변증법적 관계에 있지 않은 돌발적인 것임을 말하고 싶을 뿐이다. 부연하자면 여성의 삶이 시가 될 때, 기댈 수 있는 그 어떤 과거가 있다고 한다면 그것은 다만 부정적인 반사경으로서의 과거일 뿐이다. 그런 의미에서 여성 시인들은 역시 아방가르드가 아닐 수 없다.

4

수태고지를 알리는 천사가 찾아왔을 때 그녀 나이는 열여섯쯤 되었다고 한다. 그 시대엔 사람들이 일찍 어른이 되나 보다. 그러나 그 나이에 자기 인생을 확 비틀어 놓을 대답을 할 수 있었던 것은 왠지 심한 느낌이다. 오히려 그녀는 어려서 그 결정의 중대성을 미처 감득하지 못했다고 하는 것이 옳지 않을까?―네 마음이 그래서 개운하다면 그렇다고 치부해 두라. 그리고 잊어라.

그러나 성서의 어느 구절도 그녀가 경솔해서 그런 대답을 했다고는 말하지 않는다. 그녀는 오로지 믿었던 것이다. 처녀를 잉태시키는 미지의 힘이 그녀의 시대, 그녀의 역사를 다스리고 있다는 것을.

그렇다면 그녀의 과업은 그 어머니의 태반 속에서 이미 절반은 성취되고 있었던 거다. 예나 지금이나 믿는 자들의 하느님은 믿지 않는 자들 앞에서는 무력하다. 그러나 믿는 어머니를 양식 삼아 태어난 아들은 자기 하늘에 신의 빈자리를 보지 못했다. 그의 하늘에는 잘못 배열된 믿음, 잘못 색칠된 믿음이 있었을 뿐이고 그 잘못된 믿음들이 그를 못박을 때도 이것은 다만 시간의 문제일 뿐이라고, 오랜 시간 뒤에는 모든 이가 알게 된다고 생각했을지도 모른다.

그로부터 이천 년이 흘렀다.

곗돈과 동창회 기금 때문에 짜증을 내던 여의사가 그녀에게 수태고지를 한다. 그리고 내처 묻는다. 낳으실 거예요?

스물아홉 살 난 여인은 자신있게 대답할 수가 없다. 남편하고 의 논해 보겠어요, 하며 엉거주춤 일어난다. 병원 문을 나서며 그녀의 입술은 저도 모르게 미소짓는다. 이천 년 전의 그 여자와 닮은 것이라고는 그 미소 하나뿐인 이 마리아는, 머릿속으로 재빨리 계산을 한다. 그래, 남편의 월급도 좀 오르겠지. 승진도 하겠지. 적금만 타게 되면 전세나마 집칸도 늘릴 수 있겠지. 이제는 아이도 하나쯤.

다행히 그녀의 남편이 실업만 하지 않는다면, 다행히 시숙의 사업이 성공만 해 준다면, 미국 간 시뉘가 시아버님 생활비라도 듬뿍 부쳐 준다면,

수많은 우연을 계산대에 올리며 그녀는 멍청히 하늘을 본다. 붉은 네온의 십자가가 수도 없이 반짝이는 그곳에는 그녀에게 말을 건네줄 천사만이 침묵하고 있다.

— 노혜경, 「마니피캇」[4] 전문

결국 나 자신에 대해서 이야기하자면, 이 시를 쓰고 나서야 비로소 내가 제대로 된 시인이 되었다고 느꼈다. 내 속에 들끓고 있는 이야기하고픈 욕망과 그것을 산문이나 소설이 아니라 오로지 시로 쓰고픈 욕구 사이에서 이런 형태의 시를 발견해내었다. 내가 쓰고 싶었지만 그럴 수 없었던 그 무엇을 드러낼 방법을 말이다. 뚜렷이 병치되는 두 개의 이야기가 빚는 긴장을 통해, 독자의 상상 속에서 구성되는 쓰이지 않은 수많은 이야기들을 통해 새로운 것이 드러난다. 그리고 이러한 수법은 직접적으로 「핑크 핑크 핑크」의 병치기법에서 배운 것이다. 간접적으로는

4) 노혜경, 『새였던 것을 기억하는 새』, 고려원, 1995.

텔레비전 일일극들의 장면 전환의 방식들 등에서, 더 멀리는 들을 때마다 이야기소話素가 조금씩 달라지는 내 할머니의 호랑이와 포수 이야기에서 배운 것이다. 결코 공적이고 가치 있는 담론의 장으로는 들어간 적이 없는 이야기 방식을 나 자신의 것으로 삼았을 때 비로소 시인으로서 정체성을 확보할 수 있었다는 말이다. 그리고 그러한 형식 문제는 중요한 것이다. 왜냐하면 진정으로 창조하고 싶었던 것은 이 이야기를 말하는 다른 여자, 즉 이천 년의 거리를 두고 비슷한, 그러나 결정적으로 다른 삶을 되풀이하는 두 마리아의 이야기를 독자에게 전달하고 있는 다른 목소리이다. 결정적인 두 삶 가운데서 분열되고 있는 다른 여자의 이야기다. 고정되어 있고 정연한 형식을 통해서는 이 흔들리는 삶의 본질을 절대로 포착할 수 없다는 조바심이 낳은 형태다. 이야기 자체는 시 이전에 이미 존재하고 있는 것이다. 고백하자면 비록 내가 쓰긴 했으되 이 시를 축자적으로 외고 있지 못하다. 누구에겐가 이 시를 말해 주고 싶을 때는 흡사 옛날 얘기 하듯이 시작한다. 저기, 두 어머니가 있었는데요, 한 명은 마리아, 예수의 어미였고 또 한 명도 마리아인데, 어쩌구, 그러면 대개의 독자는, 다른 여성인 독자는 그 이야기를 이어 준다. 우리 여성들은 이 시가 제시하고자 하는 것들을 자신의 실존의 핵심 가운데서 거의 선험적으로 알고 있는 것이다. 그리하여 시를 읽는다는 것은 체험을 공유하는 행위가 된다. 전형적으로 여자들끼리의 잡담 같은 것, 그러나 그것이 형식을 얻을 때, 힘이라는 게 생겨나는 것이다.

그러나 이렇게 행복한 합일이 자동적으로 가능한 것은 아니다. 1990년대 이후 여성 시인들은 기묘하게도 독자를 미리 죽여 버린 자리에서 이야기를 시작하는 것 같다. 아무도 듣지 않는 이야기가 아니라 아무에게도 들려주지 않으려는 이야기이다. 좀 더 정확히 말하자면, 기존 이야기를 불신하는, 경중경중 건너뛰는 이야기이다. 기존의 글쓰기와 말하기에 익숙해 새로운 방법을 읽어 낼 독자가 되지 못하는 많은 여성들에게는 자기 자신의 이야기이면서도 오히려 생소한 이야기다. 그래서 듣지 못하는 이야기이다.

이른 새벽이었네. 죽은 애기를 끌어안고 에미는 종종걸음으로 어둑한 비탈길 내려왔네. 청소차가 방금 지나간 듯 마른 바람 한 점 횡하니 거리를 쓸고 있었네. 건널목을 건넌 에미는 외투자락 잡아당겨 가슴팍 핏덩어리 감추며 …… 지하도 계단 앞에서 주변을 훔쳐 둘러보더니 허둥 허둥 또 걸었네. 지친 에미 곁을 느릿느릿 승용차 한 대가 지나가고 행인들 자꾸만 눈에 밟혔네. 벌써 날이 밝았어, 벌써 날이 밝았어, 한숨 섞어 중얼거리던 에미는 신문지에 둘둘 말아 싼 애비 모르는 죽은 것을 쓰레기통에 쿡, 처박았네. 아아, 나일론 살에 붙어 타는 냄새.

— 이연주, 「매음녀 7」[5] 전문

이 시의 전지적 작가는 아비 없는 아이를 사산한 매음녀의 이야기를 지나치게 가까운 거리에서 하고 있다. 감정 이입되어. 시인이 주장하는 것은 독자 또한 이 매음녀의 마음속에서 함께 이 고통을 나누라는 말 같다. 거리 조정이 부족한 이 시가 센티멘탈리즘에 빠지지 않는 것

---

5) 이연주, 『매음녀가 있는 밤의 시장』, 세계사, 1991.

은 독자가 그 거리 부족에 저항하기 때문이다. 정작 시인 자신은 매음 녀와의 거리 부족에 고통받고 있지만 독자는 이 시가 전달하고자 하는 정보적 측면에만 집중하리라는 것을 시인은 이미 안다. 그것도 곁눈질로만 보리라는 것을 시인은 미리 알고 있다. 이러한 분열에서 독자는 뒷면으로 사라지고 시와 시인만이 남는다. 엄격하게 말하면, 시인은 적극적인 말 건넴이라는 여성적 말하기 방식에 대해 아직 불신감을 지니고 있다.

박서원의 시들은 전형적으로 거리 부족의 시들이다. 그녀의 모든 시들은 직접 화법이다. 비록 현란한 이미지들의 그늘에 가려 잘 보이지 않을지언정 그림이 아니고 내면에서 일어나는 사건들의 보고서이다.

> 진눈깨비가 항아리에 잠기듯
> 나는 나의 별실로 내려간다
> 거대한 그물이 계단을 덮는다
> 작아져서 물기에 젖은 소녀 하나,
> 아득히— 어머니의 늦은 밤
> 발자국 돌아오는 소리 어느덧
> 새벽 사원의 종소리가
> 내 어린 맥박에서 문을 열고 문을 닫는 소리

— 박서원,「중독자를 위한 밤노래」[6]에서

---

6) 박서원, 『난간위의 고양이』, 세계사, 1995.

어린 시절, 아마도 아버지를 일찍 여읜 시인은 어느 날 어머니가 돌아오지 않는 밤을 꼬박 밝히며 자기만의 방으로 침잠하게 된 경위를 이야기하고 있다. 온통 눈물에 젖어서, 어머니를 기다리며 잠조차 들 수 없던 어느 날의 기억, 소위 트라우마. 사건은 일어난 시간적 순서대로 소리의 흔적을 남기며 내면의 사건도 기억 속에서는 외면화된다. 이러한 이야기 방식으로 여성의 무의식 속에 깊이 박힌 상처를 드러내는 데 박서원은 익숙하다. 익숙하지 않은 것은 오히려 사건을 비유로 읽어 내는 습관을 지닌 독자들 대다수이다. 어떤 외적인 삶의 흔적이 이런 언어들을 끌어냈나 묻는 습관은 박서원의 시들 앞에서 무력감을 금치 못한다. 정반대의 경로, 즉 내면의 길을 따라 언어가 분출하고 있기 때문이다.

사랑한다. 허리춤에 들꿀과 메뚜기 사랑한다 음탕하도록 준비되었던 살. 담뱃불로 손등을 지지며 죄를 지을수록 풍부해지는 나는 대나무 같은 나는 연둣빛 불길 속에 얼굴을 처박고 울며 사랑한다. 사랑한다. (…중략…) 신에게 부르심을 받은 나는 손톱 발톱 흙빛 되어 가벼워지는 나는 솜털 토끼가 되는 나는 사랑한다. 사랑한다. 천년 만년 빌어먹을 빌어먹을 예복을 입고 뿔피리를 불며 그래, 더 큰 고통을 가지고 와. 위태로울수록 행복한 나는 발버둥칠수록 아름다워지는 나는 그토록 자유롭고 치욕의 뿌리인 나는 허리춤에 채찍과 가죽구두 한 켤레 여전히 미친 말들의 마차를 몰고 정글을 헤쳐나가는 여전히…….

그래, 더 큰 고통을 가지고 와. 내 사랑

— 박서원, 「소명·1」[7]에서

비참과 모욕을 껴안음이 적극적인 사랑의 길이고 소명이란 것은 영적인 삶을 지향하는 모든 이가 설파한 바다. 그러나 단정한 아포리즘으로 드러남 직하고, 그리하여 사회의 질서 잡기에 공헌하는 언어가 됨 직도 한 그것이 박서원에게서는 걷잡을 수 없는 욕망의 분출과 구별되지 않는다. 왜 그런가. 그것은 단정한 말들에 부가된 억압의 흔적에 그녀의 언어가 저항하기 때문이다. '허리춤에 들꿀과 메뚜기'를 매단 세례자 요한은 곧이어 살로메의 '음탕하도록 준비되었던 살'로 지워지고, '신에게 부르심을 받은' 영광은 '손톱 발톱 흙빛'이 되는 고통이다. 긍정과 부정, 높은 것과 낮은 것을 가차 없이 이어 붙이는 이러한 병치는 엄격한 이분법적 언어를 직접적으로 거절하는 것과 다름없다. 낱말의 질서에 갇히기를 거부하고 어울리지 않는 것들을 소리의 강제적 리듬으로 통합시키려는 미학적인 랩 언어이다. 아마도 독자들은 이미지와 소리의 음악에 몸을 맡기는 새로운 독법을 개발해야 하리라. 그럴 때 우리의 내면으로부터 진정 시적인 것을 향한 갈망이 솟아오르는 것이 보이리라.

---

7) 위의 시집.

박서원의 시에서 드러나듯 1990년대 이후 여성시는 독자의 변화를 적극적으로 요구한다. 가야트리 스피박Gayatri Spivak의 경구대로 누가 말하는가뿐 아니라 누가 듣는가가 중요한 것이다. 듣는 자의 적극적인 관심에서 개인적 경계를 뛰어넘는 여성의 이미지들이 생겨난다.

물론, 생각하기에 따라서는 여성 자체에 집중하는 시들이 나르시시즘적이라 여겨질 수도 있다. 아니, 1990년대 이후 여성시의 중요한 특징 가운데 하나가 바로 나르시시즘이라 할 수 있다. 여성 자신의 내면으로 들어가는 것, 사상 처음으로 자신의 목소리에 열중하고 자신의 이미지에 탐닉하는 것 말이다. 그러나 이때 여자는 시인 자신이 아니라 그야말로 '얼굴이 지워진' 여자들이다. 어머니이기도 하고, 딸이기도 하며, 여신이기도 한 여자들. 이 여자들의 흔적이 시인의 내면에 새겨 놓은 잘 보이지 않는 길을 따라가는 것은 그야말로 '잔혹한 외출'이 되기도 한다.

바다
해가 졌다
저녁내 흔들리는 모랫벌

대낮의 편안한, 규정된 부피를 부정하는
칼처럼 달이 뜨고

바람이 잔잔히 불기 시작했다

살이 저며지고 있다
아니, 오해 마시기를,
이건 부패가 아니다,
싱싱하고 생생한 선혈이 뚝뚝 떨어지는
신선한 살의 이별
결따라 완벽하게 저며져 뼈를 떠나는 살

희디흰 뼈 눈부시게 드러나고
바람과 바람의 결 사이에 촘촘히 박혀 있던
잊혀진, 강렬한 말들이
핏줄 위에서 널을 뛰기 시작한다

잔혹한 외출

최소한의 삶으로 버티던 여자 하나, 모랫벌을 달려가
시퍼런 바닷물 속으로 걸어들어간다

— 김정란, 「잔혹한 외출」[8] 전문

'신선한 살'과의 이별, 뼈만 남은 최소한의 삶, '규정된 부피'의 부정.

---

8) 김정란, 『그 여자, 입구에서 가만히 뒤돌아보네』, 세계사, 1997.

이 멋진 말들은 간단히 말해서 '살'이 표상하는 에로스적인 한계에 더 이상 갇히지 않겠다는 주장으로도 읽힌다. 여성이 육체의 한계를 거부할 때 어떤 일이 일어나는가. 남성이 생물학적으로 남자의 육체이자 정신적인 존재일 때 여성의 이미지가 살이라는 생물학적 한계 내에 갇히게 된다는 것은 너무 분명한 사실이다. 그래서 이따금 살을 부정하는 것은 여성의 정체성을 부정하는 것으로 여겨지기까지 한다. 그러나 여기에 함정이 있다. 여성이 자기 자신의 성 활동을 주체적으로 통제할 수 없다는 이유 때문에 자유로운 성 담론이 해방의 전략인 것처럼 여겨질 수도 있다. 김정란은 그러한 통념에 과감히 메스를 들이댄다. 살을 저며 낸 여자, 그것이 여자일 수 있을까. 살의 정체성을 발라내 버린 여자란 이미 여자의 자리로부터 이탈된 존재이다. 그리하여 그것은 잔혹한 외출이 되지만 그 외출을 통해서만 잊힌 말들이 널뛰기 시작한다는 데 문제가 있다. 감히, 여자가, 여성으로서의 정체성을 규정짓는 '살'을 저미려 하다니? 그런데 살은 저미는 것이 아니라 저며지는 것이고, 즉 여자의 존재 바깥에 있는 어떤 힘이 그 살을 저미는 것이고, 그렇게 저밈을 당하자 비로소 말들이 나타났다. 존재의 집인 말. 이제 여자는 존재하기 위하여 자신을 규정하던 부피의 세계와 이별하고 싶은 것이다. '바깥'을 향해 가고 싶은 내면적 충동, 그러나 그 바깥은 안을 향해 열린 바깥이다.

6

자, 결론을 내릴 때가 되었다. 이 시대 여성에게 시적인 것이란 무엇인가. 모든 여성 시인들은 인간의 한계를 규정하는 '살'의 무게와 부피를 알고 있다. 그리고 그 무게와 부피를 해결하는 나름의 방식으로 인간 존재의 근원을 탐구해 들어간다. '살'의 존재에 부과된 저급함의 표지들을 잘라내는 일로부터 '살'의 표지들이 궁극적으로는 저며지고 '뼈'의 존재로 사는 일에 이르기까지 그 수많은 다양함 속에 유일하게 공통된 표지는 여성의 삶을 이야기하고 여성적 방식을 찾아내려 하며 자기 자신을 단독자, 개인으로뿐만 아니라 동시에 다른 여성들의 자매로서 인식하려는 의지이다. 그런 고로 여성에게 시적인 것이란 바로 여성 자신에 다름 아니다. 여성, 이것이 바로 현대의 화두이다. 🏃

'여성시' 논의에서
안티페미니즘적 위험에 대하여[1)]

1. 여류/여성/여류시/여성시

극히 최근까지도 시는, 아니 문학 자체는 남성들의 전유물로 여겼다. 남성들 일인 문학에 투신하는 여성은 그냥 시인이나 작가가 아니라 '여류'라는 관형사를 달고 있게 마련이었다. 여성으로서 작가가 된다는 것이 '여류' 문인이 되는 것이라는 점은 간과할 수 없는 반페미니즘적 함의를 담고 있다. 한편으로는 다른 여성들과의 분리를 통해 이익을 얻고, 다른 한편으로는 남성들 문학의 2진으로서 지위를 공고히 한다는 것이 바로 '여류'가 뜻하는 바이기 때문이다.

---

1) 이 글은 부산 대학교 여성 문학 연구소 주최 제13 차 심포지엄 '페미니즘 속의 안티 페미니즘(1998. 9. 25.)' 발제 논문이다. 발표 후 여성시 논의에 진전을 보았지만 이 글에서 그 성과를 다 수용할 수 없어 안타깝다. 약간의 수정과 보완을 거쳐 『여성과 문학』 3집에 수록한 것을 재수록한다.

이러한 여러 모순을 자각하여 문학을 논하는 자리에서 '여성'이라는 말이 '여류'라는 말 대신 쓰이기 시작한 것은 불과 10여 년 안팎이다. 1987년 『또 하나의 문화』 제3 호가 '여성 해방의 문학'을 특집으로 삼으면서 '여성 해방 문학'이란 말을 유포시켰다. 같은 해에 부산에서 「한국 여성 문학 연구회」가 발족되면서 처음으로 '여성'이라는 말이 성별 정체성에 관한 자의식을 지닌 용어로 채택되었다고 보는 것이 통설이다. 이후로, 대개 소설에 관한 담론을 지칭하는 '여성 문학'이라는 말은 꽤 빠르게 자리매김을 했으나 시에 관한 한 사정은 약간 달랐다. '여류 소설'이라는 말이 상용되지 않은 것과는 달리 시에는 '여류시'라는 말이 있었다. 이 용어의 잔재는 1990년대까지 끈질기게 존속된다. '여성시'가 '여류시'를 대체했다고 보는 것은 극히 최근의 일이다.

물론 '여류시'라는 용어가 오래 살아남았다고 해서 시에서 페미니즘 추구가 소설 문학보다 덜 활발했다고 말할 수는 없다. 오히려, 시단의 오랜 통념인 '여류시'와 차별화를 모색하는 가운데 시와 여성성에 관해 심도 있는 고찰이 가능했다. 이를 통해 '여성시'는 중요한 문학적 쟁점들을 제공하는 핵심적 문학 운동이 되고 있다. 따라서 '여성시'는 정치적 담론으로서 페미니즘적 '여성'과 문학적 담론으로서 아방가르드적 '시'가 만나 발생시킨 1990년대 문학의 새로운 담론이자 중요한 성과이다.

'여성시'에서 '여성'은 생물학적인 표지가 아니라 오히려 여성을 둘러싼 차별과 분리에 관한 적극적 인식의 소산이라는 점에서 페미니즘적으로 진일보한 것이라 할 수 있다. 그러나 바로 그렇기 때문에 '여성시' 논의는 지극히 섬세한 논쟁을 필요로 하는 중요한 페미니즘적 쟁점이다. 왜냐하면 이는 여성/남성의 문제일 뿐 아니라 여성에 의한 여성의 종속화와 타자화를 논의하지 않으면 안 되는 미묘한 쟁점이기 때문이다.

이 글은 현재 진행형인 여성시 논의의 역사를 살펴보고 반작용으로서 드러나는 반페미니즘적 위험성을 살피는데 목적이 있다. 시에서 반페미니즘이 노골적으로 드러나는 경우 알아보기 쉽다. 그러나 비평에서 특정한 시와 시인을 반페미니즘적으로 징발하고 이용하는 데서 발생하는 문제는 매우 인식하기 어렵다. 따라서 시와 그 시를 징발하는 담론과 시인 의식의 상호작용은 어떻게 페미니즘을 위협하는가 살펴봄으로써 여성시 논의의 기준을 삼고자 한다.

2. 여성시, 어떻게 정의할 것인가

지금까지 여성시라는 용어를 정착시키는 데 기여한 주요한 논의들을 간단히 살펴보면 여성시라는 개념이 어떻게 형성되었는가 알 수 있다. 여류라는 용어가 의식적으로 여성이라는 용어로 대체되는 시기는 대략 1991년에서 1992년 사이라고 추정한다.[2] 여성 해방 차원에서 여성 문학 일반론 속에 다뤄지던 시를 그 자체의 논리를 따라 재정의하려는 작업은 1991년 김정란의 「스타바트 마테르, 서 있는 성모들」에서 시작

---

2) 물론 그 이전에도 여성이라는 용어가 사용되지 않은 것은 아니다. 이미 김병익이 강은교 시집 『풀잎』의 해설에서 강은교의 시가 일반적인 여류들과는 궤를 달리 한다고 말하기 위하여 여성이라는 말을 사용했다. 그러나 이 경우 여성은 적극적인 의미로 쓰인 것이라기보다는 강은교의 시가 다른 여성들과는 달리 남성 시인과 어깨를 겨눌 만하다는 말을 위해 사용된 것이다. 이 또한 특정한 여성을 다른 여성과 구별하려는 분리의식의 소산이다. 개념상으로는 '여류'와 다를 바 없다.

됐다고 볼 수 있다.[3] 이 글에서 김정란은 '여류 시인'과 '여성 시인'을 구별하고 '여성 시인'들의 계보를 구축하는 작업에 착수했다. '여성 시인'들의 작업이 미적 근대성의 획득에 닿아 있는 것이라 시사함으로써 이후 여성시 논의에 중요한 근거를 제공하였다. 곧이어 1992년 김혜순이 「페미니즘과 여성시」라는 글에서 여류시와 구별되는 여성시의 특질을 차이의 관점에서 기술함으로써 여성시라는 용어를 장르적 개념으로 규정지었다.[4] 여성시라는 용어는 처음부터 여류시와의 변별 의식에서 발생한 것이라는 점이 위 두 시인의 글에서 명백히 드러난다. 이들에 따르면 여류시로 분류될 수 있는 여성 시인들의 시는 남성 중심 담론에서 이미 여성적인 것으로 규정된 자질들을 중점적으로 드러내는 시다. 달리 말하면 남성의 타자로서 여성의 이미지를 그대로 수납하는 범위 안에 머물러 있다는 것이다. 위 두 시인은 여성적 자질을 열등한 것으로 규정짓지 않고 미적 자율성을 지닌 것으로 파악함으로써 이후 여성시의 개념을 확립하는 토대가 되었다.

여성시라는 개념이 모든 여성 시인을 포괄하는 것이 아니라는 점은 정효구, 이숭원, 이경호가 참여한 대담 「우리 시 새롭게 열리고 있다」에서도 확인된다.[5] 대담자들은 여류 시인이라는 용어가 사용하기에 거북한 용어라는 점에는 이의가 없지만 모든 여성 시인을 여성시의 범주로 묶는 것에는 반대하고 있다. 그러나 이 대담에 참여한 비평가들은 여류시라는 말이 차별적이라는 인식은 지녔으나 근본적으로 자신들이 사

---

3) 『문학정신』 9월호, 1991.
4) 『또 하나의 문화』 제9 호, 1992.
5) 『현대시학』 4월호, 1996.

용하는 '여성'이란 말이 종래의 '여류' 문학에서 이어왔음을 간과한다. 이들은 생물학적으로 여성이면서 문학적으로는 여류인 시인들을 여성 시인으로, 그렇지 않고 생물학적으로는 여성이지만 문학적으로는 남성 인 여성 시인들은 그냥 시인으로 불러야 한다고 주장한다. 매우 문제있 는 주장이다. 이는 '여성'이라는 표지가 문학적으로 특별히 해명되어야 만 한다는 페미니즘의 요구를 표면적으로만 인식한 결과이다.[6] 그럼에 도 여성시가 포괄하고 있는 '여성'이라는 표지가 생물학적 범주가 아니 라 문학적 범주라는 것을 일부 드러내었다는 점에서 의의가 있다.

다음으로 정끝별은 「여성性의 정체성, 그 활로를 찾아서」[7]라는 글에 서 여성적 글쓰기의 자율성에 기반한 여성시라는 개념을 제시하고 있 다. 이는 여성이라는 생물학적 자질을 절대시한 관점으로 여성인 시인이 한국 사회에서 실제로 부딪치게 되는 억압에 대해서는 침묵하는 단점이 있다. 하지만 여성적 상상력과 언어 사용에 내재한 '차이성'의 발견이라 는 점에서 의의가 있다. 이와 유사한 입장에서 김승희가 '자궁시'라는 용 어를 제안한다.[8] 그러나 이 용어는 여성의 생물학적 특질과 여성성 가운 데 모성적 측면을 과도하게 부각시킨 점 때문에 널리 쓰이지 않았다. 이 후 김정란이 「90년대 여성시의 한 방향」에서 그 범위와 성격, 대표 시인 을 개괄하면서 '여성시'라는 용어가 현재의 개념으로 일반화되게 된다.[9]

---

6) 이와 유사한 모순으로, 1991년에 간행된 김지향의 『한국현대여류시인론』(거목, 1990) 을 들 수 있다. 이 연구서는 얼마 뒤 중판되면서 내용은 거의 변화하지 않은 채 제목만 『한국여성시인론』(거목, 1991)으로 바뀌었다.

7) 『현대시』 11월호, 1994.

8) 『현대시』 4월호, 1994.

9) 『시와 사람』 여름호, 1996.

이후 '여성시'를 보다 적극적으로 장르 규정하려는 논의들이 전개된다. 특히, 나는 여성시가 일종의 문학 운동이며 한시적이고 역사적인 장르라는 주장을 제기했다. 「이 시대 여성에게 시적인 것이란 무엇인가」[10]에서 여성시를 여성 자신의 정체성을 문제 삼는 시라고 정의했다. 이 용어가 '여성들 특유의 경험이 이류에서 벗어나 인간적으로 더욱 중요하고 의미심장한 것이 되는 과정에서 잠정적으로' 요구되는 것이라고 말했다. 또한 「얼굴이 지워진 여자들―1990년대 이후 여성시의 화자에 대하여」에서는 여성시 운동이 1980년대 민중시 운동을 비판적으로 계승하는 근대성 담론이라는 점을 지적함으로써 '여성시'의 운동적 성격을 분명히 했다.[11] 나아가 여성시 논의에 가부장제 비판과 계급 문제를 덧붙여 제기했다.[12] 이렇게 볼 때, 여성시는 다양한 페미니즘적 운동성을 포함하면서 보다 넓은 의미에서 문학적 자율성의 획득을 추구하는 문학 운동이라 할 수 있다.

3. 여성시 논의에서 드러나는 안티페미니즘적 문제들

'여성시'라는 용어가 일반화되기 시작하면서 이미 앞에서 지적한 바

---

10) 『시와 사상』 겨울호, 1996.

11) 『현대시』 7월호, 1997.

12) 노혜경, 문선영, 김혜영이 함께 한 대담 「미래적 비전으로서의 여성시 또는 시, 여성, 미래」(『시21』 여름호, 1999)에서 나는 여성시의 조건으로 당파성, 즉 시인 자신이 페미니스트일 것과 미적 근대성의 획득, 즉 미학적 자의식을 지니고 언어적으로 재구축되는 자아 정체성을 획득할 것을 제시했다.

와 같이 용어 사용에서 무리한 경우가 발생하고 있다. 특히 '여성시'라는 용어 발생의 역사에 대해 잘 알지 못하거나 고의적으로 외면하려는 일부 연구자들이나 비평가들이 있다. 아직도 여성시에서 '여성'을 단순한 성별 표지로 사용하려 하며, 그로써 과거의 여류시를 계승하는 시들조차 여성시라는 이름으로 포괄적으로 지칭한다. 그런가 하면 모든 생물학적 여성 시인에 대해 여성시라는 이름 아래 뭉뚱그려 논의함으로써 여성시의 주창자들이 그동안 어려움을 무릅쓰고 전개시킨 시적 성과를 뿌리부터 뒤흔드는 우를 범하기도 한다.[13]

앞에서 말한 것처럼 여성시는 여성적 정체성에 대한 자의식, 즉 페미니즘적 성격과 문학적 자율성의 획득이라는 두 축을 중심으로 하는 일종의 운동적 성격을 드러내는 시이며 새로운 유파라는 점을 분명히 짚으면서 논의를 시작하고자 한다.

먼저, 여성시 논의에서 반페미니즘적 성향이 발생하게 된 원인을 몇 가지로 나누어 살펴보자. 첫째, 문학 전반에 페미니즘이 중요한 문학적 쟁점으로 부상하면서 여성시 논의에 남성 비평가들의 참여가 늘어났다는 점이다. 소설 문학에 쏟아진 관심에 비하면 극히 미미하지만 그래

---

13) 1999년 여름 여러 문학지에서 일제히 여성 시인 특집을 내보낸 일은 여성 문인들의 지위가 향상된 것 같은 착각을 불러일으켰다. 그러나 내면을 들여다보면 여전히 여성들 간의 차이에 대해서는 무관심하다. 이 용어를 여류시, 여성 시인, 여성시로 좀 더 세분해 살펴보자. 여성인 모든 시인은 남성 시인과 마찬가지로 그냥 시인이거나 또는 여성 시인으로 불려야 한다. 그러나 그 여성 시인이 생산하는 시는 여류시이거나 여성시로 나뉘어질 수 있다는 뜻을 이 용어는 함축하고 있다. 이러한 문제에 대해서는 이미 1987년 『또 하나의 문화』 3집 『여성 해방의 문학』에서 여류 문학feminin literature, 여성 작가 문학female literature, 여성 해방 문학feminist literature을 나누고 자세히 논의한 바 있다. 좌담 「페미니즘 문학과 여성 운동」, 『여성 해방의 문학』 (또하나의 문화 제3 집, 평민사, 1987).

도 여성시 논의가 몇몇 여성 시인과 비평가들에만 국한되지 않고 확산되는 현상은 고무적이다. 그러나 이들 남성 평론가들은 여성들에게 중요한 쟁점이 된 여류/여성의 구별에 둔감하다. 여류/여성의 문제가 단순한 '정치적 올바름political correctness'의 문제라고 인식함으로써 이 논의가 실제로 문학적인 차이에 기반하고 있음을 거의 의식하지 않고 있다.[14] 남성 비평가 쓴 여성 시인 시집 해설이나 기타 비평문에서는 남성 시인의 경우와는 달리 시인이(생물학적) 여성이라는 점이 중요한 논점이 될 때가 많다.[15] 이는 최근의 포스트모더니즘 열풍이 비평가들에게 여성을 해석하는 페미니즘이라는 이론 틀을 제공하고 있다는 사실과 무관하지 않다. 그러나 이 때문에 오히려 모든 생물학적 여성 시인은 무차별적으로 페미니즘의 관점에서 해석되고 여성시의 생산자로 간주됨으로써 여성 자신들이 수행한 여성시 논의가 무화되어 버린다.[16]

둘째, 문학 제도가 지닌 문제점을 들 수 있다. 제도는 크게 보아 등단 제도, 잡지와 시집 출간을 포괄하는 발표 지면, 문학상으로 나눌 수가 있다. 이러한 제도를 통해 당대 유통되는 문학의 범위와 질이 결정된다. 이때 여성이 제도를 운영하는 주체로 거의 참여하지 못하고 있

---

14) 예를 들면, 여성시라는 용어를 만들어낸 당사자 가운데 한 사람인 김혜순의 시집 『나의 우파니샤드, 서울』(문학과지성, 1994) 해설을 쓴 성민엽은 김혜순을 여전히 여류 시인이라 부르고 있다. 이는 남성 비평가들에게는 여성/여류의 구분이 절실하지 않다는 단순히 인간적 이유를 넘어 여성을 문학적인 제2의 성性으로 폄하하는 관습에 대해 비판 의식이 결여되었다고 할 수 있다.

15) 또는 그가 여성임에도 여성적인 시를 쓰지 않는다는 말이 찬사처럼 쓰이기도 한다. 이 경우의 여성은 명백히 '여류'라는 말의 신분 상승이다.

16) 이는 우리 비평계가 안고 있는 고질적인 문제다. 당대의 중요한 문학 논쟁의 논점을 여성들이 수행했다는 이유로 당대 비평가들이 제대로 파악하려 하지 않는 탓이다.

는 것이 현실이다. 그러므로 남성들이 규정한 여성성을 자신의 것으로 내면화시키는 소위 '여류시'적 특성의 시들이 좀 더 많이 제도의 인준을 받게 된다. 그러나 이때 징발되는 여성 시인의 시들은 이미 '여류시'가 아니라 '여성시'라는 용어로 지칭된다. 이들의 시가 지니고 있는 반여성시적이고 반페미니즘적 경향은 반성되지 않고 전파되어 여성 정체성 획득을 더디게 만드는 요소로 작용한다. 또한, 제도를 통해 인준되는 여성은 자신의 의지와는 상관없이 다른 여성들에게 가해자로 등장하기가 쉽다는 점도 문제다. 권력자들이 전통적으로 소수파에 대해 취하는 분리주의 정책을 여성들에게도 그대로 사용하기 때문이다.[17] 몇몇 여성들의 머리에 왕관을 씌워 주는 대가로 많은 다른 여성을 여전히 어둠 속에 묻어 두는 제도의 관행이 상존하고 있다. 이는 많은 여성 시인들로 하여금 '여류시'적인 시들을 생산하게 함으로써 이른바 '여성의 신비'를 재생산하는데 매달리게 하는 결과를 초래했다. 실제로 '여류시인'이라 불린 1950, 60년대의 시인들이 이런 특성을 보여준 것은 주지의 사실이다.

이밖에도 여성 비평가들 자신이 페미니즘에 대해 입장 표명이 불분명한 점을 들 수 있다. 이는 여성시 논의에 대한 소극성으로 이어진다는 점을 지적할 수 있다. 페미니즘은 단순한 분석틀이 아니라 세계관이며 이론이 아니라 실천을 요구하는 사상이다. 그러나 현재의 여성 비평

---

17) 이는 전형적인 '여류시'에 우선적으로 해당되던 사항이다. 우선, 여류 시인이라는 말로 그 여성을 다른 여성들과는 구별되는 특별한 존재로 취급하면서 동시에 다른 여성들에 대해 무의식적인 가해자가 되도록 하는 것이다. 다음으로 여성들의 문학을 '여류'라는 말로 특화시킴으로써 소위 '여자다움'의 문학만을 여성들에게 허용된 문학이라고 느끼게 하는 결과를 초래한다.

가들은 페미니즘의 실천적 층위에 대해 관심을 기울이기보다는 서구의 이론을 여성 시인들에게 적용하는 데서 만족하는 경우가 많다. 그러다 보니 자연히 제도가 인준하는 '여류시'적 시인들에게조차 페미니즘의 잣대로 아우라를 부여하는 오류를 범하기도 한다. 김정란의 다음과 같은 말을 보자.

아직도 '여성'의 이름으로 문학을 하는 태도에 대해 심한 알레르기 반응을 보이는 보수적 분위기는 완강하게 남아있다. 이러한 경향은 남성작가와 비평가뿐 아니라 여성 작가와 비평가들에게서도 똑같이 발견된다. 너무나 흥미로운 것은, 정치적으로 급진적인 자유주의를 표방하는 것처럼 보이는 문인들조차 이 문제에 있어서만은 완강한, 거의 본능적인 거부감이나 공포심을 드러낸다는 사실이다. 페미니즘을 표방하는 순간, 한국 문학 안에서는 타자의 자리에 설 각오를 해야 한다. 내용상 페미니즘 담론을 생산하는 비평가들도 페미니즘을 표방하는 것을 극도로 두려워한다. 페미니즘 담론은 80년대의 민중 문학이 그랬듯이, 언제나 당파성을 드러낼 것을 요청하는 것 같다는 느낌이 든다. 여성 비평가들은 어떻게든 당파성을 드러냄으로써 위험 부담을 떠안기 싫어서, 남성들의 심기를 건드리지 않으면서 허락된 영역 안에서 움직이고 싶어한다. 이러한 경향은 비교적 '중심'에서 멀리 떨어져 있는 여성 비평가들보다는 '중심'에 의해 징발되어 일정한 쿼타를 배분받은 여성비평가들에게서 더욱 뚜렷하게 나타난다. 페미니즘에 관해 긍정적인 입장에서 이야기하면서도 심리적으로 엄청난 억압을 느끼고 있는 여성비평가의 글을 발견하기는 어렵지 않다. 잘 써나가다도 결론에 이르면 앞서 자신의 주장을 서둘러 부정하거나, 거의 반드시 양보적인 표현을 달아 결론을 내린다.[18]

지금까지 지적한 문제점들은 '여성시' 논의의 문학적 측면이기보다는 오히려 작가와 비평가들의 입장에 대한 정치적, 사회학적 문제라 할 수 있다. 그러나 다른 분야의 경우와는 달리 이러한 문제점들은 여성 지위의 향상과 페미니즘 운동의 확산을 통해 해결 가능한 것들이 아니다. 이것이 문학 행위의 특수성이다. 구체적인 작품을 통해서 담론 형성에 기여하게 되는 문학 행위로서 시의 경우 문제는 간단하지 않다.

'여성시'에서 '여성'이라는 표지는 지금까지의 지배적 문학을 '남성'으로 지칭할 때 그에 대한 대안적 자질이라는 의미를 띤 '차이'의 용어다. 달리 말해, '여성시'라고 할 때의 '여성'이 의미하는 바는 시 문학사에서 남성 언어의 기득권에 대항하는 타자로서의 여성 정체성이지 단순한 생물학적 여성의 특성이 아니다. 따라서 '여성시' 연구에서 정말 필요한 것은 '차이'를 드러내는 방식으로서 특수한 문학적 인식이란 어떠한 것인가를 파악하는 일이다. 이미 생산되고 있는, 독자들이 직관을 통해 그 '차이'를 인지하고 있는 실제의 시 작품을 통해서 말이다. 이러한 점들을 무시하고 '여성'을 단순한 성별이나 계급의 표지로만 인식한다면 여성 시인들의 시에 대한 페미니즘적 연구는 소재주의 비평에 머무르고 말 것이다. 아니면 생물학적인 의미에서 여성의 특성을 강조하는 데

18) 김정란, 「비평정신과 여성시─90년대 여성시 운동의 성과와 가능성」, 『문예중앙』 가을호, 1999.

머물 우려가 있다. 더욱 염려스러운 것은 앞에서 제기한 여러 문제점들을 직시하지 못한 거시적/재단 비평적 접근들이 횡행하는 현재의 비평계 풍토이다. 실제로 반페미니즘 시를 페미니즘의 이름으로 상찬할 위험은 언제나 있다.

그런 다양한 위험 가운데 특히 성과 신체가 논의 대상이 될 때의 문제들을 중심으로 살펴보도록 하겠다. 여성 신체 담론이 포스트모던 담론들이 많이 취급하는 몸 담론으로 해석될 여지는 언제나 있다. 그래서 섬세한 논의를 요구하는 문제들이 많이 발생한다. 성과 육체의 문제가 여성 시인들과 관련되면서 여성들의 목소리가 지분을 확보하기 시작한 것은 사실이다. 그러나 성 담론 자체는 특별히 페미니즘적 주제가 아니다. 또한 단순히 여성의 성에 대해 이야기하는 것만을 가지고 여성 해방의 한 형태로 보는 것은 시 문학의 경우에는 유용한 해석이 되기 어렵다. 왜냐하면 시는 큰 얼개만으로도 충분한 총론이 아니라 구체적인 말들로 이루어진 각론이기 때문이다.[19] 이 점을 도외시할 때 여성의 성과 신체에 대한 담론으로 시에 접근하는 것은 오히려 반페미니즘적인 문학을 페미니즘적으로 읽어 버릴 오해를 초래할 수도 있다.

여성과 성이 관련될 때 제기될 수 있는 쟁점들은 남성과 성이 관련될 때 생기는 문제만큼 다양할 수 있다. 잠깐 살펴보아도 '몸으로 글쓰기'라고 하는 말로 규정될 수 있는바, 여성 언술의 육체적 성격에 대해 논

---

19) 또 하나 중요한 쟁점인 모성 테마 역시 비슷한 난점을 초래한다. 모성이 여성을 구성하는 중요한 특성임에는 틀림없지만 강조하기에 따라 또다시 여성의 신비를 조장하는 요소가 되기 때문이다. 그리고 성과 육체 및 모성이라는 분류로는 여성을 창녀와 성녀로 나누는 고전적 이분법을 되풀이할 소지가 크다는 점도 지적하지 않을 수 없다. 이 글에서는 논의의 집중을 위해 모성 테마는 일단 배제하고자 한다.

의들이 매우 활발하다는 사실을 확인할 수 있다. 예를 들어 여성적 육체의 해체를 문제 삼고 있는 김혜순[20]이나, 먹는 일과 에로티시즘과 죽음의 문제를 집중적으로 천착한 홍윤희의 연구들[21]을 꼽을 수 있다. 그러나 여성 육체에 대한 언술을 남성 권력이 운용하는 제도가 인준할 때는 여성 비평가들이나 연구자들의 이러한 연구 성과는 도외시된다. 오히려 신현림, 최영미의 시처럼 성에 대한 도발적 발언을 매개로 대중에 접근하는 경우라든가 김언희의 시처럼 심리적인 도착이 드러나는 경우에 관심이 집중되는 것이 현실이다.

이 시들을 선호하는 남성들은 고전적 이분법인 성녀/창녀의 이미지 가운데 후자에 중점을 두고 여전히 성차별적 선택을 한 것이라 할 수 있다. 이 시인들 시가 경계의 대상이 되는 이유는 여성 자신의 시선을 통해 남성에게 보여 주는 여성 육체를 그리고 있다는, 또는 그렇게 해석되기 아주 쉽다는 혐의 때문이다. 여성에 의한 여성의 억압이라고 말할 수 있는 혐의다. 남성을 대신하는 이러한 유사 남성의 시선을 띤 안티페미니즘적 성격은 위장된 성 담론들 속에 은폐되어 있다. 이 글에서는 논의의 집중을 위하여 앞에서 제기한 모든 문제점들을 골고루 포함하고 있는 김언희의 사례를 분석함으로써 페미니즘 속에 안티페미니즘이 어떻게 교묘히 스며있나 살펴보기로 하자.

---

20) 김혜순, 앞의 글, 227쪽 참조.
21) 홍윤희, 「현대 여성시에 나타난 여성의 몸, 그 은유와 환유」, 『국어국문학』 제34 집, 1997.

4. 시선의 파시즘, 욕망의 관음증 : 김언희의 경우를 통해

김언희는 유난히 노골적으로 여성 성기 묘사와 마조히즘적 성행위를 표현해 주목받은 바 있는 시인이다. 김언희의 첫 시집 해설에서 이승훈[22]은 그의 시가 '욕망하는 기계'로서의 인간의 모습을 잘 그려 보이고 있으며, 그 끔찍함의 재현을 통해 자본주의에 대해 미적 비판을 수행하고 있다고 말하고 있다. 이 지적에 대해 박상배는 1995년『현대시학』 11월호 대담에서 그의 시가 욕망을 제대로 풀어낼 만한 화법을 가지지 못했다고 평함으로써 일단 논의의 한계를 그었다. 그러나 1996년『시와 사람』겨울호 특집[23]에서 한영옥은 김언희를 성과 죽음의 문제를 천착하는 바타이유적 인식의 소유자로 거론하고, 그의 시 도처에서 튀어나오는 성기 이미지들을 여성적 용감성의 발로로 보았다. 김언희에 대한 제도권 내의 평가를 암암리에 보여 주는 예로는 1997년 12월『현대시』 대담[24]에서 남진우가 한 발언을 들 수 있다. 이 글에서 남진우는 김언희의 시를 '끔찍주의'라는 말로 규정지으면서 이를 인간에 대한 환상의 거부라는 말로 긍정적으로 평가하고 있다. 한편 강상희는 김언희 시의 추동력을 '형용할 수 없는 공포'라는 말로 요약한다.[25] 그의 시가 '공포의 최정점에 위치한, 정신과 영혼이 결여된 고깃덩어리 부성과 죽음의 이미지'를 보여준다고 말함으로써 이승훈의 견해를 이어받아 페미니즘

---

22) 이승훈, 「욕망이라는 이름의 고아」(김언희, 『트렁크』, 세계사, 1995.), 93쪽 참조.
23) 한영옥, 「한국 여성시의 흐름과 전망」, 『시와 사람』겨울호, 1996.
24) 남진우, 「올해의 시를 말한다」, 『현대시』12월호, 1997.
25) 강상희, 「공포의 상상력」, 『현대시』9월호, 1997.

으로 해석될 여지를 열어놓고 있다. 이런 여러 평가들에 힘입어 김언희의 시는 제도권 비평가들에게 페미니즘 여성시로 분류되고 있다.

김언희에 대한 평가를 정리해 보면 크게 세 가지로 나뉜다. 첫째, 성과 죽음을 등가로 보는 바타이유적 인식의 소유자라는 것. 김언희 자신도 이런 평가에 고무되어 바타이유^{Georges Bataille}의 이론이 자신의 시를 설명해 줄 이론 틀이라는 점을 암시하고 있다.[26] 다음으로 김언희 시의 언어적 특성이 폭력적이라는 것과 그 폭력성은 부성의 폭력을 드러내려는 일종의 전략이라는 것이다. 그런데 실제로 이 두 가지는 결합되어 있다. 이는 바타이유가 설명한 바에 의하면 성행위에 수반되는 에로티즘은 필연적으로 금기와 위반으로서 폭력을 포함하는 복잡한 행위이기 때문이다. 세 번째로는 김언희시에 드러나는 성에 대한 과도한 집착은 안티 오이디푸스적인 '욕망하는 기계'로서 현대인의 모습을 비판하는 것이라는 주장이다.[27]

---

26) 『현대시』(9월호, 1997)의 대담에서 김언희는 "들끓는 욕망의 이미지는 죽음의 이미지와 연결되는 양상을 보입니다. (…) 욕망이라는 화두를 통한 존재의 탐구는 이제 어디로 나아가게 될까요?"라는 고명수의 말에 "글쎄요. 바타이유 정도는 가야 하지 않을까요?"라고 대답하고 있다. 그러나 이 대담에서 바타이유의 에로티시즘에 대해 김언희 자신의 해석이 제시되지 않는다는 사실이 흥미롭다. 자신의 시론을 지닌다는 것과 유행하는 담론가의 이름에 기대어 자신의 시를 설명하는 것 사이의 괴리는 결코 작은 것이 아니다. 비단 김언희만의 문제가 아니라 전반적인 시단의 고질병이다. 그러나 이는 이 글의 주제인 반페미니즘이라는 주제와는 일정하게 거리가 있으므로 다른 기회로 밀어 두겠다.

27) 안티 오이디푸스적인 의미로서 '욕망'과 바타이유적인 '에로티즘'이 동일 선상에서 운위되는 것은 실은 명백한 모순이다. 그러나 앞의 글 「문학판 87년 체제의 침몰과 신경숙 표절 사태」 각주 2)에서 잠깐 언급한 것처럼 수입 담론들의 이러한 적용이 올바른가를 따지는 것은 이 글의 직접적 목적이 아니므로 옆으로 밀어 두자. 페미니즘적 의미에서 문제가 되는 것은 이러한 이론적 조명으로 김언희의 시가 중요한 여성 시인의 업적으로 인식하게 되었다는 사실이다.

이러한 평가가 온당한 것인가, 또는 바타이유와 들뢰즈/가타리 이론이 이 시인을 해석하는데 도움이 되기만 하면 이 시인의 시가 문학적 가치를 지닌 것으로 평가할 수 있는가 하는 문제는 일단 옆으로 밀어 두자. 일부 비평가들이 김언희의 시를 대단히 긍정적인 여성시라고 주장하고 있지만, 그러한 평가는 오히려 안티페미니즘적 평가에 가깝다는 것이 나의 문제의식이다. 이론에 기댄 긍정적 해석의 그늘에 가려 잘 드러나지 않고 있을 뿐이다. 다만 그 어떤 평가들도 김언희의 시가 성기 묘사가 과도하고 폭력적 언어를 사용하고 있다는 사실에 대해서는 암묵적으로 인정하고 있다. "'아버지' 문명의 횡포와 기만과 학대"[28]의 의미를 드러냈다는 다음 시를 보자.

이리 온 내 딸아/네 두 눈이 어여쁘구나/먹음직스럽구나/요리 중엔/어린 양의 눈알 요리가 일품이라더구나//잘 먹었다 착한 딸아/후벼 파인 눈구멍엔 금잔화를/심어보고 싶구나 피고름이 질컥여/물 줄 필요 없으니, 거/좋잖니……//어디 보자, 꽃핀 딸아/콧구멍 귓구멍 숨구멍에도 꽃을/꽂아주마 아기작 아기작 아기작 걸어다니는/살아있는 꽃다발/사랑스럽구나//이리 온, 내 딸아/아버지의 바다로 가자/일렁거리는 저 거대한 물침대에/너를 눕혀 주마/아버지의 바다에, 널/잠재워주마

— 「아버지의 자장가」 전문[29]

---

28) 고명수, 앞의 대담. 김언희는 '아버지'의 의미에 대해 묻는 대담자의 질문에 바타이유를 거론한 것과 같은 방식으로 시 한 편을 제시함으로써 시인 자신의 언어를 통한 명료한 해석의 요구를 피해 간다.

고명수는 이 시가 '아버지 문명의 횡포와 기만과 학대'를 드러내려 했다고 해석한다. 이런 아버지를 긍정적으로 인식할 인간은 남녀 불문하고 없을 것이다. 이처럼 단순한 관점에서 보면 문제는 없다. 그러나 근친상간적이고 신성 모독적 이미지의 나열 또는 끔찍하고 기발한 이미지의 나열이 곧바로 문명 비판으로 해석되는 것은 문제가 아닐 수 없다. 그것을 받쳐줄 수 있는 작품 내적 외적 맥락이 드러나 있어야 한다. 이른바 '안티 오이디푸스'의 욕망이라고 해석하기 위해서라도 그렇다. 단순히 끔찍스러운 아버지가 아니라 오이디푸스 메커니즘에서 양분을 공급받으며 가부장적 자본주의 체제에 깊이 빠져 있는 자아를 반성하는 맥락이 시 속에 나타나 있어야만 한다.

그러므로 이 시에 관해 페미니즘의 입장에서 두 가지 의문을 제기하고자 한다. 첫째, '아버지 문명'의 횡포는 강간의 알레고리가 아니면 표현될 수 없는 것인가, 또는 강간이야말로 가장 적절한 알레고리인가? 둘째, 아버지를 부정적으로 보기만 하면 딸을 향한 성적 욕망을 적나라하게 드러내는 묘사를 곧바로 비판이라고 간주할 수 있는가? 오히려 근친상간이라는 금기를 위반하려는 남성적 욕망의 대리 충족이 아닌가?

이 두 가지 문제는 김언희의 시에 대부분 드러나는 문제이다. 첫째 문제와 관련해서 김언희가 남성과 여성의 사도—마조히즘적 성관계의 도식을 통해 사물을 인식하고 있다는 점을 지적할 수 있다.

---

29) 김언희, 앞의 시집, 32~33쪽.

이토록 둥근//유방의 성당/의 돔//순교와 배교의 열 두/젖꼭지//…… 다시 한번 못이 되어 박혀 줄 수 있겠어요, 나의/수족에?//제탁 위/촛대에 꽂힌 채/쾌락의 비지땀을 흘리며/녹아내리고 있는 희디흰/양초들

— 「성당」[30] 전문

 이 시에서 발견할 수 있는 것은 성당과 예수의 이미지를 성행위/살해 행위로 환치시켜 놓은 기발함/끔찍함이다. 이 시에서 김언희는 성행위의 본질을 '못박히는 것'이라 말하고 있다. 그 장소는 '제탁 위'이다. 십자가 위 예수의 죽음은 성행위로 환치되고 성당은 쾌락에 신음하는 육체가 된다.

 「아버지의 자장가」의 경우와 마찬가지로 이 시도 신성 모독을 통해 종교의 억압에 저항하려 했다는 해석이 가능할 것이다. 한영옥이 이미 말했고 김언희 자신도 자기 시의 정당성을 위해 기대고 있는 바타이유를 인용하여 죽음에까지 이르는 에로티즘이라고 해석할 수도 있을 것이다. 단 한 마디로 바타이유를 요약하기란 어렵다. 그러나 죽음에 이르는 에로티즘의 비밀이란 궁극에는 존재의 연속성에 대한 갈망, 즉 신과의 합일이 바타이유적 에로티즘의 핵심이라는 것은 주지의 사실이다. 그렇다면 김언희의 위 시에 나타나는 죽음의 에로티즘이 과연 그러한 함의를 포함하고 있을까? 아니, 포함한다 치고, 이 시를 페미니즘적 관점에서 고평할 수 있을까?

 「아버지의 자장가」의 경우와 마찬가지로 비판의 대상이 달라짐에도

---

30) 위의 시집, 34쪽.

비판의 방법이 동일하다는 점으로 미루어 김언희의 시에서 성행위의 묘사는 그 무언가를 비판하기 위한 알레고리가 아니라 그 자체가 목적이라는 것을 알 수 있다. 그러므로 이 시의 의도는 신성 모독에까지 다다르는 '섹스에 대해 말하기' 욕망이다. 성이 가장 엄격히 금기시되는 것이라면 가장 짜릿한 위반은 역시 신성 모독이다. 성당이 제재로 선택된 것은 바로 그 때문이다.

'섹스에 대해 말하기' 그 자체가 페미니즘이 아닐 이유는 없다. 여성이 마조히즘적 욕망을 드러낸다고 해서 안티페미니즘적이라고 해석할 이유 또한 없다. 그러나 김언희의 시에 주로 등장하는 '보여지고 학대받는 성'을 페미니즘적이라고 해석하는 것이 온당할까? 마조히즘 시라고 해서 시가 아니라고 말할 수는 없다. 그러나 마조히즘 욕망을 페미니즘으로 해석하기 위해서는 상당히 정교한 분석이 요구된다. 그저 쉽게 들뢰즈 가타리가 그랬어라고 말해버릴 수 없다. 더 난감하게도 이 시들에 환호하는 남성 비평가의 시선이야말로 김언희의 마조히즘적 시를 파시즘적 시선의 도착적 욕망으로 바꾸어 버린다. 또 한 편의 시를 보자.

> 침봉에/한번 더 꽂혀볼래?//죽여 다오 죽여 다오 애걸해 볼래?//목구멍에 철사를 박아 더 오오래/못 시들게 해 주랴?//찬물을 뿜어 몇 번이고/진저리치며 깨어나게 해줄까?//몇 번이나, 더//단말마의 오르가슴을/맛보고 싶니, 내 마음아?
>
> ― 「꽃꽂이」[31] 전문

---

31) 위의 시집, 27쪽.

이 시의 어법도 근본적으로 「성당」과 동일하다. 꽃꽂이 행위를 피학적 섹스 행위로 말 바꾸기 해 놓은 것에 불과하다. 「아버지의 자장가」나 「성당」이 문명 비판이나 가부장제 비판으로 해석될 여지를 인정한다 하더라도 이 시에서 성행위의 묘사가 가부장제도나 자본주의 비판으로 해석될 여지는 전혀 보이지 않는다. 드러나는 것은 「꽃꽂이」라는 대상을 성행위—바라보기에 따라서는 강간 장면으로—로 번역하는 시각의 문제, 그리고 그 성행위에서 보이는 지독한 마조히즘이다.

실제로 우리가 김언희의 시에서 만나게 되는 것은 시집 처음부터 끝까지 동어 반복적인 소재 바꾸기이다. 이를 통해 끝없이 제시되는 학대당하는 성행위 묘사다. 이 시들 속에 제시되는 성적 관계가 남성에 의한 공격성과 여성에 의한 성적 학대의 용인이라는 두 축으로 이루어져 있기 때문에 이는 아주 쉽게 강간 판타지로 이행한다. 이것이 근본적으로 남성의 시각이라는 점을 부인할 사람은 많지 않을 것이다.

그렇다면, 이제 두 번째 질문을 다시 돌이켜볼 차례이다. 김언희의 시에 나타난 적나라한 성적 피학대 묘사는 김언희 자신의 성적 판타지로 인정할 수 있다. 그렇지만 여성의 성적 욕망을 드러내는 다른 시인들도 있는데 유독 김언희 시에 쏟아지는 찬사는 그 시가 금기를 위반하고 싶은 남성적 욕망의 대리 충족이기 때문은 아닌가? 남성성의 폭력을 인정하는 성적 구도 속에서 수행되는 김언희의 노골적인 성기 및 성행위 묘사는 이 시인이 애써서 짜 넣은 문명 비판적 언술들을 무력화하면서 포르노그래피가 야기하는 것과 똑같은 문제를 야기한다. 그것은 여성 자신에 의한, 남성에게 보여 주기 위한, 여성의 강간이 되고 만다. 십분 양보해서 비판을 위한 효율적인 유비 체계로서 마조히즘적 성행위의 자세한 묘사가 사용된 것이라고 한다면 이는 더욱 노골적인 여성의 도구화이다. 여성에 대한 남성의 성적 폭력이라는 구도를 그대로 인정하고 있기 때문이다.

이렇게 볼 때 김언희의 시를 소위 '끔찍주의'라는 이름으로 남성 비평가들이 선호하는 까닭은 자명하다. 이는 남성의 관음증에 대응하는 여성 쪽 전시라고 볼 수 있다. 이 시에 나타나는 성적 양상이 여성시가 성취한 용감함이라고 인지하는 것은 이 시를 읽는 남성 비평가의 관점일 뿐이다. 남성의 욕망과 피학대 음란증적 여성의 대응, 다른 말로 성도착적인 시가 여성시의 계보로 거론되고 있는 것이 현재까지 비평 상황이다.

덧붙이자면, 여성인 시인이든 남성인 시인이든 자신의 성적 판타지를 시로 쓸 수 있다. 그러나 학대당하는 성의 판타지를 아주 특별히 훌륭한 여성시로 간주하는 비평 행위가 거기에 스포트라이트를 비출 때 여성 육체의 성적 대상화 말고 어떤 효과가 발생하겠는가. 적어도 여성시 운동은 이를 안티페미니즘이라고 지적해야만 한다.

5. 성찰과 유보

여성 시인들이 특별히 여성시라는 한시적 장르를 제안하면서 '여성의 신비'에 도전해 온 이면에는 궁극적으로는 남성/여성의 이분법이 아니라 '여성이자 인간', 나아가 '다양한 성'으로서의 시를 추구한다는 목표가 놓여 있다. 이러한 목표는 어떤 특정한 여성 시인이 제도의 인준을 받아서 가능해지는 것이 아니다. 차이를 고스란히 간직한 모든 여성 시인의 글쓰기가 남성 시인들의 글쓰기와 아무런 차별 없이 문학적으로 논의될 수 있을 때나 가능한 일이다. 이를 위해서 여성의 입장에서 새로 정의되는 문학성을 제도가 수용해야만 한다. 여성이 바로 여성 자신의 적이 되는 지금 상황은 달라져야만 한다.[32] 페미니즘 속의 안티페미니즘을 논하는 이유는 바로 우리들 자신 안에 있는 반페미니즘적 위험성을 성찰하기 위해서다. 나아가 선한 의도에도 무지 때문에 가해자가 되기 쉬운 남성들을 위한 경종이기도 하다.

1990년대 말부터 여성시 논의는 김정란과 내가 각기 다른 지면에서 주장하듯 한국의 현대시가 비로소 성취하고 있는 미적 근대성의 문제까지 이르렀다. 그럼에도 김언희에 대한 관심에서 드러나듯 남성 비평가들의 상당수는 여성시 논의의 초점을 여전히 여성의 육체와 성적 욕망의 문제에 두고 있다. 이 글에서는 다루지 못한 또 다른 여성성 왜곡의 극점인 모성의 문제와 더불어 이는 남성들의 여성 인식이 아직도 성적 대상화의 관점, 성녀/창녀의 이분법에서 벗어나지 못하고 있다는 뜻

----

32) 김언희는 김정란, 김혜순, 노혜경이 함께 한 「여자의 몸, 여자의 말, 여자의 시」(『현대시학』 8월호, 1997)라는 대담에 대한 논평을 고명수로부터 요구받고 "제가 보기에 우선 배운 여성들의 연대가 부족한 것 같아요. 이미 남성이 지배하는 세계에 편입된 여성들, 그들은 결핍을 모르죠. 이미 남근을 가진 것이니까요."(앞의 글 「문학판 87년 체제의 침몰과 신경숙 표절 사태」 각주 2) 참조)라고 말함으로써 더구나 대담자인 고명수의 반페미니즘적인 지속적 언급에 어떤 제동도 걸지 않음으로써, 위 세 사람의 시인들에게 편견과 적대 의식을 명백히 드러내고 있다. 김언희는 자신의 시가 '아버지' 문명에 대한 비판을 시적으로 수행하고 있다 여겨지기를 바란다. 이를 통해 가부장제를 비판하는 페미니즘의 긍정적 평가를 얻고 싶어 하면서도 한편으로는 다른 여성 시인들에 대해 적대 의식을 숨기지 못하는 이중성을 드러낸다. 이는 아무리 양보해서 보아도 일관성의 결핍이자 페미니즘이 진정으로 요구하는 근대적 인식의 결핍이다.

이다.

이는 제도에 의해 징발되거나 인준을 목표로 삼는 여성 시인들 자신에게도 해당된다. 과거 문단 권력의 주목을 받는 방편으로 여류적 특성, 즉 여성의 신비화에 매달려온 것과 똑같이 오늘날에는 인기 있는 비평 담론에 매달려 비평가들의 인지에 기대거나 성의 상품화를 통한 대중적 인기를 추구하는 경향이 있다. 이는 바타이유와 들뢰즈/가타리에 기대는 김언희의 예가 시사하듯 페미니스트로서의 자각이나 실천과는 매우 거리가 있는 일이다. 오직 남성 권력의 인지 여부에만 관심을 기울이는 여성들이 주목 받는 시인의 자리를 차지하게 된다는 것은 그 자체로 심각한 안티페미니즘이 아닐 수 없다. 여성 시인의 '여성시' 실천이 이해받지 못하는 것도 문제지만 비평의 후광에 기대 단지 생물학적 여성이라는 이유만으로 '여성시'라고 볼 수 없는 시가 '여성시'의 실천으로 해석되는 것에도 문제의식을 지녀야 한다. ⚡

IV

이렇게
시를 읽기로
한다

▼

그 완벽한 세계는 정말 멀지 않을까

— 박서원 시집 『이 완벽한 세계』, 나희덕 시집 『그곳이 멀지 않다』

1

두 시인의 시집을 같은 지면에서 논한다는 것은 쓰는 이의 의도와는 별개로 늘 일정한 형식적 긴장을 초래하는 일이다. 원고지 몇십 매라는 규정된 세계에서 두 시집이라는 주민이 택할 수 있는 생의 형식이란 제한되어 있을 수밖에 없다. 말하자면 둘이라는 것은 대립의 수라는 것이다. 둘이 사랑의 수일 때도 있다. 그러나 그러한 경우란 둘을 함께 품는 더 큰 세계의 존재를 이미 알고 있는 경우이다. 세계가 둘만의 것으로 좁혀진다면 사랑도 또한 투쟁이 되는 것은 사이비 예술가라도 아는 일이 아닐까. 그런고로 나는 이 글을 어차피 대립의 논리에 따라 써 나갈 수밖에 없다. 이 말은 다시 말해서 이 글의 선험적 형식이 주는 긴장을 적절히 수용할 만큼 두 시집이 대조적인 면모를 지니고 있기도 하다는 말도 된다. 또 다시 말해서 박서원과 나희덕이란 표지는 대립적인 세계의 형식을 구축할 수밖에 없는 내용물들이란 말도 된다. 실로 그렇기도 하다.

　1997년은 유난히 눈부신 시집들이 많이 탄생했던 해이다. 더구나 그 대부분이 여성들의 시집이라는 것도 놀라운 점이다. 몇 권만 거론해 보아도, 김수영 문학상을 받은 김혜순의 『불쌍한 사랑기계』는 여성적 주제가 소수 문학의 지위를 넘어 주류로 편입되고 있음을 알리는 계기가 되었으며, 이경림의 『시절 하나 온다, 잡아먹자』는 진정한 재능은 언어를 어떻게 조직하는가의 한 모범적 예라 할 만하다. 하마터면 잃어버릴 뻔했던 김옥영이 비록 재간행 시집으로나마 돌아온 것도 중요한 사건이겠다. 이 가운데 김정란의 『그 여자, 입구에서 가만히 뒤돌아보네』는 크게 두 가지 점에서 반드시 주목할 만하다. 첫 번째로는 이 시집이 수사학을 '버리고' 인식의 언어로 이행하는 모험을 두려울 정도로 감행했다는 점이다. 운명과 맞서는 영혼만이 형식을 빚을 수 있다고 한 루카치의 말을 실물로서 보여준 셈이다. 두 번째로는, 김정란의 이 시집을 전후로 하여 우리의 시는 루비콘 강을 완전히 건너와 버렸다는 점이다. 이제 시인은 두 부류로 갈린다. 스스로를 텍스트화하는 시인과 세계가 제공하는 텍스트를 기록하는 자.

　박서원과 나희덕의 존재는 바로 이 루비콘 강과 관련해서 바라볼 때에 그 진정한 중요성이 드러난다. 내면으로 들어가는 것은 흔히들 생각하듯 선택 가능한 하나의 스타일이 아니다. 반드시 통과하지 않을 수 없는 영혼의 어두운 밤이 바로 내 안에 있기 때문에 가는 것이다.

2

　박서원의 시 세계를 일별해 보는 데 그의 세 시집의 제목은 참으로 시사하는 바가 크다. 『아무도 없어요』에서 『난간 위의 고양이』로, 그리고 『이 완벽한 세계』로 이어지는 선은 시인이 어느 시공간에 있는가를 선명히 보여 주는 표지들이다. 자신의 존재가 이방인인 세계, 모든 것이 외출해 버린 아무도 없는 세계에서 스스로를 구축하고자 애를 쓰던 시인은 어느새 날렵한 고양이처럼 난간을 오른다. 망설임, 그리고 추락의 위험을 극복한 고양이는 이쪽저쪽을 조망하는 위치에 있다. 그리고 그는 선택당한다. 난간을 넘어가기로. 그리하여 '이 완벽한 세계'에 도달하는 것이다. 박서원의 시가 한 편씩 놓고 볼 때 어지럽고 해독 불가능한 것처럼 보임에도 전체적으로 이토록 선명한 방향성을 지니고 있다는 것은 중요한 사실이다.

　거친 가설이긴 하지만 시인들에게는 성숙이라는 목표와 관련하여 중요한 장소 표지가 등장하곤 한다. 정지용이 바다에서 산으로, 그것도 아홉 단계의 상승을 감내하며 백록담으로 나아간 것이나 강은교와 김혜순이 다 같이 도달했던 낯선 별이나, 이경림이 산 채로 불에 굽히는 무당이 되기 위해 헤매던 네거리나, 또는 식민지하의 시인들에게 그토록 빈번히 나타나곤 하던 절벽이라는 이미지를 상기해 보면 알 일이다. 그러한 특별한 장소는 대개는 일정한 넓이를 지닌 공간이다. 그러나 최근 시인들에게서 특별히 주목되는 것은 이 장소가 하나의 선, 즉 경계라는 모습으로 드러난다는 점이다. 난간, 입구, 벽. 이 이미지들은 시간과 공간을 절대적으로 결합한 이미지, 어쩌면 이미지라고 할 수 없는 이미지다. 이쪽과 저쪽을 갈라놓는 경계에 대해 이처럼 가파르게 인식하는 것은 패러다임의 변화를 요구하는 시대의 부름에 불려가 부딪친 결과라고 봐야 하지 않을까. 특히 그러한 경계가 난간이라고 상정할 때 이 난간이라는 이미지는 그 장소가 단순히 안과 밖의 경계가 아니라 안전한 곳과 위험한 곳의 경계라는 점을 보여준다. 경계를 돌파한다는 것은 강은교가 『허무집』에서 예감한 대로 끝이 아니라 시작일 뿐이다. 그것은 김정란이 말한바 '잔혹한 외출'이며 내 식으로는 한밤중의 '행복한 산책'이다. 박서원의 세 번째 시집은 바로 이처럼 위험한 지대를 선택한 자가 도달한 '완벽한' 세계의 초상이다. 잔혹함이며 덜거덕거리는 행복이며 망가짐이지만 결코 역설적 의미는 아닌 완벽함.

박서원은 우리가 살고 있는 이 불완전한 세계를 풍자하거나 아이러니컬하게 패러디하고 있는 것이 아니다. 그가 바라보는 곳은 난간을 넘어간 어떤 장소, 다만 난간 이쪽의 세상과 빈틈없이 겹쳐져 있을 뿐인 장소이다. 그 세계—그는 이 세계라고 부르는—를 표현할 수 있는 말이 아직 이 세계로—그의 견지에서는 저 세계인—오지 않았을 뿐이다. 이 세 번째 시집은 그러니까, 두 번째 시집을 통해 자기 속에 억압되어 있던 진정한 목소리를 회복시킨 시인이 이제 그 목소리가 들어가 살 몸—집이라 해도 좋고 방이라 해도 좋지만 박서원에게는 몸이 먼저다—을 구성하려는 투쟁의 파편들이라 할 수 있다. 그의 두 번째 시집 말미에 들어있는 「문"으로 가는 길」이란 시를 보자.

적막,//모든 육신의 뚜껑을 열고/모든 소리를 들어야 하리/나뭇잎 세포가 시들어가는/ 떨림까지도//말갈퀴는 고요히 눈보라치고/

마부는 눈이 멀어/마을로 가는 입구는 넓다/이 모두를 잿더미로
끌어안고//적막,/모든 목소리를 들어야 하리

— 「문™으로 가는 길」[1] 전문

박서원은 멸망해 가는 마을의 입구에 있다. 그 마을이 왜 멸망해 가
는가라는 질문은 부질없다. 그의 시집 전체가, 이미 우리가 의지해 온
세계가 무너지는 소리를 내고 있음을 거듭 알려 주고 있기 때문이다.
그런데 특이하게도 이 잿더미의 마을을 시인은 눈먼 마부에 의지해 찾
아 들어가고 있는 것이다. (문은 나가는 문이 아니라 들어가는 문이다.
왜냐하면 그곳은 '저' 세상이 아니라 '이' 세상이기 때문이라는, 이 특
이한 동사들의 행렬은 비단 박서원에게서만 발견되는 현상은 아님에
주목한다.)

두 번째 시집에서 '영원한 현재'에 처해진 자아의 모습을 충실히 증
언했던 시인은 이 세 번째 시집에서는 서사의 욕망을 느낀다. 도대체
나는 누구인가라는 강렬한 자의식에서 비롯된 이 욕망은 '가문'이라는
기묘한 이미지를 통해 실현된다. 뿌리 뽑히고 허물어지고 유린당한 존
재로서의 정당성은 이제 가문의 투쟁에서 살아남은 자의 정당성으로
이행된다.

---

1) 박서원, 『난간 위의 고양이』, 세계사, 1995.

집 안의 기둥이 송두리째 조각나고/내 주먹이 박혀 찢어진다//섬에서 섬으로 가는 내 핏줄들은/유배지에서 때늦은 저녁식사를 하고//전등불은 두 눈이 반짝이는 것을 보게 하도록/민들레처럼 낮게 낮추어놓았다//빈약한 젖가슴에 손내미는 겨울과/발길질하는 봄/새가 이 나뭇가지에서 저 나뭇가지로/먹이를 찾아 날아다니고/자맥질로 떠오르는 물방울//지켜보았었다/아주 오랜 발길을 지켜보았다//칼 빼들고 덤비는 자손은/나의 때이른 노래/지켜가야 할 막, 그렇다 幕이 오르는/무대 고함보다 힘껏 다시/기둥을 박아야하는 집 한 채//나는 멀리 사방이 내다보이는 창을/원한다//허약한 선조의 펀치가/나를 살도록 내버려두었다/비록 주먹들의 울분이 피 흘릴지라도

　　　　　— 「백 년 동안의 가문」[2] 전문

이러한 '탐욕의 가문'은, '칼 빼들고 덤비는 자손'과 '펀치' 날리는 선조의 사이에 있는 '기둥이 조각난' 집이다. 선조에게서 후손으로 결코 유순하게 이행하는 법이 없이 칼과 주먹과 펀치로 더욱 강건한 자손만이 살아남는 기막힌 가문이다. 이 시에서 더욱 중요한 것은 가문이 지시하는 내용이 아니라 가문이라는 말을 통해 역사 인식을 수행하는 박서원의 바로 그 수행 행위이다. 가문이라는 말에는 원래 여성의 자리가 없다. '가문의 이름에 먹칠을 하는' 경우를 제외하고는. 이 지독히 가부장적인 언어의 한복판에 자기 자리를 설정하고, 더구나 무너지려는

---

2) 박서원, 『이 완벽한 세계』, 세계사, 1997(특별히 밝히지 않으면 이후 인용하는 박서원의 시는 이 시집에서 가져옴).

가문의 기둥을 다시 박고, 사방이 내다보이는 창까지 원하는 그는 명백히 역사에 자신의 지분을 요구하고 나서는 것이다. '새 술은 새 부대에'(「탐욕의 가문 때문에」) 담아야 하는 법. 이러한 피 튀기는 싸움을 통해 그는 '아름다운 이름'을 얻고자 한다. '얼굴'을 얻고자 했던 앞선 시집들의 화자와 비교해 보면 이 차이는 두드러진다.

이러한 의식은 시집 곳곳에서 나타난다. 맨 처음에 실린 「꿈으로 내려가는 길」은, 표면에 드러난 오이디푸스적 욕망과 이면에 흐르고 있는 아버지의 역사에 인지되고 싶은—굳이 말하자면 상징계의 언어로 편입되고 싶은—욕망의 길항 사이에서 미적 긴장을 획득한다. 궁극적으로는 '깊은 바다, 심해'로 '흐르고' 싶은 욕망은 아버지의 인지가 있어야만 실현 가능하다. 왜냐하면 현대는 아직 아버지의 법이 생겨나기 전이었던 원시 모계 사회가 아니기 때문이다. 엄마 또는 딸이 됨으로써 비로소 사회의 일원이 되는 것이 여성들의 뿌리 깊은 질곡이라면 그 아버지의 내밀한 탐욕을 더한 탐욕으로서 뒤집어 버리는 이 시인의 가문은 명백히 '탐욕의 가문'일 수밖에. 장차 이 '아빠—아버지'는 다양한 모습으로 변주되는바, 가장 극적인 것은 아버지가 곧 문이라는 인식이다.

자, 이리 온//내 귀여운 노새//나는 너를 문(門)이라고 생각했었다//알고 있니? 지금 반란이 일어나고 있어/많은 사람들이 네 유혹의 자물쇠를 이기지/못했고 내 질긴 탯줄, 내 노새, 나도 너에게/홀렸었다//그러나//자, 이리 온//내 귀여운 아가//맨주먹인 나에게 너는 위대한 가문/전통//너는 내 담요에서 포근히 잠자고 있다//한 손엔 장난감을 들고/알겠지?/너는 나를 버리지 못한단다/나는 내 생명 속에서 너를 키웠다/갈망의 바퀴에서,//자, 이리 온/내 사랑스런 방울새/너는 무한히 자유롭다//내 바다 속에서/나는 너를//산책한다

— 「낫을 든 남자에게」 전문

이 시에서 아버지는 아기로 변주된다. 이것이 아빠의 변형임을 알 수 있는 것은 그가 위대한 가문이라는 사실에서부터다. 여기서 화자는 훨씬 적극적으로 아빠에게 개입한다. 손에는 낫—장난감을 들고 스스로 제 어미로부터 탯줄을 자르려고 했던 것일까? 그러나 이 아기는 아마도 탯줄을 자르지 못한 아기이며, 따라서 이 아기는 명백한 어미의 자식이다. 가문의 어미가 됨으로써 비로소 그는 문 앞에 서는 것이다. 어찌 보면 지극히 반근대적인 '가문'이라는 언어를 통해 박서원이 성취하려 했던 것이 무엇인지는 거의 명백해 보인다—가문, 즉 역사를 지닌 집, 투쟁과 황소 같은 노역에 의해 이루려는 참 아름다운 이름. 이름을 얻음으로써 그는 문으로 나올 수 있었던 것이다. 이것을 보다 담론의 형식을 갖추어 말하자면 신화적이고 원초적인 모성의 세계와 근대의 법인 부성의 세계를 보다 큰 여성성의 원칙 아래 통합하려는 시도, 다시 말해 역사를 이어받아 창조하겠다는 시도가 아니고 무엇일까. 다음 시가 이야기하려는 것도 별로 다르지 않다.

문(門)으로 들어가는 건 쉬웠지/언제나/병정놀이처럼/건전지만 넣어주면 달리는 장난감/기차처럼/아주 아주 쉽지//밖으로 나오려면/밖으로 나오려면//휘돌아가는 길보다/발바닥 더 닳는다/신발끈

까지 닳는다/오관의 나사를 다 풀어놓아도/또 조여와서/눈알이 달팽이처럼 튀어나온다//이 세상에/들어가는 문(門) 많고 많지만/헌 스웨터의 보풀을 떼어내며/늙어가는 참 여리고 아름다운 사람/불길한 검은 짐승들이 어른거리는 창을/차 한 잔에 돌아세우며//한겨울 여읜 지붕이/가족들 오순도순 체온으로 품어주니//사람들아/문(門)열고 나갈 때/말라 비틀어진 잡초에게도/미소로 인사나 하고 가기로 하세

— 「문門으로 나오는 건」 전문

물론, 문으로 나오는 것이 만만한 일은 아니었다. 들어가는 일이 모든 폐허와 함께 가는 일이었음을 이미 알고 있는 우리에게, '문으로 들어가는 건 (오히려) 쉬웠다'는 진술은 역설적일 수도 있다. 그러나 경계를 넘나드는 일을 그야말로 '온몸'으로 해낸 시인에게 이 진술은 과장이거나 역설이 아니다. 이 장소가 문의 안쪽인지 바깥쪽인지 우리는 모른다. 그러나 고양이가 뛰어나간 쪽이 바깥이라는 사실을 염두에 둘 때 여기엔 확실히 집 한 채가 생겼다. 황량한 폐허에서 온갖 '연장'들을 버리며 지은 집, 기둥을 다시 박아 세운 집에서, '헌 스웨터의 보풀을 떼어가며' '불길한 검은 짐승'들을 막아 주는 따뜻한 지붕이 있는 방에서 살기란 얼마나 힘겨운 일이었을까. 그러나 거기서 머문다는 것은 지금껏 그의 외침이 세상에 인지되지 못한 자의 불평에 불과하다는 비난을 면할 길이 없을 것이다. 박서원은 '문으로' 나온다. 그리하여 도달한 곳이 바로 '이 완벽한 세계'인 것이니, 결국 세상 밖으로 난 구불구불한 길은 한 바퀴 돌아 세상 안으로 퍼져 있는 셈이 되었다.

다만, 세상의 시간은 낮이지만 이곳은 밤이 지배한다. 눈먼 자들은 이곳에서 '꿈꾸면서 꿈꾸지 않'고, '목을 졸리면서 환하게' 보고, 그리하여 개종한다. 이제 '지팡이 없이도 출구를' 열 수 있다(「이 완벽한 세계」). 단 한 사람이 못 박히면 인류가 들어 올려지는 영원한 속죄 의식을 박서원의 넘쳐흐르는 언어가 처러 내려 하고 있는 것이다. 이를 위해 그는 '쇠창살 같은 담금질'을 겪고, '살이 해와 달을 비틀어 넘어가'는 고초를 견뎌낸 다음(「삼각형」), 바로 「어떤 황홀」의 세계가 말해주는 착란을 견뎌낸 다음, '혼자'가 되고 그리고 '완전히 되돌아온'다. 이제 '땅의 새로운 여행이 시작되'는 것이다.

시집의 마지막은 의미심장하게도 배를 노 저어 오는 수녀가 등장하면서 막을 내린다. 강은 여기서 불타오르는 땅의 이미지이다. 그리고 아버지는 곡괭이로 강을 파고 있다. 그러나 이 아버지는 이미 가문을 차지하려는 투쟁에서 패배한 선조이다. 마지막 저항이, 배 밑바닥을 뚫고 올라온 엑스칼리버가, 거대한 팔루스가, 낡은 천막에 둘둘 감겨 버린다. 그리고 수녀는 배마저도 버리고 물 위를 걷는다(「수녀와 배」). 「꿈으로 내려가는 길」에서 내비친 아빠의 법으로 경사는, 끝까지 간 영혼이 혼자 걷는 길로 마감된다.

잘 조직되고 서사화된 이 시집에서 박서원은 저간의 고초를 통해 스스로를 구원함으로써 공동체의 구원에 이르게 하고 싶다는 명백한 소망을 드러낸다. 그것은 신성과 여성성의 결합을 통해서라는 인식을 선취하고 있다.

그렇다면, 이제 마지막 질문이 남는다. 공동체의 구원이라는 인류애적 소망이 반드시 루비콘 강을 건너가는 일과 결합해야만 하는 것일까. 분명히 그렇다고 대답하는 시인들이 있는 반면, 또 다른 대안이 있을 수 있다고 답하는 시인들도 있다. 나희덕의 시집을 통해 그 대안을 읽는다.

3

나희덕의 세 번째 시집을 대하는 나의 의문은, 그런데 자아가 충분히 개별화되지 않고서도 공동체의 대표성을 지닌 일원이 될 수 있는 걸까 라는 점이다. 이 글을 쓰는 나 자신과 박서원, 나희덕이 모두 어떻든 기독교적 세계관의 언저리에서 살아왔으니, 이러한 질문이 얼마나 고전적인가를 충분히 이해하리라 믿는다. 다시 말하면 이 질문은, 개인 구원이 먼저냐 집단의 구원이 먼저냐 라는 해묵은 논쟁의 연장선에 있는 것처럼 보인다. 형식 논리적으로는 해결 불가능해 보이는.

적어도, 나희덕은 초기에는 명백히 후자의 태도를 지닌 것처럼 보였다. 그러나 그것이 그의 진정한 내면의 응답에 입각한 것이었나를 묻기에 나는 솔직히 자신이 없다. 1980년 광주의 상처가 거의 원죄처럼 자리한 386세대에게 이 망가진 세계의 총체성을 회복하는 일은 얼마나 절실한 의무였던가를 어쩌면 나 자신, 너무 잘 알고 있는 때문이기도 하다. 문학의 실천과 실천의 문학이 등가인 현실 앞에서 나는 이미 주어진 나로서 충분히 하나의 무기가 되어야 했다. 그러나 이제 그 스스로 "그곳이 멀지 않다."라고 말하고 있으니, 그 '그곳'이 어디인가를 물어봄으로써 앞의 논쟁에 대해 그의 답변을 들어볼 차례다.

사람 밖에서 살던 사람도/숨을 거둘 때는 /비로소 사람 속으로
돌아온다//새도 죽을 때는/새 속으로 가서 뼈를 눕히리라//새들의
지저귐을 따라/아무리 마음을 뻗어 보아도/마지막 날개를 접는 데
까지 가지 못했다//어느 겨울 아침/상처도 없이 숲길에 떨어진/새
한 마리//넓은 후박나무 잎으로/나는 그 작은 성지를 덮어 주었다

— 「그곳이 멀지 않다」[3] 전문

　새들이 '마지막 날개를 접는' 그곳, 마음을 다하여 가고 싶지만 가지
못하고 다만 그곳의 현세적 표지인 새의 주검에 예를 바치는 시인의 초
상. 여기서 그곳이란 따져볼 것도 없이 죽음 너머의 세계이다. 나희덕은
사람이 죽음을 통해서 비로소 자기 자신이 된다는 것을 1연과 2연의
동어 반복으로 거듭 강조함으로써 죽음이라고 하는 문제가 자신의 새
로운 화두가 될 것임을 암시하고 있다. 이것은 당연한 귀결이면서 동시
에 만만찮은 중요성을 내포하는 사실이다.
　1980년대적 문학 담론을 통해 지적으로 우리가 이루어낸 것이 사실
은 서구적 19세기의 확립이었던 것이라고 말한다 해서 반박할 수 있는
사람이 과연 있을까? 우리는 어떤 면에서는 부르주아에 반대하기 위
해 부르주아를 발명해야 했던 것이 아닌가? 또, 저 도저한 헤겔적 이성
의 승리가 문학을 농경 사회적 사유의 틀 안에 얌전히 묶어둘 수밖에
없었던 정치적 억압의 토대 위에서나 가능했다고 말한다 해서 그것이

---

3) 나희덕, 『그곳이 멀지 않다』, 민음사, 1997(특별히 밝히지 않으면 이후 인용하는 나희
덕의 시는 이 시집에서 가져옴).

1980년대 문학에 대한 비난이라고 말할 수도 없을 것이다. 다만 지금 와서 아쉬운 것은 외부의 억압 못지않게 두려운 내적 억압에 대항하는 문학의 목소리가 너무 가늘어 하나의 문학사를 형성하지 못한 것이다. 그리하여 모더니스트들의 모든 미적 저항을 단지 어지러운 수사적 놀이로만 치부하고 여전히 외적 세계의 해석에 매달리는 문학들이 너무도 견고한 카논을 형성하게 된 점들이 1980년대 문학의 어둠으로 남은 것이라 하겠다. 그런 이유로, 자신의 문학적 정당성을 입증하기 위해 19세기적 이성이 철저히 외면해 버린 죽음의 문제로 접근하는 것은 탈현대라는 우리 시대의 어쩔 수 없는 문학적 조건에 해당한다. 비단 나희덕 뿐 아니라. 그리고 바로 이 점에서 나희덕의 행보가 중요하다. 왜냐하면 그는 버림받은 대지의 딸인, 그리하여 스스로 가문을 일으키고자 한 '박서원'들이 아니라 전통적 어법으로 말을 하고 전통적 방식으로 사유하는 유서 깊은 가문의 따님이기 때문이다.

시집 거의 첫머리에 있는 이 시에서 그는 죽음 너머로 뻗쳐 가려는 마음을 조심스럽게 보여 주지만 어쩌면 당연하게도 그 너머로는 가지 못한다. 그가 사용하는 언어는 아직 이성의 논리가 인준한 언어들이다. 죽음 너머에는 자리를 내어 주지 않은, 죽은 나라의 사물들에 이름 붙여준 일 없는 언어이기 때문이다. 그러나 시인은 신중하게도 그 사실을 과거 시제로 이야기한다. 그러고는 더욱 암시적으로 "그곳이 멀지 않다"라고 현재 시세로 세목을 붙인다. 그곳을 향한 갈망이 잠시 유보되있을 뿐이며 이제는 그 갈망을 현재화할 것임을 시사하는 것이다.

너에게로 가지 않으려고 미친 듯 걸었던/그 무수한 길도/실은 네게로 향한 것이었다//까마득한 밤길을 혼자 걸어갈 때에도/내 응시에 날아간 별은/네 머리 위에서 반짝였을 것이고/내 한숨과 입김에 꽃들은/네게로 몸을 기울여 흔들렸을 것이다//사랑에서 치욕으로,/다시 치욕에서 사랑으로,/하루에도 몇 번씩 네게로 드리웠던 두레박//그러나 매양 퍼올린 것은/수만 갈래의 길이었을 따름이다/은하수의 한 별이 또 하나의 별을 찾아가는/그 수만의 길을 나는 걷고 있는 것이다//나의 생애는/모든 지름길을 돌아서/네게로 난 단 하나의 에움길이었다

— 「푸른 밤」 전문

너에게로 가고 싶다는 갈망, 그리고 푸른 밤길을 혼자 걷는 일, 이 명백한 표지를 오독하기가 오히려 쉽지 않다. 어떤 절대적 존재로까지 치켜 올려진 너는 치욕과 사랑을 다 함께 주는 존재이며 밤을 통해 별의 표지를 따라 찾아가는 존재이다.

그러나 죽음 너머로 여행하는 일은 쉬이 이루어지지 않는다. 새의 주검을 성지로 봉하고 경배드림으로써 은폐하려 한 과거의 습관이 그의 발목을 쉽사리 놓아줄 리가 없을 것이기에, 아마도 오래 망설이고 오래 흔들려야 하리라. 과연 나희덕은 조심스럽게 내민 그곳으로의 갈망이 진정한 갈망일까 오래 의심한다. "살아서 심장에 흙이 묻을 수 있다니,/그랬다면 이 버려진 사과처럼 행복했을까 괴로웠을까". 그는 오히려 그것이 이제는 잃어버린 과거, 유년의 낙원에 대한 헛된 향수일지도 모른다고도 생각한다. "나일론 양말들, 다시 그 속으로 들어갈 수 없게 되었을 때,/그런 저녁을 밝혀줄 희미한 불빛에게/나는 묻지, 네 가슴에도 칸

나는 피어있는가,"라고.

그러나 의심해야 하는 것은 갈망 그 자체가 아니다. '아무리 마음을 뻗어 보아도' 가 닿지 못한다고 말하는 그 마음의 뻗침, '너에게로 가지 않으려고 미친 듯' 걷는 그 가지 않으려 함, 바로 그 발목 잡힘을 의심해야 하는 것이다. 안타깝게도 나희덕은 죽음 저 너머로 가고자 하는 갈망을 일종의 현실 도피적 삶의 태도라고 해석하는 듯하다. 그리하여 그는 죽음이 아니라 고통과 대결한다. 고통은 파생된 것에 불과한데도. 다행히 그의 시인적 자질은 그가 갇혀있는 시적 언어의 한계를 넘어가고 있다. 과연 그는 다음과 같이 말한다.

어느 굽이 몇 번은 만난 듯도 하다/네가 마음에 지핀 듯/울부짖으며 구르는 밤도 있지만/밝은 날 유리에 이마를 대고/가만히 들여다보면/그러나 너는 정작 오지 않았던 것이다//어느 날 너는 무심한 표정으로 와서/쐐기풀을 한 짐 내려놓고 사라진다/사는 건 쐐기풀로 열두 벌의 수의를 짜는 일이라고,/그때까지는 침묵해야 한다고,/마술에 걸린 듯 수의를 위해 삶을 짜 깁는다//손 끝에 맺힌 핏방울이 말라 가는 것을 보면서/네 속의 폭풍을 읽기도 하고,/때로는 봄볕이 아른거리는 뜰에 쪼그려 앉아/너를 생각하기도 한다//대체 나는 너를 기다리는 것인가/오늘은 비명 없이도 너와 지낼 수 있을 것 같아/나 너를 기다리고 있다 말해도 좋은 것인가//제 죽음에 기대어 피어날 꽃처럼, 봄뜰에서.

— 「고통에게 1」 전문

'나'는 고통을 기다리고 있다. 그런데 왜 기다리는가. 그것은 고통이 열두 벌의 쐐기풀 수의를 짜는 일이기 때문이다. 내가 고통을 이기는 것은 구원을 위한 인고이기 때문이라는 메시지, 그 구원을 위해 나는 손끝에 피맺히는 아픔 말고도 침묵이라는 형벌을 감수해야 한다는 사실을 안다. 그래도 준비되어 있다는 고백, 내가 그것을 감당해 낸다면 열두 백조 왕자들은 마술에서 풀려날 것이기에, 그리고 그 순간 나도 화형대의 불에서 구원받을 것이기에. 이 속죄양 의지는 아름답다. 그리고 분명하다. 그는 고통을 구원에 이르는 도정, 바로 잘 치러낼 때는 죽음을 잘 통과하게 하는 길로서 형상화하고 있다.

그러나 불행히도 내가 보기에 이 인식은 거의 무의식적인 것으로 보인다. 첫째로는 제대로 해석되지 않은 침묵이라는 표지가 나를 불안하게 하며, 둘째로는 그의 바로 다음 시 「고통에게 2」에서 죽음은 삶이라는 고통으로부터 나를 해방시켜 주는 표지로 쓰이고 있기 때문이다. 나희덕이 침묵을 어떻게 해석했는가 하는 문제는 그의 고통에 대한 해석 못지않게 중요하다. 어떻게 보면 그 두 말이 이 시집의 주제일 수도 있다. 그러한 침묵을 이해할 수 있는 표지로서 그가 인용한 동화 「백조 왕자」는 참으로 시사하는 바가 크다.

마법에 걸린 오빠들을 구원하기 위해 무덤가의—죽음을 거름 삼아 자라난— 쐐기풀을 뜯어다 수의를 짜는 공주는 사실 왕국의 왕비이다. 문제는 그가 낮과 언어의 질서를 무시하고 밤과 침묵의 질서를 선택한 데 있다. 왕국은 자신의 행위에 침묵하는 그를 더는 견디지 못하고 화형대에 붙들어 맨다. 그의 혐의가 단지 말하지 않음 때문이었을까 의심해 볼 수도 있다. 쐐기풀로 짜는 옷이 침묵보다 덜 이상해 보이지는 않앉을 것이다. 그럼에도 왕은 마지막 순간까지 옷을 짜는 것을 허락한다. 다시 말해 그의 불행은 그들에게 자신의 일을 말하지 않는데서 비롯된 것이다. 이것은 그가 말보다 행동을 중시하는 사유의 소유자임을 말하려는 것일까?

아마 나희덕도 언어와 행동을 별개의 것으로 본다는 점에서 방금 전의 해석과 닮아 있다. 그는 언어가 행위의 뒤에 온다고 보는 것이다. 그래서 쐐기풀 옷을 짜는 동안에는 말할 수 없다고, 침묵해야 한다고 하는 것이다.

그러나 백조 왕자의 어린 누이는 침묵하는 것이 아니라 그 자신이 곧 침묵이다. 왕은 자신에게 미지의 기호인 그를 데려다가 자신의 법 안에 가두려 하지만 그는 침묵으로서 왕의 법을 피한다. 이때 침묵은 적극적인 언어다. 알아들을 수 있는 귀를 가지지 못한 자에게는 들리지 않는. 침묵은 단지 언어의 결핍이 아니라 해석되기를 기다리는 하나의 기호인 것이다. 고통은 견뎌 내는 것이 아니라 해석되어야 한다. 고통을 통해 우리를 짓누르는 말의 질서를 부수고 새로운 말들을 가져오는 통로로 주어져야 한다. 다시 말해, 시인에게 체험이 언어의 형식으로 현재화되지 않는다면 그는 열두 벌 수의를 완성할지는 모르지만 왕자들을 사람으로 돌려놓는 데는 실패할 것이다. 공주는 열두 벌이 아니라 열한 벌 반의 옷을 하늘에 던져 왕국의 대낮을 감히 침범한 저주받은 흰 새들을 구원했으므로.

그가 아직 1980년대적 사유의 상처로부터 자유롭지 못하다는 반증일까. 언어와 체험의 분리는 미진하다. 아니라면 그는 아직도 시적인 것이란 무엇인가에 대해 전면적인 반성을 수행하기엔 우리의 삶이 충분히 형식화되지 못했다고 생각하는 것일까. 어쨌든 이러한 분리는 이 시집에서 가장 빼어난 작품으로 일컬어지고 있는 「어떤 항아리」를 통해 결정적으로 제시되고 있다.

이건 금이 간 항아리면서/금이 갔다고 말할 수 없는 항아리//손가락으로 퉁겨 보면/그런 대로 맑은 소리를 내고/물을 담아보아도 괜찮다//그런데 간장을 담으면 어디선가 샌다/간장만 통과시키는 막이라도 있는 것일까//너무나 짜서 맑아진,/너무 오래 달여서 서늘해진,/고통의 즙액만을 알아차리는/그의 감식안//무엇이든 담을 수 있지만/간장만은 담을 수 없는,/뜨거운 간장을 들이붓는 순간/산산조각이 나고 말 운명의,//시라는 항아리

— 「어떤 항아리」 전문

시라는 것은 결국 언어의 진수가 아닌가. 그럼에도 시가 생생한 삶의 즙액인 간장—고통의 알레고리—을 담기엔 허약한 그릇이라고 말하는 것은, 그가 고통이 부여하는 침묵과 대결하여 침묵을 언어 속으로 이끌어 들이려하기보다는 주어진 말 바깥의 것을 여전히 침묵 속에 남긴 채 견디겠다고 말하는 것이다. 바로 이 지점에서 그에게 시는 인생보다 덜 소중하다. 삶과 시가 미묘하게 분리되는 것이다. 그리하여 구원의 문제는 언어와 시가 아니라 사회적 정치적 실천의 문제가 된다. 그러나 시가 루카치가 말하는바 영혼의 형식이 된다는 건, 시가 항아리가 아니라 어떤 모양인지 아직은 모르지만 간장을 들이부어도 견디는 어떤 그릇이 되어야 한다는 뜻이 아닐까. 시를 이미 주어진 형식으로 바라보고

있다는 점에서 그에게 시란 금간 항아리일 수밖에 없는 것이다.

따스하고 사랑이 넘쳐나고 겸손한 그의 시가 위로는 될지언정 구원에 이르지 못하는 까닭이 바로 이 점이라고 나는 생각한다. 즉, 침묵을 여전히 침묵으로 내버려 두려 하는 일, 박살이 나더라도 간장을 들이부어야 한다는 것을 망설이는 일. 세상 밖으로 쫓겨난 침묵—말 없는 왕비—를 구원해 주는 것은, 그 침묵의 행위를 해석함으로써 그를 세상 안에서 살게 할 의무를 다하는 시인의 몫이 아닐까. 그러나 그는 입구에서 뒤돌아온다.

나 그곳에 가지 않았다/태백 금대산 어느 시냇가에 앉아/조금만 더 올라가면/남한강의 발원지가 있다는 말을 듣고도/나 그곳에 가지 않았다//어린 시절 예배당에 앉아 있으면/휘장 너머 하느님의 옷자락이 보일까봐/눈을 질끈 감곤 했던 것처럼/보아서는 안 될 것 같은 어떤 힘이 내 발을 묶었다//끝내 가지 않아야/세상의 물이란 물, 그/발원에 대해 생각할 수 있을 것 같기에,/흐리고 사나운 물을 만나도/그 첫 순결함을 믿을 수 있을 것 같기에,/간다 해도 그 물줄기 어디론가 숨어/내 눈에 보여지지 않을 것 같기에,/나 그곳에 가지 않았다/골지천과 송천이 만나는 아우라지 쯤에서/나는 강물을 먼저 보내고/보이지 않는 발원을 향해 중얼거릴 것이다//만나지 못한 것들이 가슴을 샘솟게 하나니/금대산 금용소,/가지 않아서 끝내 멀어진 길이여/아직 강이라는 이름을 얻기 전의 물줄기여

—「발원을 향해」 전문

안타깝게도 나희덕은 신비화된 상태로 미지를 놓아두기로 결정한 것 같다. 이름을 얻기 전의 물줄기는 그의 가슴을 샘솟게 하는 것이기에. 오, 그러나 바로 그 물줄기에게 물어보라. 시인의 가슴을 샘솟게 해 주려고 존재하는 물도 있다는 말인가. 어떠한 타자도, 동일자를 위해서만 존재해서는 안 되는 것이기에 나는 나희덕의 이러한 선택에 대해 재고해 보라 말하고 싶다. 그가 빠져 있는 것은 단정함이 아니라 단지 낡은 언어의 함정일 뿐이며 미지를 용납하려 하지 않는 총체성의 함정일 뿐이다. 그는 '그곳'에 가야 한다.

<h1 style="text-align:center">4</h1>

겉으로 드러나는 표지만을 보아도 박서원과 나희덕은 여러 모로 대조적인 시인이다. 두 시인은 비슷한 시기에 등단을 했고 비슷한 시기에 각기 시집을 내 이제 몇 권의 시집을 지닌 시인이 되었다. 박서원이 첫 시집을 낸 뒤로도 오랫동안 '아버지'들의 관심권 바깥에 머무는 무명無名과 무명無明의 시절을 견뎌야 했다면, 나희덕은 대개의 여성 시인들이 당하는 상대적 불이익의 수준을 감안하고 본다면 충분히 인지되고 사랑받았다. 박서원의 첫 시집이 '아무도 없'음, 즉 세상 밖으로 또는 자기 안으로 유배된 자의 치열한 자기 확인에 바쳐졌다면 나희덕의 첫 시집은 '뿌리' 즉 근원에 보내는 겸손한 찬미의 경향을 띠었다. 박서원은 세계의 총체성이나 동일성을 믿지 않는(질서는 누수되게 마련이라고 믿는) 해체주의자이고 나희덕은 질서와 균형을 미덕이라고 생각하는 리

얼리스트이다. 박서원은 근대를 존재의 문제로 보고 언어 그 자체와 맞부딪침으로써 근대성의 국면을 통과하고자 한 시인이고 나희덕은 근대를 사회학적이고 정치 경제학적 토대에서 파악하여 모순의 인식을 통해 인간성을 회복하려 한 시인이다. 이제 세 번째, '삼각형'의 균형점에 이르러 박서원은 '세계'로 돌아오고 나희덕은 '그곳'으로 가려 한다—정말 그곳에 가려하는가는 이미 보았듯이 아직 유보되어 있지만.

박서원과 나희덕의 대립성은 결국 언어의 문제로 귀결된다. 박서원에게 언어는 진정 말씀의 집이다. 이때 말씀이란 로고스가 아니라 들판의 돌에 신전이라 이름 붙인 인간들을 위하여 그 돌에 와서 살아 주는 신의 사랑과도 같은 것이다. 그는 말함으로써 존재를 얻는다. 나희덕에게 언어는 세계의 재현이다. 그는 이미 존재하는 것에 질서를 부여하고 가치를 준다. 비유적으로 이야기하자면 여기 시가 되기를 기다리는 온갖 잡동사니들의 방이 있다. 박서원은 이 방의 모든 사물들에게 이름을 부여하고 그럼으로써 그것들이 살아나기를 기다리는 시인이다. 나희덕은 이미 이름을 알고 있는 사물들을 '쓰레기들' 속에서 찾아내어 그 방을 쾌적하고 살 만한 곳으로 다듬는 시인이다. 박서원은 자기가 발명한 언어들이 외국어가 되지 않도록 어법과 문법을 가다듬었어야 했다. 나희덕은 '단정한 기억'의 기록자가 아니라 '혼란스러운 현재'의 창조자가 되어야 한다는 과제가 있다. 그리고 이 두 시인이 처했던 어려움은 우리들 모두가 어떤 지점에서든 함께 겪어야 할 수고다. 이 두 시인이 지치지 말고 끝까지 해내기를 기원하는 마음 간절하다. 왜냐하면, 길을 잘 아는 자의 옷자락에 매달려 가는 것이 천국으로 가는 가장 쉬운 길임을 내가 알기에. 🏃

성^聖 타즈마할, 누워 있는 어머니

"길은 시인의 정원이다. 눈먼 자의 상상을 통하지 않고서는 아무도 이 정원에 들어갈 수 없다." — 함성호, 시집 『성^聖 타즈마할』 뒤 표지(문학과지성사, 1998)에서

1

함성호의, 아니 함성호뿐 아니라 시인들의 시를 읽어 내는 일에 우리가 실패하는 원인은 산문과 마찬가지로 시가 세계를 재현하는 데 바쳐진 언어라 생각하기 때문이다. 그리하여 모든 시를 세상에 대한 비판이거나 알레고리이거나 구호이거나 교훈으로 읽으려 한다. 그런데 막상 함성호의 경우처럼 지나치게 많은 심리적 에너지가 실려 있는 언어를 사용하는 시인을 만난다면 어찌 될까? 더군다나 시인들은 점점 더 다른 방법으로 말하기 시작하고 있으니 더 난처하다. 따라서 시인들의 말하기 방법을 제대로 읽어낼 수 있는 다른 비평 독법이 필요하다. 그러나 오늘날 '다르게 읽기'가 필연적으로 요구된다는 것을 이해하는 비평가들도 드물고, 그 다르게 읽기를 일종의 문화적 읽기라고 생각하는 경향도 문제다. 물론, 이러한 문화적 읽기의 유행에는 시인들도 한몫했다.

함성호의 경우도 비난받을 소지가 많다.

함성호의 이 시집에는 크게 두 가지 흐름이 있다. 하나는 지적 조작물로서 무수한 인용과 각주들이 표상하는 시다. 다른 하나는 그 배후에서 자신의 자리를 끊임없이 요구하는, 소위 여성적 글쓰기라 할 만한 시들이다. 이 두 가지 흐름이 서로 길항하면서 그의 시 세계를 이루고 있다. 전자는 시인 자신의 의식적 자아의 산물이고 후자는 거의 무의식적인 자아가 떠밀어 내는, 훨씬 더 본질에 가까운 언어들이다. 내가 관심을 가지고 들여다보는 시들은 이 후자의 흐름에 속하는 것들이다. 하지만 그의 시집 속에는 전자의 흐름이 수적으로도 우세하고 시인 자신도 훨씬 역점을 두고 있다. 세 번째 밀레니엄을 넘어서며 우리의 타락한 문명을 그 문명이 코드화해낸 수많은 문화적 파편들을 이용해서 비판하는 것은 함성호의 전매특허는 아니다. 그러나 함성호의 경우 누구보다도 스케일이 크고 거의 맥락을 짚어보기 어려울 만큼 혼란스럽다는 것이 특징이다. 이 시집의 표제 시 「성聖 타즈마할」을 살펴보자.

역사는 아무 것도 기억하지 못한다 너는 나를 뉘우치지 않는다 성전을 승리로 이끈 아프가니스탄의 전사들이 이젠 서로에게 총부리를 겨누고 있다 안녕, 이반! 무슨 소식이든 전해줘 나를 내 과거의 아름다웠던 삶과 연결시켜줘* 신촌 로터리에서 문익환 목사가 통곡의 호명을 하고 있다 줄루족의 전사 스파이크 리가 흑인성에 대해서 백인처럼 반성하고 커트 코베인은 결국 자신의 음악에 열광하는 청중들을 이해하지 못하고 죽었다(나는 권총 자살자들을 좋아한다: 권총은 아름답다 그 환멸의 섹스로부터) 나는 죽어도 이해

받지 않으리라 당대여, 부디 나를 비껴가길

나는 이제 성 타즈마할**을 건축했다

마약의 길을 따라 모두 이곳에 오라

* 크로아티아 人 미랴나 부즈크(女, 32)가 스플리트 시에 살고 있는 크로아티
아 軍병사 이반 즈나오드에게 쓴 편지
** 무굴제국의 왕 샤 자한은 사랑하는 자신의 왕비 몸 타지마할(후궁 중에서
제일 아름답다는 뜻)의 무덤을 건축한 후, 다시는 이런 아름다움이 존재하
지 않도록 동원된 장인들의 손목을 모두 잘라버렸다.
나는 다시 이 광기에 사로잡힌 탐미주의의 공간을 반모더니티를 간직한 아
나키한 공간으로 개조한다. 20세기 서구 모더니즘이 죄악시했던 모든 것으
로만 이루어져 있는, 나는 모더니즘의 손목을 자른다. 다시는 이런 축악이
이루어지지 않도록.
(이 공간은 타지마할과는 달리 나에 의해 새롭게 창조되는 공간이므로 외래
어 표기법에 따르지 않고 타즈마할로 표기한다.)

—「성聖 타즈마할 1」1) 전문

이 짧은 언술을 소화하기 위해 독자가 알아야 할 사전 지식은 만만치
않다. 아프가니스탄과 문익환 목사야 텔레비전 뉴스 시간에 나오니까 그
렇다 치고, 스파이크 리나 커트 코베인이 누구인지를 모르는 독자는 이
시를 읽을 수 있을까? 권총과 섹스의 관련성이라는 우리 시대의 또 하
나의 문화적 기호를 알지 못하는, 태어나서 단 한 번도 권총을 만져보지
않은 우리나라 독자는 저 괄호 속의 진술을 어떻게 이해하게 될까? 이
짧은 글 속에 두 개나 등장하는 주석註釋은 또 무슨 의미인가? 실제로

---

1) 함성호, 『성聖 타즈마할』, 문학과지성사, 1998(특별히 밝히지 않으면 이후 인용하는
함성호의 시는 이 시집에서 가져옴).

독자가 읽게 되는 것은 반어적이고 비아냥거리는 어조, 그리고 이 시인이 엄청난 지식의 소유자라는 것에 불과할지도 모르는데 말이다.

이러한 방식의 시 쓰기를 지속적으로 수행해 온 점에 대하여 나는 함성호를 비난하고 싶은데, 그 이유는 다음과 같다. 우선, 그의 이 시끄럽고 말 많은 시들은 1990년대 대한민국의 실존적 맥락 위에 존재하는 것이 아니라 일종의 '바벨의 도서관'이라 할 만한 기묘한 정보의 목록 위에 존재한다는 점이다. 함성호는 자신의 글쓰기가 현실의 재현이 아니라 새로운 현실의 구축이라고 말하고 싶을지도 모른다. 그러나 엄격한 의미에서 그의 이러한 시들은 그가 이미 독서한 바 있는, 존재에 대한 해석으로서의 텍스트에 대한, 재해석에 불과하다.—보르헤스가 말한 것처럼 무질서도 질서라고 말하기 위해서는 질서 그 자체가 악몽이 되는 근대적 체험을 철저히 반성하는 일이 필요하다. 이러한 반성을 건너뛴다는 점에서 우리 문화주의자들은 관념적이다.

다음으로 그의 이러한 시들은 비평가와의 밀통이라는 점에서 비난받아야 한다. 다시 말해 그는 우리 시대의 유행 담론들을 시의 주제와 방법으로 삼음으로써 비평 담론 생산을 수월하게 해 준다는 혐의를 지울 수 없다. 이를테면, 이 시집의 형태상 큰 특징이라 할 수 있는 주석을 보자. '바벨탑에서의 하룻밤'이라는 부제를 달고 있는 주들은 글쓰기가 언어를 '지워나가는 일'이라는 시관—보르헤스에서 바르트로 이어지는—을 극단적으로 표출하고 있다. 그에 따르면 세상은 자연이 아니라 인공으로 구성되어 있고[2] 그 인공의 핵심은 책이다. 그는 자기 시

---

2) 위의 시집, 26쪽 참조.

의 정당성을 증명하기 위해 책들을 인용하고 짜깁고 패러디한다. 그가 공들여 펼쳐 놓은 '몸'이라는 주제도, 동서양을 넘나드는 종교적 언술들도, 양성구유兩性具有, 혹은 동성애적 섹스도, 거의 다 책에서 나온 것들이다. 책은 세상의 모든 것이다.

보르헤스가 이 세상 어디에도 없는 브리태니커 사전을 인용하면서 암시한 것처럼 엄격한 의미에서 시인의 인용은 원래의 콘텍스트를 필요로 하지 않는다. 시인이 요구해야 하는 것은 시인 자신이 생산해 낸 언어들을 자체 맥락을 따라가면서 꼼꼼히 읽는 일이지 그의 방대하고 기이한 장서 목록들을 독자가 공유하는 일은 아니기 때문이다. 그런데도 함성호는 인용하고 주석을 달고, 비평가는 그것들을 통해 일종의 부비 트랩booby trap적 도서관을 소유한다. 모든 말이 들어 있고 아무런 말도 들어 있지 않은 도서관. 이것이 과연 의도된 바라면 함성호는 나쁜 글쓰기를 하고 있는 셈이다.

그러나 정원에는 언제나 갈림길이 있다. 그 자신의 요구대로 눈먼 손으로 더듬어 보자.—사실 이 '눈먼 자'의 비유도 마음에 들지 않는다. 그것이 눈먼 신탁의 예언자이건 눈먼 노인 보르헤스건, 이 눈 멀다라는 표지는 어딘가 문화적 조작의 냄새가 난다. 그렇다 하더라도.—그러면 그의 무의식 저 깊은 곳을 흐르는 물, 존재의 한복판에 각인된 푸르고 흰 바다를 만날 수 있다.

함성호는 첫 번째 시집을 '저 황도를 홀로 가는/태양의 지루한 여행을 위해'—다시 말해 아버지의 절대성을 드러내는 상징인 태양에 바쳤다. 그러던 그가 이 시집은 '어머니'에게 바친다. 첫 시집에서도 이미 "바다를 보지 못해 병들었다"[3]고 말하던 시인, 끝없는 우주적 고독 속에서 비로소 '창호지에 밥을 싸 빌며 던지던 바다'[4]를 만났다고 말하던 시인은 이 시집에서 한결 바다와 가까이 있는 모습을 보여 준다. 바다는 단순히 유년의 기억이 스며 있는 공간이 아니라 그의 존재 전부를 하나의 맥락으로 통일시키고 재탄생하게 해 주는 대단히 모성적 공간이다. 이 모성적 공간에 다다른 존재가 과연 함성호 자신인지, 아니면 그의 의식이 인지하지 못하고 있는 어떤 내면적 존재인지를 따지는 일은 접어 두기로 하자. 왜냐하면, 어쨌든 그는 이 언어들을 버리지 않았고 모든 것을 파편화해서 '맥락 없이 존재'(「상상의 몸」)할 것을 요구하는 의식적 자아의 간섭에 패배하지 않고 맥락을 다치지 않은 시로 건져 냈기 때문이다.

우리에게 바다로 들어가는 열쇠를 건네는 것은 한바닥의 지도이다. 그 자신이 '우울한 지도'로 명명한 부모님의 호적등본 한 통. 시집 전체를 통틀어 가장 실험적으로 보이는 이 시가 사실은 가장 실존적인 것이며 가장 깊은 골짜기라는 점을 이해하기 위해 우리는 이 시집의 배열

---

3) 함성호, 『56억 7천만 년의 고독』, 문학과지성사, 1992, 18쪽.
4) 위의 시집, 80쪽.

을 주의 깊게 살펴볼 필요가 있다.

함성호의 첫 시집 『56억 7천만 년의 고독』은 타락한 현대 문명에 대한 한 권의 주석이었다. 그는 이 문명의 핵심을 건축이라 보았고, 끝없이 남근적으로 솟아오르는 망가진 도시의 뒷골목에서 오래된 고독을 보았다. 두 번째 시집 『성聖 타즈마할』에서 그는 뒤집힌 궁전을 짓는다. 이 집짓기, 아니 신전 짓기는 의미심장하게도 동쪽 문으로 들어가는 일로부터 시작한다(「카필라바스투의 동문」). 동쪽, 아버지가 인지하는 빛의 나라, 그러나 시인은 동문으로 나가는 게 아니라 동문으로 들어간다. 즉 서쪽으로 가는 것이다. 그를 가게 하는 힘은 한 여자의 물음이다. '제 옆에서 얻을 수는 없는 것'을 찾지 말라는 완곡한 요구, 몸을 버리고 정신만으로 할 수 있는 것은 없다는 조용한 선언. 그리하여 그는 반문명을 선언하고(「선언문」) '울창한 거울의 길', '쉬어갈 그늘 하나 없는 이 길'(「모든 길들이 나를 부른다」)로 나아가지만 아직도 여전히 '붕괴 직전'(「붕괴 직전」)의 문명에 발목 잡혀 있다. 사실, 이 발목 잡힘은 당연하다. 그는 아직도 근대를 살아내기 위해 지어야 하는 자아의 집을 다 짓지 않았기 때문이다.

시 「푸른 직육면체」는 함성호가 56억 7천만 년이나 되는 오랜 시간을 몸부림치며 겨우 탄생시킨 그의 새로운 자아의 집이다. 시간과 공간을 초월한 이 절대적이고도 새로운 형태의 구축. 이러한 구축을 통해 그는 이제 '성聖 타즈마할'의 공간으로 들어선다.

그러나 함성호의 문제는 다 끝난 게 아니다. 이상李箱이 만들다 실패한 상자를 연상시키는 이 푸른 직육면체는 자아의 그릇을 의미하는 것임에는 틀림없다. 그러나 그는 그것이 아직 '말이 몸으로 화하는' 살아 있는 영혼의 장소임을 알지 못한다. 그래서 그는 이 직육면체를 현실이 아니라 '환상'이라고 말한다. 진정한 욕망으로 존재가 창조될 수 있다는 것을 모르기 때문이다. 이 '환상'이라는 단어는 그의 의식이 남성적 사유에 길들여져 있음을 드러내는 표지이다. 그리하여 그는 이 순연한 장소에 힘입어 지어야 하는 신성한 공간을 모더니즘에 대한 부정, 즉 결핍의 공간으로서만 정의한다.[5] 그것이 바로 '성聖 타즈마할'이다.

시 「성聖 타즈마할」이 놓여 있는 위치는 미묘하고도 섬세하다. 이 시가 시집의 끝 무렵이 아니라 거의 시작 부분에 놓여 있어서, 이 공간은 부정과 결핍의 표지일 뿐이며 완전하고도 신성한 공간을 획득하기 위해서는 더 나아가야 한다는 것을 시인 자신이 어떤 방식으로든 인지하고 있음을 보여 준다. 이 시의 표제 또한 미묘하기 짝이 없다. 함성호는 그가 궁극적으로 획득해야 하는 것이 '금지된 지식'(26, 132쪽)이라고 말하고 있다. 그러나 '성 타즈마할'이라는 표제는 함성호의 시적 주제가 사실은 어머니의 언어를 되살려 내는 데 있음을 무의식적으로 드러내고 있다.

낡고 바스러지는 시간과의 싸움 위에 우뚝 선 인간의 소망, 소멸을 견디고 영원한 현재에 살려는 소망의 집적물이면서 유일무이한 아름다움에 대한 탐욕의 표지인 이 궁전을 그는 일종의 코드로 이용한다. 서구적 근대가 추악한 쓰레기라고 말한 모든 것, 살인과 근친상간과 약물 중독과 독신瀆神으로 이루어져 있는 이 공간은 위악적이다. 그는 자신이 모종의 새로운 공간을 창조—엄격히 말하면 개조—했음을 인식하지만

---

5) 시 「성聖 타즈마할」에 달린 주석** 참조.

그 의미를 해석하는 데서 또다시 문화적 코드를 이용한다. 그러나 이 추악한 쓰레기란 다름 아닌 타자성의 총집결—변소에 우글우글한 나비들이다(37쪽). 그는 이 내면 공간을 우리말 맞춤법 표기가 허용하는 대로 '타지마할'이라 부르지 않고 '타즈마할'이라 명명했다. 타. 즈. 마. 할!

그 자신이 의식하든 그렇지 못하든 상관없이 이러한 명명은 단순한 음절 교환이 아니다. 이것은 '지'라는 수직성에서 '즈'라는 수평성으로 이행하는 것이며, 곧추선 남성성으로부터 누워 있는 여성성으로 움직이는 것이다. 이 공간이 '성聖' 타즈마할인 것은 결코 우연이 아니다. 우리 시대에 금지되어 있는 신성함을 불러내는 것은 바로 여성의 목소리이기 때문이다.

그는 이제 남성성이 구축해 놓은 짐승의 도시와 결별하고 어머니의 바다, 흔들리는 식물성의 세계로 가야 한다. 그러나 우리 시대 남성 시인에게 이것은 쉬운 일이 아니다. 그의 시집 한 가운데를 점령하고 있는 무수한 죽음의 시편들이 그 어려움을 증명해 주고 있다. 그가 남자와 여자라는 현실의 '육체'를 벗어 버리고 여성성이라는 진정한 '몸'으로 태어나고자 얼마나 악전고투하고 있는가를 다 짚어보지 못해 유감이다. 어쨌든 그는 죽음과 드잡이를 통해 단정한 직육면체가 아니라 무정형의 바다로 가기 위한 전 단계를 충실히 수행하는 모습을 보여준다. 이 싸움의 핵심은 가부장제와 페미니즘의 싸움이 주로 펼쳐지는 사회문화적 장소보다 훨씬 더 영적인 층위에서 아버지의 언어가 가하는 억압으로부터 영혼의 언어인 어머니의 말을 지키려는 무의식적인 과정이다. 이를 알아보는 일이 이 시집을 이해하는 중요한 단초가 된다(「죽음의 피크닉」). 이때 '어머니'는 모성이나 신비화된 여성이 아니라 억압된 채로 존재하던 것들의 해방에 가깝다. 이 싸움의 끝물에 비로소 그는 어머니를 신성한 모습으로 인지하게 된다. '낙산 바다'에서 '거울 속에/방울 소리' 울리는 어머니, 바로 신모를 만난 그는 그 어머니가 바로 자신의 모태, 자신의 종교, 자신의 길임을 절감하는 것이다.

3

드디어, 함성호와 더불어 그의 시 「우울한 지도」를 펼쳐 볼 시간이 왔다. 그는 독자에게 길을 가라고 요구하면서도 지도를 이토록 늦게 서야(94, 95쪽) 그려 보인다. 이 지도, 이것은 호적 등본의 패러디나 인용이 아니다. 이것은 실존적 고백이다. 자신의 시 세계를 구축하는 동전의 이면을 명확한 언어로 인지하지 못하거나 인지하고 싶어 하지 않던 그는, 이 지점에 와서야 비로소 자신의 원초적 상처와 맞대면하게 되는 것이다. 사실 그럴 수밖에 없다. 시인 자신의 실존을 통과하지 않고서는 한 발짝도 나아갈 수 없는 지점에 그는 도달했기 때문이다.

이 지도의 앞면에는 아버지의 호적이 있다─시집에서는 왼쪽 페이지이지만 실제 호적상으론 앞쪽이다. 이 아버지는 어머니를 호적에 올렸다가 지우고 다시 올리는, 말하자면 생살여탈권生殺與奪權을 쥔 존재다. 그에 걸맞게 뒷면의 어머니는 지워져 있다. 이 지워짐은 법리상으로는 단순히 이혼한 것이지만 눈으로 보기에는 죽은 아들과 동일 선상에 있다. 어머니는 커다란 ×표를 얼굴에 붙이고 아들의 시집 복판에 있다. 살아 있으면서도 죽어 버린 어머니, 어머니가 지워진 지도는 그가 걸어

가야 하는 길이 바로 이 지워짐 속에 있다는 것을 더듬어 알게 해 준다. 그리하여 함성호는 커다란 ×자로 지워진 어머니의 이름을 책의 오른편 위에 올려놓는다. 어머니, 동해 용왕의 딸 허황옥許黃玉의 후손인 허연옥의 이름을.

사실 함성호의 시집이 빛나기 시작하는 것은 이 지점에서부터이다. '내 정든 육신'(12쪽)으로 시작해서 '상상의 몸'(126쪽)으로 끝나는 그의 길 겸 정원에서 이 지도는 졸면서 깜박이는 등대와도 같다.

그러나 이 지도는 '우울한 지도'이다. 앞에서 이야기했듯 그의 원초적 상처가 이 어머니의 지워짐에 있고 그의 내면에 있는 순결한 시인으로서 자아가 어머니를 되살리고자 몸부림치고 있는데도 그 자신 이 몸부림을 명확한 언어로 해석하지 못하고 있기 때문이다. 그러나 어떠한 방식이든 자신의 실존과 대면함으로써 그는 내면을 향한 길 위에 더욱 가까이 간다.

나는……, 나는 비닐 봉지 같은 누추한 세월이 지나갔다 누이야 억센 바람이 상점의 간판을 날려버리고 지금 마당엔 빈 꽃그늘만 이 하염없이 흔들리다 곧 져버렸다 저 바다 영금정의 흰 등대에서는 정오의 사이렌이 뚜우뚜우 울리다 내 유년의 귓바퀴에서 푸른 무릎을 보이듯이, 오바로꾸 친 살랑이는 너의 눈부신 치맛단처럼 아득하게 몽롱해져간다 누이야, 춘삼월의 꽃처럼 소리없이 너는 먼 산처럼 푸르다 푸르다 네 가슴 속에 무덤 하나, 그 무덤은 참 아름다운 세계이다 나는 네 등뒤에서 홀로 모든 사물들이 저무는 어둠의 소용돌이를 보았다 바다가 보이는 극장으로 들어가는 너의 발소리를 들으며 나는 새로운 비늘로 갈아입은 회귀의 물고기가 강의 하류에서 상류로 헤엄쳐가는 장관을 돌아서 버렸다 누이야 거기서 나는 선풍기 날개 같은 비늘을 만져 허약한 발을 만들고 물풀 같은 지느러미를 여며 열 개의 손가락을 미친 것처럼 피워댔다 밤 그런 미시령의 눈밭을 가는 좌·우에는 소금기 가득한 나의 체취로 가득 했을, 아마 어느새 나는 가벼운 가시였을 것이다 아픈 누이야 지붕에 버려진 흰 이빨처럼 수북한 저 꽃잎을 보아라 내 빈 속에 가득 차 있는 이 꽃의 이름은 무엇이냐? 누이야, 화분 속으로 눈이 온다 바다가 보이는 극장의 어마어마한 입간판 그림이 나에게는 왜 이런 전위적인 화풍처럼 보이는지 먼 바다에 울먹이는 눈은 내린다 이 극장을 오른편에 두고 지나치는 외길은 바다로 향하는 유일한 길이다 자전거가 극장 안으로 들어간다 (이 사람이 맛없는 자장면을 만드는 사람이구나) 누이야, 그리고 이 꽃의 향기는 만리를 퍼진다 황금숲에 사는 흰 새는 이 길을 따라 그 울창한 숲으로 돌아오지만 나는 돌아오지 말았어야 할 바다로 다시 돌아왔다 이 파렴치를 용서하라 잉태의 어류들이 빛 발하는 수면을 거슬러 오르는 물소리를 듣는 투명한 꽃잎 속의 나의 바다, 거대한 나의 바다가 몸을 바꾸고 있었다

— 「바다가 보이는 극장으로 가는 유일한 길」 전문

기억 속의 바다와 내면의 바다를 섬세하게 뒤섞은 이 시에는 주목할 만한 이미지들이 등장하고 있다. 근대 문명의 표지이자 공적 담론의 장소인 극장은 바다가 보이는 곳에 있다. 바다로 가는 길은 오직 하나뿐

이다. 또 그 길은 극장의 왼쪽, 내면의 숨겨진 길이다. 그는 이 길에서 누이를 본다. 현실의 누이이기도 하며 그의 아니마이기도 한 이 여성적 존재는 속에 아름다운 무덤을 품고 있다. 근본적으로 바다에 속한 이 누이를 시인은 극장으로 들여보낸다. 이 시의 핵심은 여기에 있다. 아니마를 공적 담론의 장으로 불러내고자 하는 것이다. 그러나 누이가 극장으로 들어가는 것만으로는 충분치 않다. 그는 왼편으로 난 길을 걸어 바다로 간다. 극장을 지나서, 더 걸어가서, 바다로 돌아가는 일이 '파렴치'라고 외치는 그의 남성적 자아를 여성인 바닷물 속에 세례시킴으로써 온전한 전체로 태어나게 하려는 것이다.

그의 인식은 이 지점을 통과하면서 심화된다. 이 시집 전체를 통틀어 가장 아름다운 시인 「구지가」에서 그는 비로소 영혼의 노래를 부른다. 푸르고 흰 바다의 순결함 속에 잠겨 세계의 끝을 본 시인은 바깥이 아니라 안에서 죽음을 통하여 세계를 다시 불러내어야 한다는 것을 깨닫는 것이다.

> 아버지 뱀 나온다 하시고/어머니 물가에 가지 말라 하셨네/수국이 번성하던 유년의 흰 마당/나 갈 곳 없어 방황하네/나 푸르고 흰 바다에 잠겨/찰랑이는 세상의/멀고 먼 아침을 보았지/눈으로 볼 수 없는 현묘한 육신으로/빛은 나에게/그 몸을 보여주었던 것이라네/세계의 그 너머를 상상하지 않으리/죽음의 떡을 쥐고/물오리가 나는 강변에서 나는/내 삶과 죽음이 교차하는/해와 달을 보았네/나는 이 세계의 끝에 서 있었다네/팽나무 가지를 꺾어 빈 땅을 두드리며/어디에도 없는 나의 노래를 부르네/존재하지 않는 땅/나 갈

길이 멀어 시장함을 달래고/죽음에 배 부르자 먼저 노래로 시작하
네/나타내어라 세계여/안 나타나면 머리를 구워/삶아 먹으리

— 「구지가」 전문

함성호의 의식은 '금지된 지식'을 찾는 일이 자신의 시적 사명이라 말
하고 있다. 그리고 이 금지된 지식은 바로 여기, '수국이 번성하던 유년
의 흰 마당'에 있다. "아버지 뱀 나온다 하시고/어머니 물가에 가지 말
라 하셨네". 여성적 지혜와 지식의 상징인 뱀은 아버지에 의해 금지되
고, 여성적 힘의 원천인 물가에 가는 것은 어머니에 의해 금지되었다.
자신에게 생명을 주는 근원으로부터 소외되고 영적인 고아가 되어 시
인의 자아는 스스로 바다에 잠겨 세계의 끝, 삶과 죽음이 교차하는 시
간과 장소를 본다. 그는 드디어 영혼의 노래를 부를 수 있게 된다. "나
타내어라 세계여/안 나타나면 머리를 구워/삶아 먹으리". 굽고(불) 삶아
(물) 먹으리. 합일한다. 이 비밀을 알아버린 것은 불행한 일일까? '그곳
에 가본 적이 있는 모든 것을 다 알아버린 자들, 불행한 그대들'(「물숲
에서의 장례」)이기만 할까?

진짜로 불행한 것은, 그가 아직 자기가 서 있는 길이 유일한 길임을
모르고 있으며 그래서 명징한 콘텍스트를 생산해 내지 못하고 있다는
사실이다. 아는 것이 문제가 아니라 자기가 무엇을 알고 있는지를 아는
것이 문제인 것처럼. 나는 이 사실을 '금지된 지식'에 관한 맨 마지막 주
석을 보며 가슴 아프게 느낀다. 금지된 것은 우리 자신의 영혼, 즉 실체
인 몸이지 '상상의 몸'이 아니기 때문이다.

그는 '결정의 빛'(「상상의 몸」)을 지니고 있다. 결정, 즉 존재의 크리스탈은 모든 역사를 이기고 탄생하는 것으로서 근대성 탐구가 이루어 내는 드문 보석이다. 이 보석을 얻음으로써 비로소 한 개인의 맥락이 생겨나는 것이다. 그러니 함성호는 어떤 의미에서는 이제 출발 선상에 서 있는 셈이다. 함성호는 이 크리스탈을 '상상'의 몸이라 명명함으로써 불안한 출발을 보여 주고 있다. 그렇다, 출발이다. 그는 무려 56억 7천만 년의 고독을 감내함으로써 존재를 결정화했다. 그러나 그 존재의 집을 제대로 된 언어로 짓지는 못했다. '지'에서 '즈'로 누운 타지마할은 단지 폐허의 재활용일 뿐이다. 함성호가 앞으로 56년 7개월을 더 살 수 있을까? 그동안에 변소에 빠진 나비들을 건져 보송보송한 세계를 나타내어 보일 수가 있을까?

실제로 이 '결정의 빛'이라는 말은 그 자신의 의식을 앞질러 왔다. 그렇더라도, 그의 의식적 자아가 빚어내는 말들의 엄청난 소란에도 그의 무의식 깊은 곳에 들앉은 순결함은 전혀 손상되지 않았다고 나는 믿고 싶다. 그렇다면 그에게 주어진 문학적 소명이란 어떤 것 일까.

백지연은 이 시집 해설에서 함성호를 가리켜 예술적 전위, 즉 아방가르드라고 불렀다. 아방가르드가 의미하는 바는 정확하게 무엇일까. 맨 앞줄에서 싸우는 것? 문학과 문화에서 최전방이란 도대체 어느 곳을 지시하는가? 따져보면 그것은 오지 않은 미래를 위하여 지금 현재와 싸우는 것이다. 그 현재란 과거가 가장 사랑하여 보존해 온 모든 관습과 체계와 상징일 것이다. 텅 빈 미래, 무엇이 어떻게 될지도 모르는 미래를 위해 싸우고 있는 아방가르드의 모습을 상상해 본다. 미래에 등을 대고 서서 밀어붙이며 과거를 향해서는 사나운 혀를 놀리며 나아가는 모습? 나는 다시 정의하고자 한다. 아방가르드란 과거가 쫓아오지 못하도록 뒤돌아서 싸우는 자, 후위라고. 그렇다면 함성호는 아방가르드인가?

함성호는 자신을 쫓아오는 거대한 과거의 파도를 본다. 이 과거는 수많은 책과, 정보와, 지식으로 이루어져 있다. 지식은 어머니를 지워 버리는 아버지의 힘의 원천이다. 그를 진정으로 아방가르드라 불러야 한다면 이것 때문이다. 모더니즘을 꽃피운 역사적 아방가르드들이 전체주의적 절대정신으로부터 '나'라는 것을 건져 내고자 했다면, 함성호는, 적어도 함성호의 시적 자질은 그 '나'라는 것이 스스로를 동일자화하기 위해 '변소'에 던져 버린 나비―타자―를 되살려 내고자 한다. 바로 이 타자들이야말로 그가 앞으로 미래로 나아가기 위해(avant) 보호(guard)해야만 하는 그것이니까. 여기서 나비가 여성의 상징이면서 영혼의 표지임을 굳이 강조할 필요가 있을까? 함성호는 너무 잘 알고 있다. 나비가 저승으로부터 돌아오는 영혼의 꽃들이라는 것을.

왜냐하면 그는 어머니의 상처, 어머니의 슬픔, 어머니의 아름다움을 너무 잘 아는 어머니의 아들, 용왕의 손자이기 때문이다. 중요한 것은 이제 그의 내면에서 말하는 여자의 목소리에 귀 기울여 그것을 명징한 언어로 드러내는 일뿐이라는 것을 그는 알고 있으리라 믿는다. ⵜ

집, 기억에서 현존으로[1)]

— 이향지의 시들

1. 여성시와 시간 의식

이향지의 신작시들을 읽으면서, 우리 시대의 시간 의식을 되살펴 볼 필요성을 새삼 느끼게 된다. 제삼천년기第三千年期, 3rd millennium가 도래할 즈음 사람들은 새로운 시간대가 시작되고 있다는 기대나 준비보다는 세기말이라는 음습함과 절망에 더 많이 몸 바치는 것 같았고, 시인들이 더 그러는 것 같았다. 이러한 현상에 대해 여러 가지로 설명할 수 있겠지만 시간과 역사에 관한 시인들의 태도가 뜻밖에도 안이하다는 점을 지적하고자 한다. 이렇게 볼 때, 여성시의 특징 가운데 하나가 시간 의식이라는 점은 특기할 만하다. 시간 의식은 근대성 인식이라는 점을 고려한다면 여성시가 올바른 방향을 가리키고 있다는 또 하나의 표지

---

1) 『현대시』(4월호, 1999)에 「현대시가 선택한 이달의 시인—이향지」 특집 해설로 실림.

가 될 수도 있다.

여성시 운동이 한국 문학의 시적 근대성 획득이라는 과제와 맞물려 있다는 점에 이제는 별다른 이견이 없는 것 같다. 그리고 이때 근대성이란 용어는 정치적 근대성이 담보하고 있는 민족주의적이고 중심 집약적 근대 이데올로기가 아니라 오히려 탈근대의 이데올로기를 선취하는 인식이라는 점에 대해서도 이제는 웬 만큼 합의에 도달하고 있다.

그런데 여성시로 분류되기만 하면 무조건 근대성을 획득한 셈이 되는가? 1980년대 민중시가 시인 개개인의 구체적이고 역사적인 실천을 담보해야 하는가라는 문제로 늘 골머리를 앓았던 것과 대척점에서 우리 모두는 언어적이고 미학적으로 근대의 어떤 국면을 돌파하는 도정을 시를 통해 제각기 보여 주어야 한다는 부담을 안고 있다. 시인적 자질로는 충분히 여성 시인인 것만으로는 부족하다. 여성시란 잡동사니 꽃다발인바, 꽃 한 송이 한 송이가 나름의 향기와 빛깔과 모양을 다 갖추어야만 한다고 말하면 적절한 비유가 될까?

여기에 또 문제가 있다. 문학적 개체는 생물학적 개체와는 달라서 개체의 발생이 반드시 계통 발생의 제 단계를 되풀이해야 하는 것은 아니다. 앞사람이 끝난 지점에서 다시/달리 시작할 수 있는 어떤 신비로운 연속성이 있다. 그런데도 발생학적 시련의 어떤 단계가 모든 여성 시인들에게서 발견된다고 한다면 거기 머물러 생각해 보아야 한다. 모든 사람이 같은 길을 반드시 걸어야 하는 거라면 정치적 역사적 근대가 은밀히 기획하는 동일자적 세계와 무엇이 다른가. 반면에 걸어야 함이 강제가 아님에도 모든 개체가 제각기 같은 길을 가는 거라면 도대체 왜 그러한가.

바로 이런 의문 때문에 나는 생략 불가능한 사건들에 관심을 둔다. 어렵게 말할 것 없이, 그것은 죽음과 재생이라는 모티브를 둘러싸고 있는 제의적 국면이다. 예컨대, 여성시의 선구자라 할 수 있는 강은교가 『허무집』에서 보여 주었고 김승희가 『태양미사』에서, 김정란이 『다시 시작하는 나비』에서 걸어간 바 있는 그 시작의 모티브, 그것도 그냥 시작이 아니라 늘 '다시' 시작하는 것의 모티브는 그 돌이킴의 주제 때문에 어쩔 수 없이, 아니 어쩌기 위해서 반드시 제의적이다. 이 제의의 성격은 기계적이고 선조적으로 흐르던 시간이 어떤 영적 에너지에 따라 되풀이될 수 있는 순환적 시간으로 바뀌는 도정이다. 우리, 또는 비인칭으로 수행되던 죽음의 연습이 이 시간의 구부러짐에 '나'라는 존재를 얻어 다시 태어나는 과정이기도 하다. 여성시에 대한 인식이 심화되어 갈수록 점점 더 개인적 의례의 성격을 지니게 되는 것 또한 주목할 만한 양상이다.[2] 관습적으로 주어진 낡고 낡은 피동적 여성성을 벗어 버리고 '나'라는 주체'로 '다시' 태어나기 위해 여성 시인들은 여러 가지 형식으로 자기의 죽음을 선언한다. 아니, 점점 더 강렬해지는 자의식으로 죽음을 언어를 통해 살아 낸다. 죽음, 다시 말해 '존재의 불연속성'을 언어를 통해 존재의 연속성으로 바꾸어 놓으려는 것이다.

이향지의 시를 읽으며 특히 마음 쏠리는 부분이 바로 그러한 점이다. 여기 이 시들은 이향지의 기왕의 시들과 마찬가지로 여행이라는 근

---

2) 강은교의 『허무집』에 드러나는 제의적 죽음이 인류적이고 집단적인 주체의 죽음 요소를 많이 내포하고 있다는 점은 「서술시의 자아와 여성시의 정체성 연구」에서 이미 밝힌 바 있다(노혜경, 「서술시의 자아와 여성시의 정체성 연구—강은교의 『허무집』을 중심으로」, 현대시학회 편, 『한국서술시의 시학』, 1998.).

본 모티브에 의존하고 있다. 그러나 「구절리」라든가 「땅끝」 같은 구체적 지명을 달고 나타나던 기존의 공간적 여행과는 달리 잠긴 기억을 향한 시간 여행이라는 특성을 지니고 있다. 이 과정을 통과함으로써 이향지가 획득하려 하는 것이 과연 무엇이며, 그것은 또 우리들 여성시의 얼굴에 어떤 표정을 하나 보태어 줄까.

2. 할머니 집 나가시다

이 여덟 편의 시에서 이향지는 이미 말한 대로 기억 속의 장소를 향한 여행의 도정을 보여 준다. 기억 속으로 되돌아가는 여행이 왜 중요한가를 여기서 상론할 수는 없겠으나 공간적이고 지리적인 여행이 '나'의 존재를 명확히 하지 않아도 되는 묘사적 국면을 포함하고 있다면 시간 여행은 '나'의 표지가 드러나든 숨어 있든 관계없이 바로 그 기억의 소유자인 '나'의 존재를 상정하지 않고서는 근본적으로 수행될 수 없는 여행이라는 점은 언급해야 할 것 같다. 바로 이러한 성질 때문에 시간 여행은 대체로 과거로 회귀하는 자아 탐색과 관련되며 나아가 정도의 차이가 있을지언정 제의적 성격을 수반한다. 과거 회귀는 일정 수준까지는 개인적 기억의 회상과 그에 따른 회복이라는 보상의 성격을 띤다. 그러다 그 속에서 반드시 직면해야만 하는 것들, '나'의 균열을 초래한 트라우마를 만나게 될 때 비로소 '나'를 넘어설 수 있는 계기와 대면하게 된다. 지극히 개인적이던 것이 공적인 맥락을 얻는 과정이 시작되는 것이다. 사실 여성시가 대체로 시간이라는 문제에 천착하게 되는 이

유도 바로 이 때문이다. 즉, 시간에 대한 인식은 소외되고 억압당한 자로서의 자기 정당성을 개인적 역사를 다시 씀으로써 획득하려는 욕망과 관련되기 때문이다.

이 여덟 편의 시에 각별히 주목해야만 하는 이유도 바로 거기에 있다. 김정란이 『구절리 바람소리』의 해설에서 지적한 대로 이 시인에게는 자신이 이미 늦어서 도착했다는 인식이 일종의 전제 조항으로 깔려 있다. 그러한 인식은 자신의 자리를 늘 세계 내 공간에서 찾으려는 몸짓으로 나타나게 된다. 말하자면, 이향지는 한사코 산으로 산으로만 가는 자신의 지향이 지닌 진정한 의미를 어느 정도 외면하고 있었던 셈이다. 난 이미 늦었으니까, 그러니까 '다시 시작'할 수는 없어. 단 한 방에 해야 돼. 그러나 이 시편들에서 그녀는 공간적 이동의 축을 시간적 회귀의 축으로 바꾸어 놓고 있다. 지상의 방 한 칸이 아니라 기억 속의 집을 찾아가는 도정이 시작된 것이다. 이러한 변모의 의의는 나중에 살피기로 하고 일단 그 시간이 어떤 방식으로 조직되어 있는가 살펴보자.

이향지는 자신의 정체성을 늦게 온 여자, 할머니라는 이름 위에 설정한다. 그러나 그것은 처음에는 화해로운 설정이 아니었다. 함께 발표된 다른 일곱 편의 시들과 유기적이고 서사적인 관련 안에서 자신의 새로운 이미지를 획득할 때까지, 단순히 생물학적 표지로 국한시킨 할머니라는 상황이 이 시인에게 얼마나 불편한 것인지를 살펴보자.

> 늦었어요, 섬섬옥수/몽당비 되도록 길을 쓸며 걸어왔더니, 무서리/다음엔 된서리/다음엔 눈꽃 핍디다//탄식할 틈도 없이, 별별 백발이 다 날아와 꽂히며/흰눈을 뜹디다

머리에 백발이 성성한 여자, 그녀가 늦은 것은 다른 이유가 아니다. '섬섬옥수'가 '몽당비'가 되도록 '길을 쓸며 걸어왔'기 때문인데 아마도 자신을 위한 길 쓸기는 아니었다는 것이 '탄식'이라는 말이 의미하는 바다. 그렇기 때문에 그녀는 자신의 현재 모습인 '할머니'를 받아들이지 못한다. 흰머리가 '하얀' '새싹'이라고 말하면서도 한편으로는 산에 올라가 '칼바람'으로 자르고 와야겠다고 할 정도이다.

이 산 오름이 다소간 제의적인 성격을 품고 있다는 것은 형태적 변화를 얻는다는 구도를 통해 쉽게 감지된다. 칼바람에 머리를 잘리는 것은 밤이라는 시간이며(은하銀河에 머리 감고 까마귀를 날리며/아침 산을 내려갑니다), 이 밤에 바로 산 정상에 올라 우주와 소통하고 흰머리가 검은머리가 된다. 그러나 엄밀히 말해 이 제의는 제의의 모사본이다. 시인이 자신의 늙음을 인지하게 되는 것은 '거울' 때문이다. 그 백발은 알고 보면 '새싹'이라고 '거울'이 이미 말해 주고 있음에도 시인은 그 사실을 알아채지 못한다. 그는 전형적인 제의 장소인 산을 찾아가고 거기서 백발을 '까마귀'와 바꾸고 내려온다. 그러나 거울 안에서 자기에게 말 건넨 어떤 존재를 인지하지 못하고/싹 무시하고 있기 때문에 이 산 오름은 계속될 수밖에 없다. 두 번째 시인 「거울을 가두고」에서 이러한 정황은 더욱 명료하다.

산에 간다. 글쓰는 나, 옷 벗는 나, 쳇바퀴 속의 나, 권태와 벌거벗고 싸우는 나, 창 밖을 우두커니 내다보는 나, 내 전신을 가두던 거

울을 골방 속에 가두고

— 「거울을 가두고」에서

이 기묘한 진술은 꼼꼼히 풀어볼 필요가 있다. 이 '나'들은 일상에
함몰되어 있는 내 전부이다. '거울'은 그러한 '나'를 되비출 뿐 실제로
는 '나'를 규정하지 않음에도 '나'는 내가 거울 속에 갇혀 있다고 느낀
다. 그렇다면, '내'가 거울에 갇혀 있다면 집을 나가 산으로 가는 것은
누구인가? 그리고 내가 거울 속에 갇힌 것이 맞다면 거울을 골방에 가
두는 행위는 '나'를 나 자신이 유폐시키는 것은 아닌가? 계속 읽어 보
는 수밖에.

산에 간다. 골방 문을 활짝 열어 내가 내다보던 창 밖을 내다보
게 하고, 벗어놓은 옷, 젖은 머리칼을 훔쳐주던 타월, 발 닦던 융단
조각, 내가 남긴 물기들이 흐릿하게 물안개를 만드는 골방에서, 권
태의 구름에 휩싸이게 하고

…시계바늘은 돌아가고, …시계바늘은 돌아가고, …죽은 시간들
은 이파리 하나 피워내지 못하고, …창 밖이 캄캄해지도록 내가 오
지 않아 더불어 캄캄해지는 제 몸 바라보게 하고,

— 「거울을 가두고」에서

'나'는 '나'를 유폐시켰나? 그렇지 않다. '나'는 처음부터 골방 속에 있

었고, 미리 유폐되어 있었고, 오로지 보이기만 하는 자, 거울 속에서 살림을 차린 자이다. 거울 밖의, 산에 가는 '내'가 도리어 '나의 반영', 곧 '그림자'이다. 그러나 이 '그림자 나'는 기묘하게도 '퍼소나'의 얼굴을 하고 있다. '몸인 나', 즉 '나'라는 실체를 오히려 거울 속에 가두고 산이라는 유사 신전에 가서 유사 젊음을 덮어 쓰고 내려오려 하는 세속적인 '나'이기 때문이다. 세속적인 '나'는 당연히 힘이 세다. 진짜인 '나'는 그가 돌려 세우는 대로 돌아서 있고, 그가 보라는 대로 보고, 그가 기다리게 하는 대로 기다리는 수동적인 존재, 비추이는 대로 고스란히 보아야만 하는 존재로서 골방 안에 있을 뿐이다. "시계바늘은 돌아가고" 시간은 오래 흘러간다. 그러나 진짜 시간은 죽어 있다. '나'와 '나' 사이의 분열, '나'와 '내 몸' 사이의 불화가 시간을 죽인 것이다.

이 불화가 어디서 기인하느냐고 묻는 것은 어리석은 일이다. 오히려, '전신', 즉 온몸을 거울 속에 가두고, 그것도 모자라 그 거울을 또 '골방 속에 가두고' 집 밖으로 떠도는 것이 이향지의 현재라는 사실이 중요한 것이다. 그러한 불화가 없었다면 그녀가 "늦었어요" 라고 말하면서도 '섬섬옥수/몽당비 되도록' 길을 쓸고 또 쓸며 왜 왔겠는가.

이제 거울은 "날아오른다!" 기실 '나'는, 거울이 날아오르기를 '기다리'고 또 '기다'려 왔는지도 모른다. '나'의 퍼소나는 '투쟁에서' 패배했고 그가 패배한 진짜 이유는 거울 속의 내가 '미소짓게 하'기 위해서였다. 언제부터인가 유폐되어 거울에 갇히고 골방에 갇힌 내 '전신[3]'이 제 '발목 자르고' 싶도록 간절했기 때문이다. 자정을 넘은 시각에 '나'는 돌

---

3) 이 전신全身을 나는 전신前身으로 읽고 싶은 충동을 느낀다. 사실 할머니란 현재의 몸이면서 또한 오래된 어떤 여자이니까.

아오지만 대신 거울은 집을 나갔다. 새 떼와 더불어 날아올랐다. 이것은 아슬아슬한 심리적 싸움이다. 어쨌든 거울 속에 있는 것은 '나'라는 세속적 존재를 악착같이 할머니로 보아내는, 몸의 감각에 훨씬 충실한 그 누군가이기 때문이다.

그런데 거울에 가둬진 채로, 거울을 끌고, 새처럼, 날아오르다니? 이 이상스런 비행의 의미는 그 다음 시인 「창없는 겨울이 지나간다」에서 밝혀진다. 지금까지 가 보지 못한 방향으로 여행이 시작된 것이다. 시간의 축을 거슬러 기억의 창고 속으로. 그러니까 한라산 꼭대기에서 젊음을 얻어내기 위해 모조품 제사를 지내던 할머니는 골방을 박차고 날아오른 다음 진짜 젊음이 기다리는 옛날로 돌아가는 것이다. 그 젊음은, 그러나 과히 행복한 젊음은 아니었나보다. '창 없는 겨울', 출구가 없는 '길고 어두운 동굴'. 이향지는 이 동굴을 닫혀 있는 여성적 공간으로 쓰고 있다. 성도 속도 아닌 박쥐가 '똥싸고 푸득거리는' 곳. 버려야 마땅한 여성적 자질들의 집합소. '창—집의 눈—이 없는 겨울'이라는 이미지로 포착되는 그녀의 삭막하고 버림받은 젊은 시절은 남성적 원리에 여성적 원리가 철저하게 굴복당하던 시간이었나 보다. 어머니는 허벅지를 찔러 가면서 모은 토막초로 날더러 공부하라 공부하라 하시고—그래서 남자처럼 되라 하시고—아무리 쫓아도 쫓아지지 않는 박쥐는 아버지의 법인 불로 '쫓아야겠는데 성냥불은 이내 꺼'지고.

오래고 오랜 겨울이 지나간 다음 그녀는 겨우 동굴 밖으로 나온다. 물구나무서서 완벽한 항복자의 모습으로 발가락에는 불까지 지르고. 매화꽃 만발한, 비로소 봄인 비탈밭에는 그러나 재 냄새가 난다. "아무도 없는데"? 이미 창 없는 겨울은 '지나갔'고, 박쥐들은 동굴에 가둬 버렸고. 겨울도 견디고 더러운 여성성의 동굴도 빠져나왔는데? 그런데 그녀가 태워 버렸던 것, 그 재는 무엇의 재일까? 내 열 개의 발가락, 또는 초가지붕 아래 다시 모셔온 엄마? 이렇게 무서운 의문을 풀기 위해 아무래도 시인은 더 가지 않을 수가 없다. 「풍경의 저쪽」으로.

3. 할머니 집이 없으시다

    몸 바꿔 바라보는 사이에 다리를 건너왔다. 왼쪽 옆구리에 붙어 있던 중랑천이 오른쪽 옆구리에 붙어있다. 왼쪽에서 중랑천을 읽고 있던 왜가리가 오른쪽 중랑천을 뒤적거리고 있다. 오랜 가뭄으로 얇아진 중랑천. 왜가리의 두 발이 뒤적뒤적 뒷장을 들어올릴 때마다, 타는 모래의 말들이 중얼중얼 떠올라 하류로 간다.

— 「풍경의 저쪽」에서

    시인은 다리를 건너고 있다. 그런데 가는 방향이 중요하다. 오른쪽에서 출발하여 왼쪽으로 가는 것이다. 이 방향의 상징주의는 맨 마지막 시에서도 한 번 더 나타나면서 이것이 단순한 공간적 이동이 아님을 드러낸다. 오른쪽이 표상하는 질서 잡히고 위엄 있는 세계, 우리가 간단히 아버지의 세계라고 말은 하지만 그렇게 쉽게 거부해 버릴 수는 없는 그 세계로부터, 왼쪽이 표상하는바 이향지로서는 되돌아가기 쉽지 않은 어떤 고통스런 기억을 포함한 여성적 자질들의 세계로 이동 중임을 드러내는 것이다. 과연 우리는 다리 위에서, 다리를 건너며, 이향지에게서는 좀처럼 나타나지 않는 종교적 용어들이 등장하는 것을 보게 된다. 물의 성경, 불의 아버지, 날개교의 순교자, 불새들의 비상 같은 이미지들은, 물론 내면의 깊은 곳에서 우러나온 상징이라기보다는 시인 자신의 말처럼 "몸바꿔" 바라본 비유에 불과하다. 그러나 그 이미지들의 작위성에도 이 다리 건너감의 주제가 대단히 의미심장한 종교적 함의를 지니고 있다는 사실 만큼은 충분히 시사해 준다. 다리를 건너는 것은 곧 존재를 변화시키는 일이 되는 것이다.

「집 없는 기억」은 다리를 건너 풍경의 저쪽에서 일어난 사건이므로 이중적 의미를 지닌다. 겉으로는 가난해서 셋방살이를 전전하며 이사 다니던 기억이다. 그러나 안으로는 안주할 곳을 얻지 못한 기억이 된다.

　　　모퉁이를 돌아가면 또 모퉁이/넓은 길은 좁아지고/

　　　(…중략…)

　　　모퉁이를 돌아가면 또 모퉁이//한번 좁아진 길은 몇 번을 꺾어 돌아도/넓어지지 않고/

　　　(…중략…)

　　　장롱에 딸린 거울은 쓸데없이 커다란 하늘을 담고

　　　　　　　　　　　　　　　　　　　　　— 「집 없는 기억」에서

이 굽이굽이 도는 모퉁이는 분명 '길고 어두운 동굴'(「창 없는 겨울이 지나간다」)의 변형이며, '장롱에 딸린 거울'은 골방에 갇힌 거울의 간히기 전의 모습이다. '축 늘어진' 아이를 업은 아줌마가 된 시인은 거울 속에 가두어진 할머니와 동굴에 갇힌 어린 소녀를 리어카에 싣고 살 집을 찾아간다. 이 찾아감은 한 번으로 끝나는 것이 아니라 일곱 번씩 되풀이된다('일곱 번 리어카를 따라가니 조그만 기와집'). 일곱 번은 실제로 리어카 일곱 대 분량밖에 안 되는 가난뱅이 살림을 뜻할 수도 있고 일곱 번씩 이사했던 기억일 수도 있다. 실제가 어떠했건 일곱 번이라면 영원히 되풀이되는 것이나 다름없는 수이다. 그리하여 마지막에 다다른 곳이 조그만 기와집인데도 이 시의 제목은 「집 없는 기억」이다. 집이 없는 이유는 이 집이 나의 소유가 아니기 때문이다! 아, 물론, 셋방살이니까 내 집이 아닌 것은 당연하다. 그러나 보다 근원적인 이유에서 시인은 자신에게 집이 없음을 '기억'해 낸다. 이 '기억', 말하자면 '나'는 집도 없이 떠도는 자의 운명을 이미 '기억'하고 있는 것이다!

집을 나간 할머니는 자신의 실존이 갇혀 있는 거울을 깨고자 과거로 여행을 시작한다. 그러나 만나는 것은 '집 없음'이 이미 '기억'으로 새겨진 자신의 운명이다. 그러나 사람이 집 없이 살 수 있을까? 이번에는 리어카라는 외적 레퍼런스가 아니라 마음 저 깊은 곳에 자리 잡은 기호 하나가 '나'를 데리러 온다. '깊은 우물', 이 우물곁에 있던 지은 지 88년이나 되는—말하자면 거의 태초부터 있던—집, '갈비뼈가 하나 더 모자란' 단감나무가 있던 집.

이 집에서 시인은 '할머니'로서 자아의 원형인 '노파'를 만난다. 사적으로는 시인 자신의 어머니인 '노파'는 소외된 존재이며(미수米壽에도 생일상을 받지 못한 볍씨 한 톨), 낡은 기억 쪽으로만 창을 열어두는 퇴행적 존재이다(단감나무 자리에는 작은 창이 있는 방을 만들어/밤마다 불빛을 걸어둔다).

현실의 어머니와 거울에 갇힌 시인의 진정한 자아인 '할머니'는 시인의 마음속에서 뒤섞인다. 이제 왜 세속적인 '나', 나의 퍼소나가 '할머니'를 거울 속에 가두었는지 우리는 이해할 수 있게 되었다. 시인의 어머니, 어떤 이유에선지는 모르지만 가족들이 버린 어머니.

> 깊은 우물이 말라간다/아무도 돌보지 않는 낡은 집이 기우뚱하다/수 십 년 된 요강을 방문 밖에 갖다놓고/돋보기와 틀니를 손닿는 곳에 두고/전화기를 바짝 당겨놓고 누웠다
>
> — 「노파」에서

그러나 이 어머니는 여성성의 원형으로서 바로 '깊은 우물'이 아닌가? 그리하여 바로 '내'가 찾아가려는 그 '집'이 아닌가? '노파'야말로 시인이 획득해야만 하는 진정한 여성적 자질의 소유자이며 시인 자신도 그 점을 알고 있다. 이미 '깊은 우물'이라고 부르고 있기 때문이다. 그렇다면 시인은 왜 이 '노파'를 받아들이지 못하고 있나?

이것은 일종의 상처다. '창없는 겨울'의 계절에, '나'에게 토막 촛불을 모아주던 어머니에겐 그 자신의 세계수인 단감나무—문맥상으로 보아 세상을 떠버린 아들—가 이미 있다. 죽어 버린 단감나무, 그러나 나에겐 '창'이 없는데, 이 단감나무에겐 '작은 창이 있는 방'이 주어진다. 어머니가 그 방을 만들어 '밤마다 불빛'까지 걸어 둔다.

여성에 의해 여성이 거부당하는 기억—우리 모든 딸들이 '기억'하고 있는, 그러나 한 번도 기억 바깥으로 불러내 '현존'시키지 않은 이 거부

의 경험—이, 아들들처럼 그렇게 쉽게 '어머니'라고 부를 수 없는 그 늙은 여자에 대한 상처가, '말라가'는 '깊은 우물'을 내버려 두고 '아무도 돌보지 않'아 '낡은 집이 기우뚱'하도록 옆으로 밀어내게 된다. '방문 밖'의 오래된 '요강'처럼.

그러나 돌이켜 보면 어머니는 '우물'이자 '요강'이 아닌가? 온갖 가부장들의 더러움을 한 몸에 받으며 그 물을 길어 밥도 짓고 빨래도 하며 '가슴'만 '타'는? 모든 여성들의 한 그 자체인? 그랬군. 이제 시인은 마음이 바쁘다.

> 깊은 우물을 찾아간다
> 가도, 가도, 길이 멀다
> — 「노파」에서

'창 없는 겨울'을 깨고 내가 빠져나올 때 남긴 재는 바로 내 어머니의 타버린 가슴이었는지도 모른다. 이 사실을 시인은 감추어진 기억을 더듬어 비로소 알게 된다. 늙은 어머니는, '노파'는, 말하자면 '할머니'는, 그 오래된 상처의 기억을 딛고 비로소 시인 자신 속으로 불려 들어온다. 아버지의 반듯한 '집'은 없지만 대신에 어머니의 '깊은 우물'이 있지 않은가? 아니, 이미 할머니인 시인 자신이 바로 그 깊은 우물이 아닌가!

> 깊은 우물의 노래는 깊은 우물에게만 들린다
> — 「노파」에서

4. 할머니 없는 집에 계시다

이렇게 하여, 기억 저편에 감춰진 그 무언가를 불러내는 데 성공한 이향지에겐 마지막으로 해야 할 일이 있다. 그것은 거울 속에 '나'를 가둔 '또 다른 나'와의 화해이다. 아니, 화해 이전에 그의 존재를 인정하는 일이며 그 존재와 만나는 일이다. 이러한 내적 사건을 우리는 '타자와의 대면'이라고 쓴다. '타자'.

분명 '나'인데, 어떻게 그 '내'가 '나'에게 그토록 낯설 수 있는지 믿어지지 않지만 이향지는 그 낯섦을 수납하기로 한다. 거울 속의 할머니는 바로 잘 살고 싶은 사회적 자아인 내가 골방에 가두어 놓은 존재이고, 말라 가도록 내버려 둔 우물이며, 허물어져 가는 내 존재의 진정한 집이었던 거다. 그러니 집은 바깥에 있지 않다. 내 안에, 내 존재의 더그매, 그 좁디좁은 방에 숨겨져 있던 것이다. 이향지는 「더그매」에서 그를 '나의 천장. 천장 위의 천장'이라고 쓴다.

> 내 천장 위의 천장, 그의 속은 캄캄한 어둠. 그에게로 가는 길은 멀다. 24개의 계단을 올라간다. 서쪽 끝에서 동쪽 끝까지 좁은 통로를 따라간다. 딱딱한 외벽에 닿게 된다.

> 빗방울과 쥐 오줌이 얼룩을 만드는 얇은 천장 아래, 아기 기저귀를 가득 널어놓고 다른 냄새를 조금씩 알아가던 때―. 그때는 어렴풋하던, 내 머리 위의 심연.
> ― 「더그매」에서

'나'는 그를 본다. 아직 '그의 속은 캄캄한 어둠'이지만, 깊어서 속이 안 들여다보이는 "깊은 우물"이지만, 이제 그 '심연'은 아래가 아니라 위에 있다. '내 머리 위'에. 비록 냄새나고 축축한 어둠처럼 보이지만 나는 '좁은 통로', '모퉁이를 돌아가면' 계속 좁아지기만 하던 골목(「집 없는 기억」)을 따라 집 아닌 집에 도달한다. '그'가 있는 곳에. 24개의 계단은 '24시간의 등불'이다. '그'와 '나' 사이엔 '몇 억 년의 시간'이 가로막고 있다. 그러나 동시에 내 일상의 시간 위에 그는 언제나 겹쳐서 흐르고 있다.

> 그가 내 등불을 들고 있다. 그가 내 24시간의 등불을 들고 있다. 그가 내 24시간의 등불을 고통스럽게 들고 있다. 어둡고 어지러운 선(線)들은 모두 자신 안에 가둔 채, 깔끔한 천장과 빛은 모두 내 쪽에 둔다.
> ─「더그매」에서

과연 그렇다. 그는 내 안의 타자, 내가 깔끔하고 밝은 쪽에서 살아가기 위해 골방에 처박은 그 불쌍한 여자다. 「거울을 가두고」에서 '내'가 가두는 대로 갇혀 있던 이 타자는 「더그매」에 이르면 '나'를 위해 자발적으로 소외된 자로 나타난다. 이향지의 미덕은 이 타자와 섣불리 하나가 되려 하지 않는 점이다. 마음이 그렇게 흐를 그때까지, 이 '그'가 사실은 '나'라는 것을 이미 알면서도 이향지는 마지막까지 3인칭을 고수한다. 이것은 또 다른 소외일까? 물론 그렇지 않다. 이 골방에 처박힌

자를 만나러 가는 길이 '함께 어두워지는' 일이며 동시에 '위'를 향한 도정이라는 것을 이제는 알기 때문이다.

　　나는 그의 고통을 양식으로 나의 고통을 詩로 쓴다. 함께 어두워 지기를 그는 얼마나 비는가!
　　　　　　　　　　　　　　　　　　　— 「더그매」에서

「그림자의 언덕」은 지금까지의 시간 여행—다른 말로 하면 내면을 향한 도정—이 도달한 지점을 보여 준다.

　　지나간 것들—, 지나간 것들의 그림자—, 혹은
　　지금이거나, 아직 오지 않은 시간의 그림자일 수도—,
　　언제였는지 언제일지는 알 수 없지만, 어느 새벽에 내가 본
　　그림자 사람들, 그들이 침묵으로 오르고 있던 왼쪽이 더 높은 언덕

　　모자 달린 만티카 자락 발목까지 치렁거리며
　　언덕을 오르는 세 사람—, 앞사람은 잠깐 사이에
　　커다란 보퉁이였나 보다. 뒤에 선 사람은 잠깐 사이에
　　칭얼거리는 아기였나 보다, 가운데 선 사람은 잠깐 사이에
　　앞에 섰던 보퉁이를 이고 뒤에 섰던 아기를 업으려고 언덕에
　　쭈그려 앉았나 보다. 둥글고 환한 빛이 중세의 수도승 같은 사람들
　　그림자를 가두고 한쪽 측면만을 투명하게 비추다 이내 캄캄해지
　　던 것

그리고 또 한사람―, 가장 나중에 오르던 사람―,

저 아래 쪽 숲에서부터 아주 밝은 랜턴을 들고, 줄기

위에서 쉬고 있는 빛깔 없는 구름들을 흔들흔들 비춰보며

구불텅거리는 숲길을 올라온 사람. 지나간 사람들을 찾으러

왔다고 생각되던 사람. 그 역시 수도승처럼 검고 긴 만티카 차림.

랜턴 빛으로 나를 잠깐 비추며, 무엇인가 묻던 사람―. 내 대답을

듣기도 전에 언덕 쪽으로 돌아선 사람. 이내 희미해지고 숨죽이

던 빛

그날 그 새벽 숲에서―, 어두운 새벽 숲이라고 생각되는 곳에서―,

나는 내가 있는 곳을 알았다. 이 숲에선 내가 다만 바라보는 者

라는 것도―,

나는 대답하지 않아도 대답을 듣는 者라는 것도―,

― 「그림자의 언덕」 전문

이 종착지에서 시인은 이 장소의 이름을 '그림자의 언덕'이라고 지어

준다. 그림자라는 이미지는 처음부터 되풀이하여 등장하는 '거울' 이미

지를 업고 볼 때 그 뜻이 선명해지는 이미지다. 거울에 비친 것, 아, 지

금은 희미한 것, 그러나 언젠가는 뚜렷이 보일 그것. 그 장소가 그림자

의 언덕인 것은 이곳이 시인의 내면성이 드러나는 장소이기 때문이다.

지상에는 없는, 한라산도 금강산도 아닌 곳, 구절리도 토말리도 아닌

곳, 기억 속에만 있는 장소.

그런데, 이 '기억'은 어쩌면 아직 발생하지도 않은 기억일 수조차 있다. 그 때문에 시인은 '아직 오지 않은 시간'의, '언제였는지 언제일지' 알 수 없는 어느 '새벽'이라고 말한다. 인류의 깊은 내적 단일성으로부터 길어 올린 깊은 우물물은 반드시 내가 체험하지 않아도 나의 내면을 충만하고 풍요롭게 해 주는 오래된 기억이다. 다만, 그 언덕에 가 닿기가 그토록 힘들 뿐.

이 시는 형태상으로도 대단히 암시적인 구조로 되어 있다. '그들'— 이 그들이 누구인지는 잠시 후에 알아보기로 하자—은 '왼쪽이 더 높은 언덕'을 오르고 있는데 독자는 왼쪽에서 오른쪽으로 내려오며 읽게끔 되어 있다. 다시 말해, 시인의 내면적 자아가 이 언덕을 오르는 의미를 인식하는 과정을 따라 시인의 현실적 자아 또한 의식화되어 간다는 점을 드러내는 것이다. 이러한 점을 염두에 두고 차근차근 읽어 보자.

두 번째 연에서 등장하는 세 사람—비록 그들이 모자 달린 만티카 자락으로 몸을 감싸고 있어 누구인지 볼 길 없지만 우리는 이미 그들이 누구인지 안다. 맨 앞 사람은 '보퉁이', 단감나무 옆 작은 방에 매달린 단감 같은, 바로 그 '노파'의 변형이다. 맨 뒤의 '아기'는 「창 없는 겨울」에서 '길고 어두운 동굴' 속으로 더 깊이 들어가 버린 젊다 못해 어린 여자이다. 그리고 그 둘을 이고 업고 언덕에 쭈그려 앉은 가운데 사람은 없는 집을 찾아 골목을 돌고 돌던 아줌마 시인이다. 셋이지만 한 몸이 된 그들은 흡사 중세의 수도승 같은 이미지로 제시된다. 상처로 각인된 개인적 기억이 아니라 되풀이되는 보편적 기억의 제사에 등장인물이 된 것이다. 섬광 같은 둥근 빛 속에서 잠깐 '나'에게 계시되고 그들은 이내 '캄캄'해지지만 3연에 이르면 마침내 '빛'을 든 사람이 등장한다. 그는 '아주 밝은' 빛을 이미 들고 있으므로 어둠 속에 있지 않다. 앞의 세 사람을 종합하며 '나'의 새로운 파트너로서 내 내면에 발생한 그 인물은 내게 말을 걸어오지만 대답을 기다리지 않는다. 이미, 나는 그가 말하지 않아도 알게 되었기 때문이다. 시인은 자기가 있는 자리와, 자기가 누구라는 것을 이제는 알았다.

> 그날 그 새벽 숲에서―, 어두운 새벽 숲이라고 생각되는 곳에서―,
> 나는 내가 있는 곳을 알았다. 이 숲에선 내가 다만 바라보는 者라는 것도―,
> 나는 대답하지 않아도 대답을 듣는 자(者)라는 것도―,
>
> ―「그림자의 언덕」에서

이렇게 해서 이 길고 긴 마음의 여행은 일단 끝이 났다. 할머니이자 젊은 여자이며 그 이상의 무엇, 오래된 어둠이기도 하던 여러 겹의 '나'는, 아무 곳에도 없지만 내 안에 있는 자아의 집인 새벽 숲에서 진정한 내 타자와 만나고 헤어진다. 행복한 결말.

우리 모두가 적어도 한 번은 '자아'라는 진짜 집을 얻기 위해 되돌아가지 않으면 안 될 '기억' 안으로 가는 길을, 그 방법을 이향지의 시간 여행은 선명하게 보여 주고 있다. 그런데 이 돌아감이, 그 길을 보여 주는 일이 왜 중요할까.

적어도 내 생각으로는, 은폐되거나 위장되었던 '기억'은 언어로 드러나야 비로소 '존재'를 얻는다. 이향지 식으로 말하면 랜턴을 들고 비추어야 한다. 하이데거는 기억만이 진정으로 존재하는 것이라고 했지만 그 말은 불완전하다고 나는 느낀다. 기억은, 그 기억을 불러내 지금 이 시간에 세우려는 언어적 노력 없이는, 아니 바로 그 '언어'가 없이는 '현존'하지 않는다. 그 '현존', '지금 여기' 있는 그것 없이는 우리 모두는 존재의 그림자일 뿐이다.

이 제의적 여행이 다시 되풀이될 것인지는 아무도 모른다. 어느 날이고 '내'가 불행할 때, 내 거울에 또다시 갇힌다고 느껴질 때, '다시' 새벽 숲으로 돌아오리라. 그 돌아옴의 예감을 담고 시는 쉼표로 닫힌다. 그러니까 완전히는 닫히지 않는다.

시간을 축으로 한 여행이 경험의 한계를 넘어설 때 무슨 일이 일어나는가를 우리는 방금 이향지의 시를 함께 읽으면서 알게 되었다. 그렇다면, 왜 유독 여성 시인들이 내면으로 향하는 여행을 거듭 떠나는 것일까? 물론 이 질문은 이 글의 한계를 넘어선 주제다. 하지만 단 한 가지만큼은 덧붙이고자 한다. 그곳이 '이 완벽한 세계'이든, '별'이든, '그림자의 언덕, 또는 새벽 숲'이든,[4] 시인들은 혼자 가려 하지 않는다. 그 여행이 비록 우리가 방금 본 것처럼 고통스러운 기억을 극복해야 하는 것이라 해도 한 시인이 말길을 내어 주면 따라가는 사람들은 훨씬 덜 고통스러울 수 있다. 이것이 바로 이향지의 시가 우리에게 해 준 그 일이다. 🚶

---

4) '이 완벽한 세계'는 박서원의 시집, '별'은 김혜순 시집 '어느 별의 감옥', '그림자의 언덕 또는 새벽 숲'은 이향지 시의 한 구절에서 따온 말이다.

물물物物과 높이, 두두頭頭와 그림자
— 오규원 시집 『토마토는 붉다 아니 달콤하다』

1. 오규원을 읽는 '유일한' 독법

오규원은 우리 시 문학사상 방법론에 가장 관심을 드러낸 시인 중 한 사람이다. 그러나 방법론에 기울어진 관심은 지금 우리 문학 현장에서 얼마나 위태로운 일인가. 시인이 방법론—정확하게 말하면 형식—에 두드러지게 경사될 때 그의 시를 이론시라고 폄하하곤 한다. 오규원 시의 올바른 평가와 이해를 위해서는 이러한 폄하의 배후에 있는 기이한 고정 관념들을 짚고 넘어가야 한다.

우선 시는 서정이라고 하는 고정 관념이 있다. 전통적 서정시를 선호하는 이러한 편견은 문학사적 발견이나 실험을 언제나 무위로 돌리고 만다. 시인은 주체가 아니라 서정 장르에 귀속되는—서정성을 운반하는 말의 하인에 불과하다는—17세기적 시관이 시도 때도 없이 고개를 든다. 또한 그 연장선에서 시의 가치는 인생론적이거나, 사회에 유익하거나, 교훈적인 것이라는 등 주제 자체에 함몰되는 고정 관념이 발생한다. 나아가, 시인의 시론이라는 것은 방법적 가치와는 무관하고 오직 사상적인 가치를 지닌다는 관념, 시론이란 시를 학문적이고 객관적으로 이해하려는 잣대일 뿐 시인이 실험할 때는 공연히 시를 어렵게 만드는 현학 취미에 불과하다는 기이한 고정 관념이 아무런 반성 없이, 거의 무의식 수준으로 침윤돼 있다.

시론을 말하는 시인은 실은 시를 못 쓰는 시인이라는 고정 관념, 시인은 시론이 아니라 오직 시로 말해야 한다는 고정 관념도 있다. 요즘 시가 유행 담론 위에 세워진 부실한 건물일 수밖에 없는 이유가 이런 고정 관념들 탓이라 해도 지나치다 할 수 있을까. 이러한 상황에서는 오규원처럼 엄정한 방법적 자각 아래 시를 쓰는 시인들은 어쩔 수 없이 '등기되지 않은 현실'의 주민이 되고 만다. 물론, 방법에 치우친 관심이 수사학이나 시적 기교로 빠질 때 우리는 그것을 거품이라 불렀다. 그렇게 불려도 마땅하다. 그러나 방법론을 '시적 기교[1]'라는 오해 받기 쉬운 말로 곧바로 바꾸는 것은 부당하다. 근대적 세계관의 정초를 놓은 데카르트의 철학이 '방법'이라는 말을 달고 있음을 상기할 필요가 있을까? 내용과 형식을 분리시킬 수 없다는 공리를 굳이 되뇔 필요가 있을까?

최소한, 우리는 우리가 살고 있는 이 시대와 인간 자신이 어머니인

---

[1] 특별히 오규원의 시 작업에 기교라는 말이 따라 다니는 것은 다분히 시인 자신의 수사적 언어에 힘입은 바 크다. 그러나 오규원의 '기교'라는 용어는 실은 아이러니적 인식의 소산이라 할 수 있다. 이에 대해 김정란이 탁월하게 밝힌 바 있다(김정란, 「살의 말, 말의 살 또는 여자 찾기」, 『비어있는 중심』, 청하, 235쪽 이하 참조.). 오규원은 방법론적 자각을 기교로 오해하는 당대 인식의 맞은편에서 보다 적극적으로 자신을 기교주의자로 명명한다. 이처럼 시적 행위를 통해 자신의 방법론을 관철시키려 했다는 것이 문맥에서 드러난다. 이때의 기교란 아이러니하게 기교이다.

자연의 품에서 이미 유리되어 도시와 인공의 공간으로 밀려나온 존재라는 것을 인정해야만 한다. 그것을 인정할 때에야 오규원의 방법론이 사실은 자신의 토대에 근본적 질문을 시작하는 새로운 시학이자 인간론이라는 것을 이해하게 될 것이다. 다른 말로 하면 그의 시론은 시인이 세계를 '조직'하기 위해 대상을 처리하는 방법이며 세계 인식의 틀이다. 그렇다면, 자기 시론에 대한 자각이 없다는 것이 오히려 현대를 사는 시인으로서는 수상한 일이다.

시인에게 시란 자신의 시관을 관철해 가는 과정이며, 또는 반대로 자신의 시관을 형성해 가는 과정이기도 하다. 오규원은 그러한 의미에서 우리 시의 모더니즘을 극단까지 밀고 가는 시인이다. 그러므로 오규원의 시를 읽는 유일한 방법은 시인 자신의 시론과 시가 얼마만큼 상응하며 또 배반하는가를 살펴보는 일이 될 것이다.

2. 두두물물頭頭物物과 날生 이미지

그렇다면 오규원의 시론은 무엇인가. 솔직히, 딱 잘라 대답하기 쉽지 않다. 시인의 시론이란 논리적이고 사변적인 담론의 형식으로 전개되는 경우보다는 자신의 삶을 관류하고 조직하는 상상력의 패턴을 따라 이리저리 구불거리게 마련이기 때문이다. 비교적 명료하게 산문에서 자기 시론을 개진한 오규원도 예외는 아니다. 첫 시집 『분명한 사건』에서 시집 『토마토는 붉다 아니 달콤하다』에 이르기까지 전 생애를 아우르는 오규원의 시론이 어떠한가를 묻기는 쉽지 않다. 다만, 이 시집의 경우, 그의 말처럼 "'두두물물頭頭物物'의 말—현상적 사실—을 날것, 즉 '날生 이미지' 그대로 옮"기는 것을 시 쓰기의 사명으로 알겠다는 점은 분명해 보인다. 따라서, 두두물물頭頭物物이 무엇이며 날 이미지가 또 무엇인가를 그의 시를 통해 파악하고 해명하는 일이 이 글의 목표다.

맨 처음 제기할 수 있는 문제는 '현상'과 '사실'이라는 두 개의 말 조합이다. '사실적 현상'과 '현상적 사실'은 이해하기 쉽지 않은 용어다. 이 말이 내포하는 의미를 파악하기 위해 이 시집의 해설자가 인용한 다음과 같은 대목2)을 다시 인용해 보려 한다.

세계를 읽는 데는 ① **사실을 사실로 읽을 수 있는 시각**이 중요하다. 그러나 더 중요한 것은 ② **사실들이 서로 어울려 세계를 말하고 있다는 것**을 아는 것이다. 그것을 느낄 때, 우리는 어떤 현상에서 눈에 보이는 사실보다 ③ **더 무겁고 충격적인 심리적 총량으로서의 사실감**을 자기의 것으로 받아들이게 된다.

그러나 이렇게 세계를 읽을 수 있는 사람이 얼마나 되는가!

최현식은 이 인용 부분이 '오규원의 최근의 시적 사유가 흘러나오고 모여드는 웅숭깊은 저수지'라고 말하고 있다. 그리고 이 저수지로 흘러드는 가장 중요한 물줄기가 "관념의 더께를 떨궈낸 말과 사물과의 행복한 조응을 기도하는 '날(生)이미지의 현상학'"이라고 말한다. 이 날 이미지의 현상학은 이어지는 오규원의 말에 따르면 "치환 또는 대체 관

2) 최현식, 「시선의 조응과 그 깊이, 그리고 '몸'의 개방」, 오규원, 『가슴이 붉은 딱새』, 문학과지성사, 1999, 135쪽(강조는 최현식).

념으로 세계를 쪼개고 부수는 작업'의 허망함과 폭력성에 대한 회의 끝에 '부정할 수 없는 '사실적 현상'을 이용하여 '살아있는 의미들'을 함께 껴안'고 회복하려는 의지에서 비롯된 것" 이라고 한다.

접미사 '적'의 일반적 용법에 따르면 '사실적 현상'은 "그 사실은 현상—즉 나타나 보이는 것이다.", "그것은 있는 것이다."라는 뜻이다. '현상적 사실'은 "그 현상은 사실이다." 즉 "있는 그것이 곧 참이다." 라고 읽힌다. 다시 말해 '사실적 현상'은 객관적 실재 그 자체이며, '현상적 사실'은 실재에 부가된 가치로 읽어야 할 것이다. 그런데 '사실적 현상'은 일상적인 어법이며 단순한 중첩이다. 이에 비해, '현상적 사실'은 그 조어造語의 어색함 때문에 '사실'이라는 말에 훨씬 무게 중심이 가게 된다. '현상'에 대하여 그것이 '사실'이라고 '말'하는 시인 자신의 의식을 강조하는. 아마도 이것이 어색함을 무릅쓰고 '현상적 사실'이라는 말을 굳이 만들어낸 시인의 의도가 아니었을까?

다음으로 주목해 보아야 할 말은 바로 '두두물물'이다. '사실적 현상'과 '현상적 사실'이 '참' 또는 의미의 부가를 내포하는 말이라는 데서 '두두물물'이 지시하는 바가 무엇인지를 알 수 있다. 오규원은 명백히 '두두물물'이 아니라 '두두물물의 말'을 '현상적 사실'이라고 명명하고 있다. 말하자면, '두두물물'은 '사실적 현상'이며 '현상적 사실'은 곧 '언어'라는 것이다. 이 점은 분명히 해야 할 중요한 쟁점이다. 이때 위의 인용 ② '사실들이 서로 어울려 세계를 말하고 있다는 것을 아는 것'이란 말 뜻이 분명해진다. '두두물물'이란 그것들이 '있다'는 사실을 의심할 수 없게 하는 존재 그 자체이다. 즉 오규원의 코기토cogito인 것이다. 다만 이 코기토는 기묘한 명제들로 구성된다. 즉 "나는 두두물물을 읽는다, 고로 나는 세계를 만든다."이다.

이제 '날生 이미지'를 보자. 다시 오규원의 말을 인용하면, 이 날 이미지란 '인간이 문화라는 명목으로 덧칠해 놓은 지배적 관념이나 허구를 벗'긴 말들이다. 자칫 잘못 생각하듯 자아, 또는 주체, 또는 의식의 개입이 차단된 순수 객관의 물 자체 이미지라는 뜻이 결코 아니다. 오히려, 의지할 곳은 단지 자기의식의 확실성뿐인 현상학적 엄정함이 이 진술의 배후에 있다. 따라서 '날 이미지'란 세계의 풍경이 아니다. '날 이미지'는 시인의 의식이 선택한 사물들이 느슨한 연대를 통해 구축하는 새로운 세계, 시인의 내면 공간이다.

3. 토마토, 그리고 '아니'라는 말

이 시집 전체는 바로 '날 이미지'를 얻어내려는 시적 고투로 이루어져 있다. 시인 자신이 공언했듯이 시집 차례를 훑어보기만 해도 흡사 처음 말을 배우는 아이처럼 실사들의 목록으로 가득하다. 자연 그대로 존재하는 사물, 또는 물물物物들을 언어로 획득하여, 아, 그렇다, 이것은 사로잡는 것이다 ─사로잡음이란 산 채로 잡음이며 바로 날 이미지가 아닌가! 그렇게 사로잡아서 시 세계 안에 다시 풀어놓는 일, 그리하여 새로운 세계를 구축하려는 열망으로 가득 찬, 그러나 이 또한 처음 말을 배우는 아이처럼 더듬거리고 뒤뚱대는 행보로 천천히 가는, 그런 말들이 『토마토는 붉다 아니 달콤하다』라는 소우주의 주민들이다.

나는 이 시집의 물목物目들을 보며, 이것이 흡사 「김씨의 마을」[3]의 변두리 평민들의 이름이 아닌가라는 생각을 했다. 인간뿐 아니라 집과 길과 강과 돌, 지붕과 창, 창문 안의 정물들과 새와 나비, 그리고 아이스크림과 벤치와 아이들. 일견 무작위로 추출된 것처럼 보이는 이 물물物物들이 한 마을의 '디테일'[4]임을 알 때, 오규원이 왜 '관념이나 허구를 벗어 버리'려고 그토록 애썼는가를 이해할 수 있다. 「김씨의 마을」에서 하나의 넓이를 얻은 시인의 내면 공간은 두두물물頭頭物物들로 채워져야만 진정한 세계가 되는 것이 아닌가. 존재하는 모든 것들과의 연대 안에서만 생은 '날것'으로 살아 있는 것이 아닌가.

　물물物物들이 물물物物이나 두두頭頭 그 자체로 존재의 의의를 얻는 것이 아니라 사용 가치와 교환 가치로만 이용되는 현실─가장 극단적으로는 인간의 관념을 분식하기 위해서 두두물물頭頭物物은 굴절한다─에서, 이 두두頭頭와 물물物物들에게 다른 어떤 것에도 종속되지 않는 '참'된 존재 의미를 찾아주지 않는다면 「김씨의 마을」[5] 의 주민인 「오씨」는 온통 황금으로 둘러싸인 미다스 왕의 처지와 다를 바 없다. 그리하여

---

3) 오규원, 「김씨의 마을」, 『현대시학』 4월호, 1971.

4) 장시 「김씨의 마을」 모두에 인용된 이상李箱의 말 참조

5) 아마도, 이러한 마을 하나가 '생겨있겠다'는 야심은─나는 '만들어야겠다'고 말하지 않는다, 왜냐하면 오규원은 결코 의지적이거나 인위적으로 이 두두물물頭頭物物들을 선택하지 않을 것이기 때문이다. 저절로 주어지는 것만을 얻겠다는 수동성의 고집, 두두물물頭頭物物의 타자성他者性을 끝까지 따라가 보겠다는 견자적見者的 집요함의 소산으로서 '주어지는 것', 그러한 '생겨 있음'─ 이 시집에서 처음으로 가시화된 것은 아니다. 오규원의 시작詩作 토대가 처음부터 '현실'과 '극기'의 문제였던 데서 알 수 있다. 그렇듯 세계와 대결하여 '나'라는 완결성을 확보하는 일은 그 무엇보다도 우선하는 실존적 과제일 수밖에 없기 때문이다. 그 과업을 그는 처음엔 현실을 바로 길어 올림으로써 수행하려 했다. 시인에겐 언어의 현실이 있고, 그 언어의 현실인 돈키호테와 이상, 그리고 광고들, 이런 식으로.

'날 이미지'는 미다스 왕의 복음이 된다.

그렇다면 오규원은 날 이미지를 어떻게 만나는가를 보자. 우선, 물물^{物物}들은, '계시'되는가? 그러니까 자발적으로 현현^{顯現}하는 세계의 표지들인가? 그렇기도 하고 그렇지 않기도 하다. 세계는 언제나 꽃피고 있지만 이 '오 씨(오규원)의 마을'에서 세계는 맨 먼저 시인의 '심'는 행위를 통해 주어지기 때문이다.

> 장미를 심었다
> 순간 장미를 가운데 두고
> 사방이 생겼다 그 사방으로 길이 오고
> 숨긴 물을 몸 밖으로 내놓은 흙 위로
> 물보다 진한 그들의 그림자가 덮쳤다
> 그림자는 그러나
> 길이 오는 사방을 지우지는 않았다
>
> ─「사방과 그림자」[6] 전문

시인은 장미─존재─를 심는다. 그 순간 존재를 가운데 두고 사방─세계─이 발생한다. 존재는 세계 속에서 길/맥락을 만든다. 존재함 그 자체에서 생겨나는 이 길과 사방의 구조/맥락은 아마도 이 시집이 구축하는 '마을'의 한복판이 되리라. 그런데 이 장미는 개봉동에 피어 있던 그 장미일까? 또는 릴케의 오, 장미, 순수한 모순일까?

---

6) 오규원, 『토마토는 붉다 아니 달콤하다』, 문학과지성사, 1999(특별히 밝히지 않으면 이후 인용하는 오규원의 시는 이 시집에서 가져옴).

내가 이렇게 해석하기 시작하는 순간, 시인의 미간에는 '그림자'가 '덮치'리라. 왜냐하면 일체의 말의 역사를 배제한 순수함, 존재 자체의 날 이미지를 이 해석의 그림자가 훼손시키기 때문이다. 그러나 뜻밖에도 '그림자'는 '길'과 길이 오는 '사방'을 지우지는 않는다. 존재는 결코 박제가 아니다. 저 자신의 사방과 길을 거느리고 있다. 그러나 존재는 '있'는 것이 아니라 '심'는 것이다. 여기 이 '오 씨의 마을'에 존재들이 발생하는 방법에 관한 또 한 편의 시가 있다.

> 쥐똥나무 울타리 밑
> 키작은 양지꽃 한 포기 옆에 돌멩이 하나
> 키작은 양지꽃 한 포기 옆에 돌멩이 하나 그림자
> 키작은 양지꽃 한 포기 그림자 옆에 빈자리 하나
> 키작은 양지꽃 한 포기 그림자 옆에 빈자리 지나
> 키작은 양지꽃 한 포기 옆에 새가 밟는 새의 길 하나
> 키작은 양지꽃 한 포기 옆에 바스락거리는 은박지 하나

—「양지꽃과 은박지」 전문

사물, 아니 물물物物들은 장미를 심듯 심긴 양지꽃 옆으로 시인이 '말 하나'를 놓음으로써 '하나'씩 생겨난다. 생겨난 사물들은 각기 '그림자' 와 '빈자리'를 지니고 있다. '사실적 현상'들이 세계의 모사가 아니라 의 식의 투영이라는 것을 알 수 있다. 이 '사실적 현상'들을 보기 위해 선 택하는 행위가 바로 '현상적 사실'을 발생시키는 셈이 된다.

그런데 여기서 주목해야 하는 것은 「양지꽃과 은박지」는 시집의 중간쯤, 다시 말해 맨 처음에 '장미'가 '심'어지고 사방과 길이 생겨난 뒤에 등장하는 시라는 점이다. 비록 시인 자신이 한 시의 '개체'성을 거듭 강조하고 있다 하여도,[7] 이 한 권의 시집이라는 소우주에서 이미 생겨난 그림자를 우리는 존중하지 않을 수 없다. '옆에, 옆에, 옆에'로 맹렬히 세포 분열하는 이 개체들은, 실은 한 마을의 서로 얽혀 있는 이웃들이다. 그러면 본격적으로 '현상적 사실'을 만나 보자.

토마토가 있다
세 개
붉고 둥글다
아니 달콤하다
그 옆에 나이프
아니
달빛

토마토와
나이프가 있는

접시는 편편하다
접시는 평평하다

---

7) 위의 시집, 뒤표지 글 참조.

토마토는 명백히 물물物物이다. '사실적 현상'이다. '정물' 즉 움직이지 않는 이 세계는 즉각적으로 파악되는 것일까? 그래서 '토마토'라고, "토마토가 있다"고 말하는 것만으로도 날 이미지를 얻을 수 있는 것일까? '사실적 현상'으로서 토마토는 세 개, 붉고 둥근 것. 충분하지 않은가. 붉고 둥그니까.

그러나 '사실적 현상'의 제대로 된 읽기인 '현상적 사실'로서 토마토는 "달콤하다". 이 "달콤하다."라는 형용사가 토마토의 현상적 사실이다. 이는 오규원의 '날 이미지'가 의식 주체의 선택으로 발생하는 이미지라는 점을 뚜렷이 보여 준다. 이 '아니'라는 반전, 둥글어, 아니, 그 걸로는 부족해, 붉고 둥글 뿐 아니라 달콤―먹는 행위로 존재 내부에 침투하지 않고는 포착되지 않는 속성―해. 시인은 한 번 더 보여 준다, 아니, 읽어 준다. '나이프/아니/달빛'이라고. 사실적 현상은 그곳에 있는 것이 나이프라는 것이다. 그러나 나이프의 현상적 사실은 이 나이프가 단지 나이프이기만 한 것이 아니라 깊이 스며들어 형태를 이루어 주는 '달빛'이라는 점이다. 이를 시인이 발견할 때 나이프는 비로소 '달빛'으로서 자기의 날 이미지를 시인에게 계시하는 것이다. '달콤함'이라고 하는 사물의 안과 달빛이라고 하는 사물의 바깥이 모여 비로소 사물, 또는 물물物物의 '현상적 사실'이 된다. 이 '현상적 사실'을 받치고 있는 '접시'는, '사실적 현상'으로는 '평평'하지만 눈에 보이는 허울을 벗겨 낸 '날것'의 속살은 '편편'하다. 더없이 안전하고 편안하다. 물물物物이 사실적 현상에서 현상적 사실로 옮겨 앉을 때 일어나는 일들은 이런 것이다. 더 살펴보자.

> 밤새 눈이 온 뒤 어제는 지워지고 쌓인 흰 눈만 남은 날입니다
> 쌓인 눈을 위에 얹고 物物이 허공의 깊이를
> 물물의 높이로 바꾸고
> 나뭇가지에서는 쌓인 눈이 아직까지 그곳에 있는 날입니다

—「물물과 높이」에서

우선 '어제는 지워'진다. '눈'이라고 하는 존재가 발생하는 순간 시간과 허공이 소멸한다. 존재는 단지 있는 것이 아니라 '물물의 높이'로 있다. 즉 존재감을 수반하는 것이다. '토마토'가 '달콤'함이라는 감각적 충만으로서 바라보는 자이자 정물화의 화가인 시인을 압도하듯, '눈', 즉 물물物物은 홀연히 존재함으로써 '높이'를 얻는다. 우연히 시간 속에 들어왔을 뿐인 '사실적 현상'으로서 '눈'은 **시인의 바라봄, 또는 알아봄으로, 또는 그 인지함을 발설하는 말하기로**(강조 표시: 글쓴이) 물물物物의 '현상적 사실'이 된다. 그리하여 시간을 초월한다. 이제 이 시간, '어제'는 영원히 지워지고 대신 물물의 높이가 남아 있다.

우리는 여기서 '현상적 사실'이란 모더니즘적 영원한 현재에 필적하는 절대적 이미지라는 것을 감지하게 된다. 지나친 해석일까? 그러나 이 시집의 가운데에 있는 「시작 혹은 끝」에서 「처음 혹은 되풀이」에 이르는 순환적 이미지들을 만나고 나면, 여기 이 시집이 세계의 불확실함에 맞서서 존재의 날 이미지들을 가지고 만드는 '오 씨의 마을'이라는

것을, 이것이 좀 더 확대된 '자기만의 방'이라는 것을 알게 된다.[8]

4. 두두頭頭와 그림자, 아니 두두頭頭의 그림자

지금까지 계속 '물물' 타령을 해 왔다. 이제 겨우 '두두'를 말할 차례이다. 실은, 이 시집을 펼쳐드는 순간 가장 난감했던 말이 바로 이 '두두물물頭頭物物'이라는 말이었다. '두두물물'이라니, 무슨 말일까? 일체의 관념을 배제해 버린 '머리머리몸몸'이라는 뜻으로 그냥 받아들이기엔 역사가 너무 오래된 말처럼 보인다. 과연 '두두물물'이라는 말은 중국 선불교의 옛 용어로서 '사물 하나하나가 완벽한 존재'임을 가리키는 말이다. 자체의 오랜 역사를 지닌 말이라는 뜻이다. '날 이미지'와의 전투를 감행하려는 순간, '두두물물'이라는 말에 묻은 온갖 관념 더께들을 내가 모른다는 사실 때문에 나는 안달을 했다. 이것은 참으로 우스꽝스럽고도 아이러니컬한 일이었다. 그리하여 나는 결심했다. '두두물물頭頭物物'—이라는 말—의 '날 이미지'를 바로 내 의식의 투명함과 확실성에 의지하여 붙잡아 보기로.

'두두'와 '물물'은 둘 다 사전적으로는 많은 사물, 온갖 것들을 가리키는 말이다. 그러나 왜 '두두'라고 하며 왜 '물물'이라고 할까? 왜 '물물'은

---

8) 이 시집을 관통하는 물물物物들의 목록이 지닌 비밀의 내막은, 제2 부에 심은 「시작 혹은 끝」과 「처음 혹은 되풀이」와 그 사이에 있는 시들의 서로 얽힌 관계에서 가장 확연하게 드러난다. 날 이미지란 순간 포착된 정지 화면이 아니라 정지 버튼을 눌러놓고 여러 각도에서 여러 겹으로 읽어야만 하는 겹쳐진 내면임을 이 시들은 무척 흥미롭게 보여 준다.

이 시집 곳곳에서, 아니 그의 시집들 전체를 관류하며 거듭 나타나는 데 '두두'는 딱 한 번만 나타날까? 실마리를 최현식의 해설에서 찾아볼 수 있다. 최현식에 따르면, 이 시집에는 대개의 시집에서 자주 등장하는 '나'의 표지가 겨우 다섯 번 나타난다는 것이다. 실은 '나'만 나타나지 않는 것이 아니라 사람의 흔적이 희박하다. 여기서 나는 '두두'란 인간과 관련 있는 사물이라 유추 했다. 다시 말해, '물물'이란 보다 순수한 물 그 자체이며 '두두'란 인식적 표상이라고.

나비와 그림자

담장 안에서도 장미가
저희들끼리 벌겋게 뭉쳐 있다
사람들은 그림자까지 거두어가고
잔디와 햇살만 위로 솟구치고
담장 안을 엿보는 사내의
얼굴에 나비의
그림자가
시커멓게 달라붙었다가 떨어진다
허공에 있는 나비의
그림자는 나비의 몸에 붙지 않고
땅에 있는
頭頭와 물물에 붙는다
길 위에는

각각 외딴 사내의 신발과

돌멩이들

신발과 돌들은 몸을 부풀리며 몸 위의

허공을 위로 밀어올리고 있다

길 밖 키작은 양지꽃 한 포기 옆에는

은박지 하나 바스락거리고

....

―「처음 혹은 되풀이」에서(밑줄 강조: 글쓴이)

이 유일한 '두두'의 시에서 그림자는 날아오르는 나비―사실적 현상의 속성―가 아니다. 그림자는 사람들의 속성이며 맨 처음 시「사방과 그림자」에서 본 것처럼 역사와 관념의 속성이기도 하다. 그러한 그림자는 또한 땅에 있는 '두두'와 '물물'의 속성이 된다. 그러니까, '두두'와 '물물'은 땅에 속한 것이자 '그 자체로 진리며 실체인 완전한 개체'인 동시에, 인식적 시선의 산물이다. 결론적으로, 『토마토는 붉다 아니 달콤하다』라는 이 시집 전체를 관류하는 날 이미지 갈망은 실은 '존재하게 하는 말'을 향한 갈망이라는 것을 알게 된다.

그러고 보면 내 결론은 참으로 기이하다. 어떤 새로운 것도 발명하지 않겠다는 듯 철저히 '사실적 현상'에서 출발하려는 시인의 시를 이 지상에는 없는 풍경으로 읽으려 했기 때문이다. 그런데 이는 내가 처음에 제안한 '유일한 독법'을 배반한 것은 아닌가? 그렇지 않다. 오규원 시인의 토마토가 있는 작은 마을 풍경은 아무래도 김 씨가 살았다는 관념의 마을에서 탈출한 언어들이 세운 것이라 단언한다. 결국 이 노시인은 평생을 두고 말을 살게 하는 일에 골몰한 셈이니 '두두'는 그림자가 있어서 유령이 아닌 것이다. 🏃

세기말 시의 환상성,
환각과 환멸 사이로 난 좁은 길

1. 들머리

　최근 들어 환상 문학에 대해 관심이 높다. 문학 독자의 대종을 이루는 청년층이 급격히 통신망으로 유입되면서 판타지 장르 선호가 뚜렷해졌고, 한국 문학의 기본 방법론인 '재현'이 구체적 현실이라는 레퍼런스를 잃어버렸기 때문이다. 간단히 말해 환상이라는 말은 '진짜의 상이 아닌 것'이다. 그래서 시뮬라크르들의 생산, 또는 이의 언어적 재상산은 어차피 환상이 될 수밖에 없다.

　그러나 이렇게 말하고 보면 무엇인가 미진하다. 문학은 실재가 아니라 언어 기호라는 점에서 처음부터 환상적 요소를 지니고 있다. 특히 낭만주의의 후예인 현대시는 고전주의의 모방과 재현에 반대하면서 태어났다는 점에서 환상성을 본질적 특성으로 지니고 있다. 그렇다면, 새삼스럽게 환상 문학 또는 문학의 환상성을 이야기할 만한 어떤 변화가 우리 시단에 일어난 것일까?

이 문제를 살펴보기에 앞서 문학의 환상성이란 무엇인가 살펴보자. 단순히 실재가 아닌 문학이나 그러한 표현을 환상성이라 정의한다면 현재의 시적 흐름을 놓칠 수 있기 때문이다.

토도로프를 위시한 여러 연구자들에 따르면 환상 문학은 초자연적인 요소의 개입을 가장 중요한 특징으로 한다. 뉴턴 역학과 유클리드 기하학이 담보하고 있는 엄격한 인과율의 세계가 어떤 초자연적인 요소의 틈입으로 깨어지는 것이다. 여기서 일단 환상 문학은 근대 이후의 문학 형식임을 인식하자. 서구 중세의 로망스 문학이나 우리의 금오신화 같은 문학은 지금 우리가 보기에 지극히 환상적이다. 그럼에도 리얼리티 관념이 지금과는 다른 시대 문학이라는 점을 감안한다면 오히려 사실적인 문학에 가깝다. 실제로 요한 묵시록의 환상에 대해 그 언어가 당시의 관습적 표현이라 말하는 연구자들이 많다. 따라서 계몽적 이성과 기계론적 세계관의 세례를 받고 초자연 감각을 잃어버린 시대에야 비로소 환상 문학이 가능하다고 말할 수 있다.

가장 긍정적인 의미에서 환상 문학은 근대가 우리에게서 빼앗아간 것을 회복하려는 문학이다—그러므로 보르헤스Jorge Luis Borges를 비롯한 중남미의 환상 문학을 포스트모더니즘 문학으로서 모더니즘의 대안으로 보는 것은 매우 시사적이다. 비록 그 형식이나 소재를 옛이야기에서 빌려 오는 경우라 할지라도 환상이 겨냥하는 것은 과거가 아니라 현재의 현실이다. 이렇게 볼 때, 우리 문학에서 환상성에 대한 관심이 이 시점에서 높아지고 있다는 것은 상당히 주목할 일이다. 왜냐하면 대단히 유물론적이고 인과론적인 재현 이론이 지금껏 시 문학이고 소설 문학이고를 막론하고 우리 문학 전체를 지배해 왔기 때문이다. 환상 문학은 단순히 소재나 기법상의 특이성 문제가 아니라 패러다임 문제다. 그러나 막상 환상성이라는 것이 중요한 화두라는 점을 긍정하고 볼 때 문제는 오히려 간단하지가 않다.

현재의 시적 경향 가운데 '환상성'이 뚜렷한 특징으로 드러나는 시들이 과연 있을까? 포스트모더니즘 문학들이 다소간 지니고 있는 비재현적인 요소들을 무차별적으로 환상성의 이름 아래 묶어버리게 되는 것은 아닌가? 그리고 이들 비재현성의 문학들의 배후에 분명 어떤 패러다임의 변화가 가로놓여 있는 것이 맞는가? 그게 아니라면 환상의 유행은 한국 문학의 고질인 이식 문학적 이유, 내가 문화주의라 부르는바 보르헤스라든가 기타 중남미 문학의 번역 수용에 따른 막연한 추종인가? 이런 몇 가지 의문들을 유념하면서 환상성이라는 잣대를 통해 최근의 시적 동향을 고찰해 보고자 한다.

2. 환상에 대한 세 가지 다른 생각

최근 시의 경향을 돌아볼 때, 특히 젊은 시인들의 시를 중심으로 우리 시가 빠른 속도로 재현적 특징에서 멀어지고 있다. 시라고 하는 장르가 비재현적이라는 것은 프랑스 구조주의자들의 일관된 견해다. 그러나 우리 시의 역사를 돌아볼 때는 시도 일정한 사회적 역할을 담당하였고 그 과정에서 재현적인 요소들이 시적 언어의 태반을 차지한 것이 사실이다. 개인적 경험을 반영하거나 역사적 사건을 논평하거나를 막론하고 재현적이라는 것은 재현의 대상이 되는 세계의 동일성을 긍정하는 데서 시작하는 법이다. 19세기 서구 리얼리즘 문학이 이상적 부르주아지 세계를 바탕에 깔고 있었고 20세기 동구 사회주의 리얼리즘이 계급이 타파된 세계를 전범으로 삼고 있었듯 재현적 문학은 순응적이든 비판적이든 세계의 단일성을 믿는다. 지난 우리 시의 역사에서 우리가 알게 되는 것 또한 바람직한 사회 건설의 열망이라 할 수 있다. 이렇게 볼 때 시가 비재현적으로 된다는 것은 어떤 의미일까. 우선 생각할수 있는 것은 전범으로 삼을 만한 사회상社會相이 파괴되거나 변모했다는 점이다. 다음으로는 시는 무엇인가에 대해 인식이 심화되기 시작했다는 점을 꼽을 수 있다.

상징주의와 초현실주의를 거치고 러시아 형식주의의 세례를 받은 근대 시문학은 그 무엇보다도 우선하여 미적 자의식의 소산이다. 그러나 모든 통시적 문예 사조를 공시적 방법론으로 받아들인 우리의 근대 시사는 불행하게도 문학 자체의 논리를 발전시키지 못하고 외적 역사에 저항하는 수단으로 시를 이용하거나 또는 역사 발전과는 무관한 소위 순수의 관점을 고수했다. 1980년대 후반 이후 1990년대로 접어들면서 비로소 우리 현대시도 여러 가지 방법적, 사조적 실험을 마치고 계통 발생의 나뭇가지를 걸타지 않고 자생적 개체로서 발전을 도모하려는 조짐이 보인다. 우리 나름의 시적 모험을 시작하는 시인들이 늘고 있는 것은 일단은 반가운 일이다. 그러나 과거 시와 다른 새로운 시의 출현과 시적 태도는 구체적으로 어떤 함의를 지니고 있는가, 어떻게 새로운가를 밝히는 작업이 꼼꼼히 수행되어야만 한다.

이런 전제 아래, 환상 문학으로 보이는 시 동향을 비재현성의 특성에 따라 대략 세 가지 정도로 나누어 살펴보고, 이 비재현성이 환상성과 맺는 관계를 파악해 보고자 한다. 첫 번째 유형은 소위 시뮬라크르를 만들어 내는 시들이다. 세계는 이미지로 구성되어 있으며 이 이미지들 배후에는 실재가 없다는 관점이 그것이다. 부재하는 세계 대신에 실재로 오인되는 이미지를 창조하는 것이 시의 본령이라 주장하는 시인들이다. 가상현실에 대한 글쓰기로서 사이버 문학과 소위 시니피앙의 미끄러짐을 주장하는 시들은 서로 다른 외형에도 실재를 무화無化시킨다는 점에서는 같다. 두 번째 유형은 동화나 우화를 참조하는 시들이다. 이 시들은 현실 세계 내에 참조 항을 가지지 않는다는 점에서는 비재현적이지만 선행 텍스트를 요구한다는 점에서는 재현적이다. 마지막으로 아무런 외적 참조 항을 지니지 않지만 대단히 실재적인 텍스트 내적 환상을 창출하는 경우이다. 이 세 태도들은 서로 적당히 섞이는 것 같지만 사실은 무척 다른 가치관의 산물이다.

3. 시뮬라크르simulacres 혹은 시니피앙signifiant의 미끄러짐

최근 특히 젊은 시인들을 중심으로 사이버 문학에 대한 관심이 높아지고 있다. 사이버 공간을 무대로 한 글쓰기가 반드시 가상 현실을 대상으로, 또는 가상 현실에 따른 글쓰기라고 간주할 필연성은 없다. 매체의 변화는 상상력의 변화를 수반하는 것이기에 사이버 세계에 대한 글쓰기는 대부분 비재현적인 특성을 드러내게 된다. 서정학의 다음 시를 보자.

POPULOUS

프로그램에서: 나의 역할은 신이다

신의 종족 곧 나의 인간들을 번성시켜야 한다

악마의 종족 인간들 적을 물리쳐야만 한다

많은 성과 마을들을 지어야만 한다

바닷물은 위험하다 나의 종족들에게 그것은 치명적이다

나는 땅을

산을 깎아내려 평지를 만든다 종족들은 그곳에 집을 짓는다

그리고 번영을 누린다 그들은 꿈꾼다 난 느낄 수 있다

모니터 가득 그들의 존재 흰 점을 늘리는 꿈

그것, 많은 점수를 받을 수 있다

그리로 위협적인 악마의 종족

나의 종족 그들은 나를 믿는다 믿음이 나에게 힘이 된다

그들은 꿈꾸듯이 나를 믿는다 눈으로 확인할 수 있도록

수치로 나타난다 나를 믿는 믿어줄 그들의 수치가 많으면

모니터 오른쪽의 사이코 프레임이 올라간다 이것은 중요한 것이다

그것으로 나는 여러 가지 기적을 행할 수 있다 그들의 믿음 덕으로

많은 점수를 낼 수 있다 지진을 일으킨다 늪을 만든다

화산을, 홍수가 난다 그들과 다른 종족 그들은 빨간 점의 그들은

늪에 빠져 죽는다 집은 무너지고 나의 기사들에게 목숨을 잃는다

성은 불타고 그들은 속수무책이다 레벨이 낮은 탓이기도 하다

마지막 빨간 점 그들의 마지막 하나 그, 그녀가 죽자 모든 것이 끝

난다

이곳은 이제 나의 세계가 된 것이다 점수가 나오고 곧 악마의 신은
키워드를 가르쳐준다 씨익 악마처럼 웃으며 다음의 세계로 가는
열쇠이다 이 세계는 곧 지나간다

VILLAGE: 56
CASTLE: 38
KNIGHT: 5
SCORE: 10300

또 다른 세계 방식은 같다(세계의 존재방식의 비밀)

— 서정학, 「컴퓨터, 꿈, 키보드」[1] 전문

이 시에서도 알 수 있듯 서정학의 시 세계는 현실 공간을 참조하지
않는다. 그렇다고 완전한 상상의 세계를 구축한 것인가 하면 그것도 아
니다. 세계는 하나의 게임이다. 나는 그 속에서 신이다. 레벨이 낮아서
죽으면 새로 시작하면 되고 레벨이 높아서 이기면 다음 단계로 가면 된
다. 이 신은 언제나 똑같은 프로그램대로 움직인다.

이 시에서 문제가 되는 것은 크게 두 가지다. 첫째로, 이 시의 언어
들이 어떠한 리얼리티도 전제하지 않고 있다는 사실이다. 여기 등장하

---

1) 서정학, 『모험의 왕과 코코넛의 귀족들』, 문학과지성사, 1998.

는 신과 악마는 원래의 의미를 잃어버리고 단순히 게임 속 어떤 역할을 가리킨다. 이 시 속에서 생겨나고 무너지는 성과 땅, 바다 등은 실제의 바다 등과는 아무런 관련도 없는 화면 속의 어떤 부분일 뿐이다. 독자들 역시 이 바다나 성, 심지어 죽어 나가는 기사들이 생생한 실재라고는 전혀 생각하지 않는다. 이렇게 게임 상의 어떤 부호들에 실재의 이름들을 붙여줌으로써 시니피에는 사라지고 시니피앙만이 남는다. 이것을 말의 진정한 의미에서 환상이라 부를 수는 없다. 원래 컴퓨터 비디오 게임이 그렇듯, 현실과 의미상 관련을 차단함으로써 실재 시공간을 잊게 하는 것이 이 기표들의 특성이므로 이것은 단순한 환각일 뿐이다.

둘째로, 서정학은 그러한 환각을 세계 그 자체인 듯이 묘사함으로써 세계를 심각하게 왜곡한다. 현실 세계 속에서 게이머gamer들은 게임이 아무리 재미있고 환상적이어도 그것이 현실의 모형이거나 또 다른 실재가 아니라 단순한 게임이라는 것을 알고 있다. 그렇기 때문에 오히려 게임이 주는 환상이 환상으로서 구실하는 것이다. 프로그래밍된 환각을 '세계 존재 방식의 비밀'로 인지한다는 것은 세계의 현실성을 회피할 뿐이다.

가상 현실을 무대로 한 서정학류의 시들 말고도 비재현적 성격을 보여 주는 또 다른 시들이 있다. 아방가르드적 특성을 드러내는 시들 가운데는 소위 시니피앙의 미끄러짐, 실재 없는 이미지들의 놀이를 시의 무대로 삼는 시들이 있다. 이수명의 다음 시를 보자.

한 남자가 담벼락을 페인트 칠하고 있다. 붓을 들고 한쪽 끝에서 다른 쪽 끝으로 오가며 손을 놀려댄다. 붓이 닿는 순간 담벼락은 실신한다. 푸르게, 검게, 또 푸르게 제 머리카락을 불태운다.

타오르는 담벼락은 저혼자 타오른다. 지옥을, 지옥과 함께 낙원
을 태운다.

새 한 마리가 하늘을 칠한다. 칠하고 칠할수록 유폐의 경계는 분
명해진다. 새는 하늘을 가둔다. 하늘은 새의 날개를 가져간다.

그 남자는 낙담한다. 그가 붓을 떼자마자 페인트칠은 간곳없다.
거대한 담벼락이 원래대로 돌아와 있다.

— 이수명, 「페인트칠」[2] 전문

이 시가 말하고자 하는 것은 도대체 무엇일까. 무위로 돌아간 페인트
칠의 짧은 순간 일어난 초현실적 체험인가? 체험이라고 말하기엔 이 시
속에 등장하는 이미지들은 개연성이 없다. 따라서 페인트칠이란 일종의
유비이다. 이 점은 새의 비행을 하늘 칠하기로 규정하고 있는 다음 구절
에서 분명해진다. 그러나 새가 하늘을 나는 것이 일종의 유폐라고 규정
할 만한 정황이 언급되어 있지 않다는 점이 문제다. 텍스트에 제시되어
있지 않은 의미들을 해석에 이용할 수 있기 위해서는 그 이미지들의 의
미가 언어 공동체의 관습 내부에 머물러 있어야 한다. 그러나 새의 비
상을 유폐라고 하는 것은 전혀 다른 인식이다. 따라서 이러한 인식이 논
리적이 될 수 있는 다른 이미지들이 있어야만 한다. 그 다른 이미지들
을 이수명은 페인트칠에서 빌려 오고 있다. 그러나 페인트칠하기와 새의
날갯짓 사이의 유사성에 따라 결합된 이 유비는 페인트칠 흔적을 남기

---

2) 이수명, 『왜가리는 왜가리놀이를 한다』, 세계사, 1998.

지 않는다는 결론에 이르면 순환론적 오류임이 드러난다. 언뜻 보기에 예술가 작업의 무상성을 자기 풍자하듯 보이는 이 시는 자세히 읽어 보면 일종의 기표들의 장난으로 변한다. 이는 시니피앙이 매달고 다니는 어쩔 수 없는 시니피에들의 레퍼런스의 역사를 자의적으로 잘라 내 필요한 만큼만 덜어서 쓰려 했기 때문이다. 누구보다도 날카로운 사물 포착과 분석력을 지닌 이 시인의 시에서 유난히 이러한 현상이 많이 드러나는 것은 시니피에와 시니피앙 사이에서 점차 고조되는 불화를 견디지 못한 때문일까? 그래서 이 시인은 실재하는 세계 내의 레퍼런스들을 무시하고 자의적으로 시니피에를 구성해 쓰려 한 것일까?

이 문제는 또 다른 분석을 필요로 한다. 다만, 실재하는 레퍼런스의 진상을 회피하기 때문에 발생하는 비재현성 또한 우리가 말하는 환상 문학이 될 수는 없다. 이밖에도 직접적으로 사이버 문학을 표방한 시들이 있다. 일반적으로 사이버 공간 자체가 비재현적이라는 점 때문에 사이버 문학은 환상 문학의 범주에 든다고 알려져 있다. 과연 그러한가 살펴보자. 다음은 『버전업』 1998년 가을호에 실린 이명랑의 시다.

> 너를 찾아가기 위해 나는 늘 지도가 필요하다
> 너의 신발 한짝이 버려져 있는 체르니코프를 지나
> 너의 한쪽 눈이 숨겨져 있을 고멜의 공동묘지를 파헤친다
> 네 신발 한짝을 신고 네 한쪽 눈을 손전등 삼아 길을 떠난다
> 네가 타고 건넜을 뗏목을 타고 서드비나강을 건넌다
> 그 강의 물고기는 모두 외눈박이
> 손전등 삼은 네 눈에서 눈물이 흐른다

너의 다른 한쪽 눈이 물고기가 된 거니?

니가 탔던 뗏목을 타고 네 신발 한짝을 신고 너의 한쪽

눈을 손전등 삼아 물고기가 된 네 다른 한쪽 눈의 호위를

받으며 서드비나강을 건넌다

또 다른 강을 건너고 또 하나의 산맥을 지나 지도상에도

없는 작은 길들을 헤매고 다니다 어느 깊은 습지에

빠져 허우적거리고 있을 너를 만나게 되는 건 아닐까 두려워진다

이제 그만

이 강을 건너 벨리카루키 산림 거기 어디쯤에 니가 있는

거라고 믿고 싶어진다

그렇게 믿고 싶다

니 신발을 신고 나를 지켜주던 니 눈의 호위를 받으며

니가 만든 뗏목을 타고 가도

나는 길을 잃는다

너를 찾아가는 길에 난 늘 지도가 필요하다

지도가 있어도 너에게 닿는 길은 찾지 못한다

— 이명랑, 「너의 사회과부도엔 그 길이 있니?」 전문

　전혀 존재하지 않는 각종 지명들이 등장하는 것 말고는 이 시가 비
사이버 문학들과 다른 점을 찾기 어려울 것이다. 현존하지 않는 지명과
신체 절단 이미지들을 동원하지만 결국은 '너를 만날 수 없음' 이라는
고전적 명제를 되풀이한 것에 지나지 않는다. 굳이 분석이 필요치 않은

이러한 시들이 사이버시라면, 사이버 문학은 아직은 현금의 한국 시에 새로운 대안의 지위를 차지하기는 어렵다.

프랑스 포스트모더니즘 사회학자들의 저술이 국내에 유입되면서 시니피앙의 미끄러짐을 언급하는 일이 시를 논하는 자리에 심심치 않게 등장하게 되었다. 그러나 이것은 어디까지나 근대를 충분히 통과한 서구의 후기 산업 사회에서나 받아들일 수 있는 용어이다. 의미, 다시 말해 과도한 신적 질서의 억압에 지친 서구 사회에서 인간 해방의 방편으로 욕망의 해방을 말하고 시니피앙을 시니피에서 해방시키자는 말이 등장하는 것은 일면 수긍이 간다. 그러나 우리나라의 경우 전면적인 해체를 이야기할 수 있기엔 근대적 자아 개념이 제대로 확립되지 않은 것은 아닌가?

그리고 이것이 어디까지나 지배 담론의 공허한 기표들에 대한 사회학적 비판의 용어들이라는 점이 더욱 문제다. 시인이란 사회학자가 아니라 미학의 담당자다. 시니피앙의 미끄러짐을 현상으로서 인정한다 해도 이를 극복하고 견고한 의미를 찾아내는 작업을 하는 것이 미학의 사명이 아닌가? 스스로의 손에 스스로의 운명을 맡기는 기표 놀이를 시인들이 최종적 목표로 삼기란 어려운 것이다. 바로 이 부분에 내가 소위 문화주의라는 이름으로 비판하는 시들이 자리하고 있다. 서구의 담론이 실재가 사라졌다고 말하니까 실재 탐구를 가볍게 밀어 버린 채 모든 존재를 시뮬라크르로 간주해 버리는 것은 시인으로서 직무 유기가 아니겠는가.

시의 환상성을 논하면서 시뮬라크르를 산출하는 시들을 동시에 이야기한다는 것은 아마 시란 무엇인가에 대해 합의가 제대로 이루어지지 않은 작금의 문학 현실 때문이리라. 환상 문학이 앞에서 전제했듯 근대를 넘어서려는 모색이라고 본다면, 바로 이러한 시뮬라크르, 또는 미끄러지는 시니피앙들에 맞서 새로운 실재, 현상들의 배후에 있는 참 인 존재를 드러내려는 것이 환상 문학의 특징이라고 나는 생각한다.

4. 동화적 상상력의 시들

이제 두 번째 유형의 시들, 즉 동화나 우화를 참조하는 시들을 이야 기할 차례. 넓게 보아 이 유형의 시에는 미당의 『질마재 신화』 연작을 비롯한 수많은 가상 역사시들도 포함될 것이다. 그러나 현실 세계에 대 해 견고한 믿음을 토대로 잃어버린 동일성을 되찾으려는 과거의 우화 적 시들에 비해 최근 젊은 시인들의 동화적 상상력은 현실 자체를 부 정하는 어법을 구사하는 특징을 지닌다는 점에서 좀 더 환상 문학에 가깝게 보인다. 성미정의 시 한 편을 보자.

어느 날 왕과 왕비에게 상자가 배달되었다 그걸 여는 순간 왕과 왕비는 엄마 아빠가 되고 말았다 상자 속의 공주는 비싼 선물이었 다 공주를 키우기 위해선 노예처럼 일해야 했다 다행히 공주는 왕 비가 될 만큼 빨리 자랐다 왕과 왕비는 하루빨리 왕비가 되길 권했 다 그러나 공주는 차일피일 미루며 여전히 공주로 남아 있었다 왕 비가 된다면 공주에게도 상자가 배달될 것이다 그걸 여는 순간 공 주도 엄마로 바뀔 것이다 단 한 번의 울음소리로 자신을 영원히 복

종시킬 아기 공주는 그것이 두려웠다 잠을 이룰 수 없었다 먼지 쌓
인 상자를 찾았다 온몸을 웅크리면 다시 상자 속으로 들어갈 수 있
으리라 생각했다 상자를 열자 그곳엔 이미 엄마 아빠가 누워 있었다
갓난아기처럼 쪼그라든 그들에게 낡은 상자는 잘 어울렸다 내 상자
라고 우겨도 들은 척도 하지 않았다 더구나 상자는 그들에게 꼭 맞
아 공주가 들어갈 틈이 없었다 뚜껑을 닫으며 공주는 어쩔 수 없이
왕비가 되기로 했다 자신이 들어갈 상자를 갖기 위해서 자신에게
배달될 상자를 받아들이기로 했다

— 성미정, 「동화—상자」³⁾ 전문

그림 형제가 전래 동화를 왜곡했을 때, 반드시 지배 이데올로기를 강
화하려는 것만이 목적은 아니었을 것이다. 어린 독자들을 전제하는 동
화라는 말뜻과 어울리지 않게 전래 동화는 지나치게 끔찍한 상상력을
드러내곤 한다. 미화되거나 교훈적으로 알려진 그러한 동화들이 본래
의 모습으로 복원되었을 때는 어떤 일이 발생할까? 성미정의 시는 이러
한 의문의 잠정적인 대답으로 보인다. 왕과 왕비와 공주라는 외피 속에
서 노예처럼 혹사당하는 삶. 그리고 유일한 구원인 상자, 노예의 삶을
통과해서만 되찾을 수 있는.
　성미정의 동화가 들려주는 삶의 진상은 끔찍하다 못해 우습기까지
하다. 동화는 이러한 끔찍스런 진상을 가장 효율적으로 드러내는 이야
기 방식이다. 머리가 깨어진 다음에야 비로소 대머리가 아니라는 것을

---

3) 성미정, 『대머리와의 사랑』, 세계사, 1997.

인정받는 죽은 남자. 여자를 삶아 만든 비누로 세수를 하고는 얼굴이 닳아 가는 식구들. 거울을 먹다가 마침내 자기 자신까지 먹어 버리는 여자. 이런 식으로 그의 시집 도처에는 삶의 끔찍함을 드러내는 동화들이 널려 있다. 성미정의 동화는 그림 형제와 안데르센이 똑같은 어법으로 독자에게 주려 했던 위로를 정반대로 뒤집는다. 은폐된 삶의 진실을 드러내기 위해 오히려 삶을 그런 식으로 은폐시킨 바로 그 언어의 도움을 받는 것이다. 원래의 동화들과 상호 텍스트성으로 구축된 허구 위에 단순화되고 과장되고 그로테스크한 사건들이 놓이면서 불안이 야기된다. 이 불안이 성미정의 시들에 기묘한 환상적 분위기를 제공한다. 역시 동화적 상상력의 소유자인 함기석의 시를 보자.

우울한 날 옷장을 열어요 그럼 바다가 보여요 5월의 비내리는 바다가 보여요 늙은 외항선이 담배를 피며 지나가는 바다가 보여요 나는 얼른 바다를 꺼내 액자에 넣어요 응접실 벽에 걸어 놓아요 내가 죽은 친구들을 생각하는 동안 액자에선 바다의 울음소리가 흘러나와요 등줄기가 아름다운 금붕어들이 연기처럼 흘러나와 내 머리 위로 날아다녀요 춤을 추며 춤을 추며 응접실 가득 헤엄쳐 다녀요 죽은 아이들의 목소리로 동요를 불러 주어요 그 아름다운 노래소리에 내 눈엔 자꾸만 검은 비가 내려요 그럼 나도 한 마리 금붕어가 되어 벽에 걸린 바다 속으로 들어가요 깊이 깊이 들어가 푸른 물고기 비늘로 뒤덮인 용궁을 보아요 빨간 머리칼의 인어들과 오래오래 헤엄쳐 다녀요 우울한 날 거울도 보아요 그럼 나는 보이지 않고 백색의 피로 뒤덮인 놀이터만 보여요 담장 가득 죽은 뱀과 인간의 창자가 널려 있는 정오의 놀이터가 보여요 하늘 한복판에서 태양은 피를 토하며 비명하고 흰구름 하나 외눈박이 판박이 소년과 시소를 타요 구름은 자꾸만 장송곡을 부르고 소년은 무서워하며 울어요 그럼 나는 얼른 거울 속으로 뛰어들어가요 소년을 안고 장난감 가게로 달려가요 아름다운 눈알을 선물해요 숨쉬는 상자를 선물해요 사과를 넣고 주문을 외면 염소가 걸어나오는 착한 상자를 선물해요 벽돌을 집어넣으면 비행기가 날아오르는 한 줌의 모래를 집어넣으면 수천 마리 잠자리떼가 날아오르는

　　　　　　　　　　— 함기석, 「우울이 환상을 낳아요」[4] 전문

　함기석이 제공하는 환상은 성미정에 비해 덜 서사적인 대신 좀 더 정교하다. 이 시에서 액자와 거울은 환상의 세계로 들어가는 입구다. 환상을 매개하는 것이 액자일 때 시인이 다다르는 곳은 죽은 친구들이 있는 다른 세계이다. 이 다른 세계가 '바다'라는 것은 주목할 일이다. 이 바다는 시인이 가두어 놓은 액자를 넘쳐 나와 응접실을 가득 채우며 흘러 다닌다. 죽은 아이들의 노래 소리에 '금붕어'가 된 '나'는 '푸른 물고기 비늘로 뒤덮인 용궁을' 본다. 시인이 왜 우울한가는 이 시 속에서 설명되지 않지만 그 우울을 치유하는 행위인 환상이 바다로 들어가는 일이라는 점에서 우리는 이 우울이 좀 더 큰 이유, 어떤 근원적인 이유

---

4)　함기석, 『국어선생은 달팽이』, 세계사, 1998.

에서 왔다는 사실을 짐작할 수 있다.

두 번째 연에서는 거울이 등장한다. 거울 속에는 '나'는 없고 '백색의 피'로 뒤덮인 '정오의 놀이터'만 보인다. 첫 연에서 시인이 헤엄치던 바다와 정확히 대응되는 '하늘 한복판'의 '태양'은 바로 이 놀이터의 죽은 뱀을 만들어낸 그 태양이다. 그러나 죽음을 초래하는 태양, 즉 아버지의 질서에 맞서서 이미 바닷속을 유영한 경험이 있는 '나'는 얼른 거울 속으로 뛰어 들어가 '상자'를 선물한다. 이 상자는 벽돌을 비행기로, 모래를 잠자리 떼로 만들 줄 아는 신비한 상자이다. 외눈박이 판박이 어린 소년과 놀이터와 장난감 가게, 이 이미지들은 용궁과 인어들과 금붕어와 대응한다. 그러나 이 시의 이미지들은 지나치게 정교하고 지나치게 논리적으로 짜여 있다. '우울이 환상을 낳'는다는 시 제목에서도 알 수 있듯 우울을 극복하기 위한 방편으로 환상을 '만들'었기 때문이다.

함기석의 첫 시집에서 쉽게 찾아볼 수 있는 동화적이고 우화적인 요소들은 성미정의 경우와는 달리 전래 동화와 상호 텍스트성을 지니지는 않는다. 대신 시인 자신을 염소로 간주하는 일종의 심리적 우화에 기대고 있다. 성미정의 경우와 마찬가지로 함기석에게도 초현실적인 요소의 틈입은 이미 주어진 동화적 언어의 틀 안에서만 일어난다.

사실 성미정이나 함기석의 시들이 지닌 동화적 요소들은 환상의 범주가 아니라 허구의 범주에서 다루어야 할 것이다. 엄밀히 말하면 이 시인들이 동화를 채택하는 심리적 기반은 환상 문학이 요구하는 신비 그 자체를 오히려 유보하는 데서 비롯된다고 보인다. 다시 말해, 이들의 시에 등장하는 초현실적 요소들은 시인 자신의 내면에서가 아니라 동화나 우화라고 하는 구조 속에서 발생하는 것이다. 현실 세계의 리얼리티를 좀 더 잘 포착하기 위한 문학적 장치로서 환상 자체는 의의가 있지만 내가 논의하려는 '신비'의 침입과는 무관하다.

5. 현실의 갈라진 틈새로 침입하는 신비

이제 마지막 단계의 비재현적 시들, 즉 텍스트 내부에만 존재하는 심리적 환상들을 살펴볼 차례다. 얼마 전까지만 해도 무의식의 편린을 드러내는 언어들은 일부 여성 시인의 전유물이었다. 꿈이라든가 무의식의 세계는 악마적 버전으로서만 인지되었다. 비록 억압된 것들의 복원을 말하는 모더니즘/포스트모더니즘 담론이 거론되어 왔지만 이 복원은 사회학적 표지들에만 적용되었을 뿐 정작 인간 내부의 어둠에 대해서는 아는 바가 없었다. 당연히, 인간의 맨 안쪽에서 현현하는 신성함에 대해서도 아는 바가 없다. 그러나 이와 관련해 자기 동일성의 견고한 갑옷을 벗고 현실 원리 너머로 시적 지평을 넓혀 보려는 시인들이 있다. 이철성의 시를 보자.

> 그는 꿈과 현실의 한중간에서 망설이며
> 땀에 젖어 있다.
> 꿈은 빠져나가는 바람처럼
> 머리 끝에 매달려 있다.
> 긴장하여라
> 여기는 너의 방

창문이 반쯤 열려 있고
너는 급히 손을 뻗어
달아나려는 꿈의 뒷덜미를 낚아챈다.
목숨의 마지막 애절함으로
다시는 갈 수 없는 세계가 사라지려는 순간에
제발
그러나 여기는 너의 방
창문이 반쯤 열려져 있다.
넌 다시는 갈 수 없는 세계에 가지 못하고
여기서 그 세계가 바람처럼 너의 골목을 빠져나가는 것을
느낀다.

아침. 9시
그는 펜을 들어 쓴다.
이곳은 어디길래 나를 어둡게 하는가
눈을 떠 쳐다보았지만
태양은 눈동자에 박혀 있는 흑점
도무지 이 세계를 알 수가 없구나

— 이철성, 「꿈속에서 해방된 자는 행복할지어다」[5] 전문

---

5) 이철성, 『식탁위의 얼굴들』, 문학과지성사, 1998.

시인에게 꿈은 현실의 대척점에 있다. 그 꿈의 세계는 '다시는 갈 수 없는' 곳, '반쯤' 열린 '창문' 바깥에 있는 장소다. 그는 이 장소를 '목숨의 마지막 애절함으로' 갈망하지만 놓치고 만다. 당연히 그가 아직 현실과 꿈을 서로 대립하는 것으로 이분법적으로 사유하기 때문이다. 그러나 완전히 놓친 것은 아니다. '펜을 들어' 쓰려고 할 때 이미 현실의 '이곳'은 '어둡'고, '알 수가 없'다. 창문 너머로 나가 버린 꿈이 그에게 흔적을 남긴 것이다. 그는 그 꿈이 자기에게 남긴 것을 알고 있다. 그것은 '해방'의 기억이다. 꿈'에서'가 아니라 꿈'속에서' 해방된 자라는 언급은 의미심장하다. 그가 좀 더 갈망한다면 이 해방의 기억을 밀고 나가 꿈 속의 세계를 되찾게 될 것이다. 아예 본격적으로 이러한 '해방'을 탐구하는 시인들이 있다. 이들은 이미 꿈과 현실을 구별하지 않는다.

해와 달이 빨갛고 노랗게 그려져 있고
그 사이에 나무가 있다 신전의 기둥처럼
밤과 낮을 열매로 매단 것이다
저렇게 큰 과일들은 외로워 네가 다 먹어주렴
이빨자국이 난 껍질에서 피고름이 흘러나와
대지를 적시겠지만
너는 그 속에서 나왔지 눈물을 눈으로 삼키며
언젠가는 원근법과 명암법을
점과 선과 면을 배워야 하지
도화지는 초점이 맞지 않는
두 개의 눈동자를 다정하게 뜨고 있어

두렵다고 해서 두 눈을 다 감으면 안돼

그것이 재현의 질서니까

한쪽 눈으로 바라보는 풍경이 얼마나 자유로운가를

죽은 나무의 꿈은 실현된 것인가

— 김민형, 「도화지」⁶⁾ 전문

도화지—존재의 납작한 내면에 그려진 죽은 나무의 그림, 그것이 시인이 보는 세상 풍경이다. 해와 달이 동시에 떠 있는 하늘 아래 밤과 낮을 함께 열매로 매단 나무가 신전처럼 서 있다. 이 기묘한 풍경은 원근법과 명암법과 점과 선과 면, 즉 세상을 재현하는 방법과 질서를 배워서 보기 전의 순수한 세상이다. 이 세상 속에서 나무는 '저렇게 큰' '외로운' '과일들'을 매달고 서 있다. 이 과일은 무엇일까? 죽은 나무의 열매? 이 열매를 보고 그리는 대신 시인은 열매를 먹는다. 먹고, 그리고 피고름을 흘린 뒤에 비로소 그 속에서 '너'가 태어난 것이다.

많은 조건법과 가정법이 들어 있긴 하지만 김민형은 참다운 존재는 '눈물을 눈으로' 도로 삼키게 하는 원근과 명암의 분별, 그 재현적 질서 안에서는 얻을 수 없다는 것을 암시한다. 그런 인식이 가능한 것은 해와 달, 낮과 밤이 동시에 걸린 그림을 보았기 때문이다. 환상이 자유, 곧 '해방'을 가져다주는 것이다. 진정한 재현은 사물의 뒤를 보는 것이고 한쪽 눈으로 보는 것이다. 비록 초점이 맞지 않고 두렵지만 자유롭

---

6) 김민형, 『길 위에서 묻는 길』, 천년의 시작, 2003.

다. 이 자유를 획득했을 때 죽은 나무에 매달린 피고름 흘리는 과일은 '너'로 태어날 수 있다. 정재학의 경우 이러한 환상은 훨씬 더 심리적 진실과 밀착해 있다. 그의 다음 시에서 언어는 시인의 내면에서 일어나는 사건을 추적한다. 아니 오히려 사건들을 발생시킨다.

어머니가 촛불로 밥을 지으신다. 비가 오기 시작하는데 어머니가 촛불로 밥을 지으신다. 날도 어두워지기 시작하는데 어머니가 촛불로 밥을 지으신다. 하늘이 죽어서 조금씩 가루가 떨어지는데 어머니가 촛불로 밥을 지으신다. 나는 아직 내 이름조차 제대로 짓지 못했는데 어머니가 촛불로 밥을 지으신다. 피뢰침 위에는 헐렁한 살껍데기가 걸려 있는데 어머니가 촛불로 밥을 지으신다. 암이 목구멍까지 올라왔는데 어머니가 촛불로 밥을 지으신다. 맥박이 미친듯이 뛰는데 어머니가 촛불로 밥을 지으신다. 손톱이 빠지기 시작하는데 어머니가 촛불로 밥을 지으신다. 누군가 나의 성기를 잘라 버렸는데 어머니가 촛불로 밥을 지으신다. 목에는 칼이 꽂혀서 안 빠지는데 어머니가 촛불로 밥을 지으신다. 그 칼이 내장을 드러냈는데 어머니가 촛불로 밥을 지으신다. 펄덕거리는 심장을 도려냈는데 어머니가 촛불로 밥을 지으신다. 담벼락의 비가 마르기 시작하는데 어머니가 촛불로 밥을 지으신다.

— 정재학, 「어머니가 촛불로 밥을 지으신다」[7] 전문

---

7) 정재학, 『어머니가 촛불로 밥을 지으신다』, 민음사, 2004.

이 시를 관통하는 사건은 크게 두 가지다. 어머니가 촛불로 밥을 지으시는 것, 그리고 나에게 일어나는 죽음의 제의. 이 두 사건은 둘 다 초현실적인 사건들이다. 어머니가 촛불로 밥을 짓는다는 진술은 그것이 있을 수 없는 사건이기 때문에 해석을 요한다. 즉, 생명의 탄생을 책임 맡은 존재인 '어머니'는 또한 그 생명을 지속시켜 주는 '밥'을 공급하는 존재이기도 하다. 그런데 이 어머니는 군불이나 장작불이 아니라 촛불─원칙적으로 사물을 보는 데 쓰는 불─로 밥을 짓는다. 이 밥이 단순히 생명을 연장시키는 밥이 아니라 인식과 연관되었음을 말해 주는 대목이다. 어머니가 밥 짓는 행위를 통해 아들인 나는 근원적 인식인 죽음에 다가가는 것이다.

이 죽음은 하늘이 조금씩 죽어서 떨어지는 상황에서 유발된다. 하늘, 즉 세계가 죽어서 가루가 되고 있다. 나는 아직 이름도 없다. 이름이 없다는 것, 세계 내에서 인지될 수 있는 표지'조차' 없는 내 앞에서 세계 그 자체가 사라지려 하고 있는 것이다. 나는 빨리 새로운 존재로 태어나지 않으면 안 된다. 그리하여 '살껍데기'를 '피뢰침'─외계와의 안테나─위에다 걸어 놓고 본격적으로 존재의 해체를 시작한다. 손톱이 빠지고 성기가 잘리고 마침내 심장이 도려내진다. 이렇게 다 잘려나가고 나도 나는 나일 수 있는가? 아마도 그럴 것이다. 비가 그치고 담벼락이 마르기 시작하는 그 긴 시간 동안 어머니는 여전히 '촛불'로 밥 짓기를 중단하지 않고 있기 때문이다. 영혼과 육체를 동시에 먹여 살리려는 어머니의 촛불로 지은 밥.

그러나 이 기묘한 이미지들은 해석이 문제가 아니다. 이 언어들은 인간의 내면에서 일어나는 어떤 사건을 정확하게 기술하고 있다. 그러므로 언어를 기술하는 것과 동시에 사건이 진행되고 있음을 알아차리는 것이 더 중요하다. 재현의 관점에서 볼 때 환상으로 여겨지는 이 말들이 사실은 환상이 아니라 또 다른 세계의 실재임을 아는 것. 정재학은 이 다른 세계의 진실, 유물적이고 무상한 이쪽 세계가 아니라 의미로 가득 차 있고 영적인 다른 세계의 진실을 말하기 위해 과감히 재현의 언어를 버린다.

그런데 환상을 말하는 언어는 반드시 이토록 끔찍하거나 그로테스크한 이미지를 동반해야만 할까? 어느 정도는 그렇다고 할 수 있다. 끔찍함이란 '직면할 수 없음'의 다른 표현이기도 하니까. 그러나 환상이 제시하는 다른 세계의 질서 속에 시인이 완전히 투신할 수 있을 때도 여전히 끔찍하기만 할 것인가? 김참의 다음과 같은 재미있는 시를 보자.

노란 잠수함을 타고 나는 멀고 먼 나라들을 여행합니다
색동옷 입고 나무 위에서 까불어대는 요정의 나라
외눈박이 거인이 사는 외딴 섬나라
앨리스와 토끼가 사는 동화의 나라
총과 칼을 들고 날뛰는 전쟁의 나라
소들 풀뜯고 바람 시원한 달의 어두운 나라
최첨단 장비와 기계들로 가득찬 미래의 나라
토끼굴보다 깊은 곳에 사는 유령들의 아담한 나라들을

노란 잠수함 속에서 나는 기타를 치고 곰인형은

백년이 넘어 불안한 피아노를 두들기며 노래를 부릅니다
우리는 해파리를 안주삼아 몇잔 소주도 마셔봅니다

깊은 바다 속에는 참 괴상한 물고기도 많습니다 가끔 지구 안에서
쏘아대는 이상한 전파들 너를 사랑해, 너는 해고야
라이트 혹 레프트 스트레이트 잽잽잽 down, 죽여버릴거야
따위의 전파가 확성기로 들어와 귀의 닫혀진 문들을 두드립니다
지구 밖의 전파들은 뜻뚜듯 윙위잉 치직치직 랄루랄루 야온야온
뎁떠리딥 우습게도 처음에는 노래인줄 알았는데 전부 욕이었어요

그래도 나의 노란 잠수함은 바다를 지나고 별을 지나고
태양의 불꽃을 지나고 내 대뇌 속의 블랙홀과 수많은
소행성들을 지나고 내 마음의 창들도 지나고
함정과 수렁을 건너 꿈의 세계로 힘차게 착륙합니다

— 김참, 「노란 잠수함」[8] 전문

시간과 공간, 현실과 가상의 세계를 넘나들며 바닷속을 다니는 잠수
함은 아무데로나 간다. 동화의 나라로도 가고 시간 여행도 하고 대뇌

---

8) 김참, 『미로 여행』, 천년의 시작, 2002. 이 시는 비틀즈의 노래 「노란 잠수함」을 선행
텍스트로 삼고 애니메이션 「노란 잠수함」과 경합하고 있다. 전쟁 이미지가 우세한 선행
텍스트들과 달리 밝고 긍정적인 이미지들이 승리할 수 있도록 전개하는 것이 김참의
특징이라 할 수 있다.

속으로도 가고 지구 밖으로도 간다. 그리하여 마침내 꿈의 세계로 간다. 동화적이고 유머러스하며 풍자적이고도 점잔까지 빼는 어조로 우주 전체를, 안팎을 관통하는 하나의 바다로 창조한다. 다양한 모험을 거쳐 착륙한 꿈의 세계가 우리가 사는 세상과 하나인 다른 장소임을 즐거워하는 것은 힘차다. 이제는 환상이 아니라 일상인 것이다.

6. 마무리

위에서 살펴본 시인들 말고도 대부분 여성 시인들을 포함한 많은 시인들이 환상의 가치를 드러내는 시들을 생산하고 있다. 환상 문학이란 세기말의 암울함 속에서 자칫 잃어버렸다고 느껴지는 인간의 인간됨을 찾아서 있게 하려는, 지극히 미래적 형식이라고 부를 만하다.

진정한 환상이란 세계의 부조리와 혼돈을 견디지 못해 환각에 빠져드는 것도, 존재 그 자체에 대한 믿음을 잃고 환멸에 떨어지는 것도 아니다. 그것은 합리적 이성이 이해하지 못하기 때문에 없는 것으로 만들어버린 '신비'를 삶 속에 되살려 내는 작업이다. 이 알 수 없는 내면성을 통해 존재는 다른 존재와 통합되고, 있음은 없음을 껴안을 수 있다.

물론, 시인들은 허약한 도구인 언어로 작업을 한다. 시니피앙은 시니피에를 피해 자꾸만 미끄러지고 때로는 가짜인 '있음'들까지도 만들어 낸다. 그러나 진정한 시인이라면, 이렇게 미끄러지는 말들을 붙잡아 참된 존재를 드러내는 말로 새로 탄생시킬 의무가 있다. 어쨌든 시인이란 언어의 사제가 아닌가. 🏃

어떤 시인/시민의 호명 투쟁

호명 1: 낡은 도시와 새로운 시민

스스로 시민이라 부른다는 것은 사회적 책임이 따르는 일이다. 나는 시민을 집합적 단수의 이름이라고 생각한다. 당대의 다른 시민들과 시대정신과 책임감을 공유하되 스스로 온전한 근대적 개인이 되어야만 하는 단수. 나는 언제부터 시민이 되었을까, 그리고 나는 언제부터 동시대인들을 시민으로 인식했을까. 흥미롭지만 까다로운 주제다.

21세기 직전인 2000년도에 월간 『말』지에 신년 시를 쓴 적이 있다. 「낡은 도시와 새로운 시민들의 합창」이라는 제목이다. 이 시의 제목은 1949년 김경린, 임호권, 박인환, 김수영, 양병식이 함께 펴낸 시집 『새로운 도시와 시민들의 합창』에서 따왔다. 광복 이후 시인들이 스스로를 시민으로 호명한 일은 내 기억 속에서는 이것이 처음이었다.

해방 공간에서 시인들이 스스로 '새로운 도시'의 시민이라고 호명했을 때 그들이 구성하고자 한 것은 어떤 주체였고 어떤 도시였을까. 시민은 아테네 시절 외관이 형성된 이래 정치적인 호명이었다. 학교에서 배운 대로라면 시민이 된다는 것은 시민권을 지니고 권리와 의무의 주체로 정치—이 당시의 맥락에선 근대 민족 국가 수립—에 참여한다는 의미다. 자신의 정치적 운명을 스스로 개척해 가는 참여적 정치 주체. 시민의 개념에는 유산 계급, 도시의 상인 같은 경제적 사회학적 형질도 있다. 그러나 시인이 스스로를 시민이라 부를 때는 시대 및 역사와의 관계 속에서 사회적 맥락을 지닌 '개인'으로 자기 정립을 한다는 점만이 중요하다. 그래서 김수영, 박인환 등이 시민을 말할 때 이는 변혁기의 정치적 주체라는 자기 인식을 드러낸 것이다. 그래서 그들은 뜻대로 성공적인 시민 주체가 되었나?

때는, 식민지 유제(遺制)와 새 시대 건설의 욕망이 강렬하게 부딪치고, 자유주의를 앞세운 미국과 사회주의를 앞세운 소련이 일상의 전선에서 맞붙고 있던 무렵이었다. 해방, 분단, 정부 수립, 좌우 갈등, 전쟁 직전이라는 불온한 공기가 서울 하늘을 물들였다. 물밀 듯이 밀려들어 오는 미군을 보며 박인환은 "밤이 가까울수록 성조기가 퍼덕이는 숙사(宿舍)와 주둔소(駐屯所)의 네온사인은 붉고 짠그의 불빛은 푸르며 마치 유니온 작크가 날리는 식민지 향항(香港: 홍콩)의 야경을 닮아간다 조선의 해항(海港) 인천의 부두가 중일전쟁 때 일본이 지배했던 상해의 밤을 소리 없이 닮아간다."(「인천항」[1])고 탄식했고, 김수영은 "와사(瓦

---

1) 박인환, 엄동섭·염철 공편, 『박인환 문학전집1—시』, 소명출판사, 2015.

斯)의 정치가(政治家)여/너는 활자(活字)처럼 고웁다/내가 옛날 아메리카에서 돌아오던 길/뱃전에 머리 대고 울던 것은 여인(女人)을 위해서가 아니다"(「아메리카 타임지」[2])라고 비판하고 있다. 식민지를 탈출하자마자 다시 새로운 식민지의 모습이 되어 가는 도시에서 '활자처럼 고운', 즉 개념만으로는 아름다운 '와사의 정치가' 유독 가스처럼 위험한 정치가를 바라보며 '뱃전에 머리대고 울던' 시인들의 심정. 이러한 도시가 새롭다면 그것은 강렬한 패러독스일 것이다. 나는 이 사화집의 구호를 도시의 새로움이 아니라 시민의 새로움, 아니 시민이라는 새로운 주체를 발명하고자 하는 요청으로 읽는다. 절망의 시대를 개척해가는 새로운 시민이 되고자 하는 시인들의 열망. 그러나 이 '시민'은 전쟁과 분단의 소용돌이 속에 분쇄되어 버렸다. 헌법과 법률은 시민을 구성했으나 시인이 스스로를 시민이라 호명하는 일은 그 뒤로도 오랫동안 일어나지 않았다.[3]

그로부터 무려 오십 년이 지난 다음, 새천년의 초입에 나는 「낡은 도시와 새로운 시민」이라는 '활자活字'를 『말』지에다 박아 넣었다.[4] 왜 시

2) 김수영, 이영준 엮음, 『김수영 전집1—시』, 민음사, 2018.

3) 4·19 혁명의 주동 세력을 우리는 '학생'이라 부른다. 이 '학생' 의거가 혼란과 방종의 낙인이 찍혀 5·16 쿠데타로 엎어졌을 때 시인들은 스스로를 작은 존재, 소시민으로 인식했다. 김수영은 부르짖는다. "왜 나는 조그마한 일에만 분개하는가"라고. 아주 오랫동안 '시민'은 역사의 중심적 명칭이 되지 못했다. 5·18 광주에서 '시민군'으로 처절하게 부활하기 전까지는. 이 부활 또한 6월 항쟁이 있기까지는 제대로 '시민권'을 획득하지 못했다. 주체는 저항하는 주체여야 했다. 그래서 민중이어야 했다.

4) 정다운 우리 나라, 지붕은 잠들고 /거미줄에 새 이슬이 내리네요. /털 많은 다리를 부르르 떨며 어미거미가 잠에서 깨어나고 /출렁대며 일순, 시작되는 시간. //부산스레

민이었을까. 20세기의 종언을 앞두고 당시 우리가 처해 있던 정황을 다시금 되새겨 본다. 6월 항쟁에 등장했던 넥타이 부대는 '민중'과 다른 주체다. 이들을 우리는 '시민'이라 불렀다. 각종 시민 단체들이 생겨났다. 1994년 '참여민주사회와 인권을 위한 시민 연대'라는 이름으로 출범한 참여 연대는 그 정점이다. 그리고 강력했던 시장 지배가 모든 것을 덮었다.

1980년대라는 국가주의적 거대 권력이 물러간 자리에 시민이 주체가 되는 새로운 사회를 건설해야 한다는 열망은 컸지만 그 사회를 구성하는 시민의 조건에 대한 성찰은 더디었다. 우리의 '새로운 도시'는 반쯤은 저절로 서구가 선취한 경로를 따라 가는 유사 담론적인 것이었다. 문학장文學場에서만 보더라도 다시 문제는 리얼리즘이냐, 포스트라는 명찰을 단 모더니즘의 귀환이냐, 어떤 포스트모더니즘이냐를 다투며 담

아침을 짓는 것은 메뚜기와 개미들 /이런, 너무 오래된 기억 속의 낡은 풍경! //새로운 아침이 시작되었다네, 그러나/잠든 지붕밑의 사람들은 아직 꿈이 덜 끝났나봐요 /꿈속에서 아침을 먹고/꿈속에서 출근을 하고 /꿈속에서 옹이 굵은 나무뿌리를 파내 멀리 던지면 /행복한 저녁이 오는가봐요 //더 많은 꿈을 꿀 수 있다면 좋겠나요? /잠들지 못하는 그 많은 밤을 꿈과 바꿀 수 있다면 좋겠나요? /꿈의 입에서 자라난 끈적이는 실들이 말들이 뭉쳐서 꿈이 되고, /뭉쳐서 아이가 되고, /뭉쳐서 뭉쳐서 눈에 보이는 욕망이 되면/두 팔 벌리고 옥상에 서서 "다 이루었노라" 이야기하겠나요? //얘야, 옥상엔 난간이 없단다 /넌 아직 발목도 없단다 /이 높은 건물엔 알고 보면 지붕도 없단다 /꿈의 어머니가 소릴 질러도 당신은 마냥 좋기만 한가요? //두 팔 벌리고 하늘을 향해 추락할 수 있나요? /당신은 꿈의 아들이어서 꿈의 거미줄에 대롱대롱 매달려 /엄마가 당신을 따다가 앞치마에 담을 때까지 한없이 /꿈의 하늘을 헤엄쳐 다닐 건가요? //오, 아무래도 그런 건 아냐, 꿈의 거미줄을 걷어내고 /잠들었던 지붕밑, 갑각류의 잠을 걷어내고//당신은 낡은 심장을 꺼내어 /핏줄까지 팔딱이는 튼튼한 벽돌을 빚습니다. /무너진 뼈들을 세우고 손을 맞대어 짓는//이 낡은 도시의 새로운 시민들의 합창(노혜경, 「낡은 도시와 새로운 시민들의 합창」, 『말』 1월호, 2000.).

론들은 각축했다. 한 걸음 물러서서 생각해 보는 지금, 새삼 의문이 든다. 새로운 시대가 오려면 새로운 문학적 존재가 와야 하는 게 아닐까? 그리고 그 새로운 문학적 존재는 시민인가 아닌가?

시인이 새로운 존재가 될 수 없다면 누가 될 수 있을까? 사람들에게 파편화되고 단자화되고 고립된 개체가 아니라 충분히 단독자로 설 수 있는, 고독할 수 있는 자유가 있었을까? 희망적인 것 같았는데 희망도 아닌 그런 상태는 IMF 관리 체제 돌입이라는 경제적 파국과 함께 깨어졌다. 벼랑에서 떨어지는 사람들과 보이지 않는 사람들이 생겨났다. 시장과 금융이 무섭게 지배력을 행사하기 시작했다. 이런 시기, 막연하게 상식적 시민으로서 정권 교체 운동(또는 정권 재창출 운동)을 통해 사람들은, 또 나는 깨달았다. 피할 길 없이 서로 연결된 사회 일원인 우리가 무엇이든 하기 위해서는 어떻게든 정치적 인간이 되어야만 했다.

지금 와서 생각해보면, 어떤 방식으로든, 어떤 이름으로든 뿔뿔이 흩어진 채로 우리는 집단 호명되었다. 나로 말하자면 포스트모더니즘이 열어준 타자들의 귀환 경로를 따라 '여성 시인'이 되었다. 스스로 시민 됨의 특성을 사유해 본 일이 없는 채 시민 사회의 일원이 되었다. 우리는 모두 어딘가에 조금씩 소속되고, 그 극점에 첨예하게 대립되는 지역주의 기반 정치 세력이 있고, 그 틈바구니에 진보 정치의 허약한 싹이 겨우 숨을 쉬었고...,..

그러니까 당시 시인으로서 내가 느낀 고립감은 내가 과연 어떤 의미에서 시민인가를 확신할 수 없었던 때문이다. 충분히 개인이 되지 못한 채 집단 정체성을 나눠 받아 복사본이 되는 것에 저항하면서도 한편으로는 시민의 일원이어야 했다. 이때 '말'이 왔다. 새로운 도시와 시민들의 합창, 아니, 낡은 도시와 새로운 시민들의 합창 이라고.

호명 2: 각성한 개인의 느슨한 연대

시의 실천이라는 가파른 길에서 시가 '새로운 시민'을 호명하는 길은 있는 걸까? 시대의 변화에 즉각 부응하지 못하는 '잠든 사람들'이 있다. 나는 그것을 '갑각류의 잠'이라 불렀다. 그 잠에서 깨어나 새로운 도시를 짓기 시작할 때 비로소 '새로운 시민'은 온다. 오지만 어떻게 잠에서 깰 것인가? 무력한 노래로?

「낡은 도시와 새로운 시민」을 쓸 무렵 나는 막 '안티조선 우리모두'를 결성하는 일에 가담했다. 얼마 뒤 '노사모'를 결성하는 일에 뛰어들게 된다. 이러한 행동들이 내게는 시의 새로운 형식을 실천해 보는 일과 다름없었다. 장르 틀에 갇히지 않는 새로운 방식의 시적 실천. 인터넷 게시판에 글을 쓰고 다른 이들의 언어를, 그 안에 숨은 열망까지 해독하고 새로운 존재들을 맞이하기 위한 담론을 발명하는 일들. 나는 이를 가리켜 "시를 살아낸다"라고 말하곤 했다. 언어의 형식은 다르지만 지시 대상과 의미가 가장 가깝게 서로 만나고 있음을 자각하는 강렬한 경험이었다.

하필 이 시기에 1990년대 시민 단체와 다르고 1980년대의 민중 운동단체와는 더욱 다르며 정당 같은 조직과도 전혀 다른 정치인 지지자

모임이 생겼다. 의미 있는 일이었다. '노사모' 스스로는 "우리는 지지하는 게 아니라 사랑한다."라고 농반진반으로 말하곤 했다. 지지한다는 것이 정당과 정치의 기존 문법에 따라 표와 정책을 바꾸는, 또는 표와 권력을 바꾸는 일에 속한다면 사랑한다는 것은 보다 근원적 심급에서 작동하는 정치적 태도였다. 정치가 무언가를 위한 장치가 아니라 그 자체로서 우리의 존재 조건이라는 각성이라고나 할까. '노사모'가 말하는 사랑은 프랑스 대혁명의 슬로건인 자유, 평등, 박애 가운데 박애에 가까웠다. 그러니까 '노사모'와 노무현의 관계는 박애에 기반을 둔 연대인 셈이었다.

이 경험을 통해 '노사모'는 소위 말하는 '노풍'을 일으켜 노무현을 대통령으로 만드는 데 성공했다. 도올 김용옥은 노무현을 가리켜 역사상 최초의 '왕이 아닌 대통령'이라고 불렀다. 이 권력 이동을 가능하게 한 바탕으로서 '노사모'를 '새로운 시민'이라 부르는 데 주저할 이유가 없다. 감히 '낡은 도시'라고 당대 현실을 지칭한 것은 새로운 정치를 향한 열망 때문이었다. 전대미문의 방식으로 정치 결사체를 조직한 이 사람들을 '새로운 시민'이라 부르지 않을 도리는 없다.

그렇다면 '노사모'는 스스로를 어떻게 정의했던가. 물론 '시민'이라 정의했다. '노사모'는 '시민 의식의 사관 학교'라는 주장도 있었다. 스스로 시민으로 길러지는 장소라 생각했다. 그 '시민'에 대한 정의가 저 유명한 슬로건, '각성한 개인의 느슨한 연대'이다. 시민은 개인으로서 자유롭고 집합으로서 느슨한 연대라는 것이다. 이 말은 '노사모' 초기 회원들과 토론을 거쳐 내가 정리한 노사모의 자기 이미지다. '각성한'은 '자발적인, 자유로운, 자발적인, 깨어 있는' 등과 서로 바꾸어 쓰기도 했다. '자유롭고 자발적이며 자율적이고 각성한, 깨어 있는 개인', 그 개인들 이 '사랑—박애'를 실천하는 태도로서 필연적이면서도 강제하지 않은 느슨한 연대. 이 개념은 참여 연대가 설립될 당시의 슬로건인 '참여와 인권'과는 매우 다르다. 참여 연대의 경우, 단체의 회원이 되는 사람들 을 이미 '시민'이라고 전제한다. 따라서 참여 연대는 사업을 벌이고 정책 을 제안한다. 개별 '시민'이 아니라 시민 '단체'와 시민 '사회'라는 명명 안에서 시민을 바라볼 때 이 시민은 소외되지 않을 수 있을까? 이는 1980년대 '민중' 담론이 부딪쳤던 것과 비슷한 딜레마이기도 하다.

노사모는 특정 정치인의 팬클럽을 자임했다. 하지만 노무현과의 긴장 관계를 통해 회원 한 사람 한 사람이 스스로를 '이러저러한 근대성을 지닌 개인으로서의 시민'으로 성장시키는 일을 더 시급한 과제로 생각 했다. 당연한 것으로 생각되던 '시민'은 낡은 정치를 바꾸어내는 한 정 치인의 후원자이자 파트너로 등장하면서 위상 정립을 새로이 해야 하 는 것이다. '노사모'에 가입한 다른 사람들과 마찬가지로 내게도 이러한 위상 정립은 '낡은 도시'를 새롭게 만들고자 했던 나의 '새로운 시민' 됨 의 문제였다. 이 무렵 '노사모'에 쏟아진 관심과 오해가 제각기 증폭되 는 상황을 맞아 『서프라이즈』 사이트에 나는 아래와 같은 글을 쓴 적 이 있다.

하나의 유령이 대한민국을 배회하고 있다—계급의식없음이라는 유령이.

이 유령의 입장은 더 난감하다. 아직도 강고하게 사회문화적 권력을 장악하고 있으며 정치 권력의 겨우 일부를 빼앗겼을 뿐인 수구집단으로부터는 계급투쟁을 하려 한다는 비난을 받으면서 동시에 진보를 독점하고자 하는 집단으로부터는 몰계급적이란 비난을 받아야 하니 말이다. 그리고 공공연하게 자신의 견해와 자신의 목적과 자신의 지향을 표명하여 계급의식없음의 외피를 섬세하게 구분하여 다양화시킬 시기와 여건은 아직 도래하지 않았다는—이제 겨우 싹을 틔우고 있을 뿐이라는 역사적 현실이 이 유령의 목숨을 위태롭게 하고 있다. 그럼에도 불구하고, 정말 좋은 것은 죽지 않는다는 종교적 확신에 기대어 이 유령의 모습을 드러내어야 할 것인가.[5]

지금 시점에서 저 언술은 불완전하다. 호명은 그 자체로 존재를 창출한다. 무어라고 불러 줄 것인가. 호명의 조건은 무엇인가. 아직 명료하지 않은 이 존재들에게 왜 나는 '새로운 시민', 또는 그냥 '시민'이라는 이름을 붙이는 대신 '유령'이라고 했을까. 좌도, 우도, 수구도, 보수도, 진보도, 시민도, 소시민도, 노동 계급도 아닌 계급에 대해 당시 이미 중간 계급론이 등장했다. 그런데 왜 그러한 중간 계급도 아니라 유령이라고 했을까.

'노사모'에는 기존 분류로 상류층, 기층, 중산층은 물론이고, 지식인,

---

5) 한윤형, 『안티조선 운동사』, 텍스트, 2010, 124쪽에서 재인용.

노동자, 기업인, 농어민 또한 물론이고, 시인들도, 실직자들도, 청소년도 있었다. 그런데 이들을 관통하는 단일한 계급적 특성이 있을 리 없다. 중간 계급이라고 규정할 만한 특성을 공유하지도 않는다. 특별한 이념 지향도 없었다. 아니 뒤섞여 있었다. '노사모'에겐 바로 자기와 '노사모'를 하는 사람들 자체가 경이로운 수수께끼였다. 새로운 이름이 새로운 존재의 필수 조건이다. 이 존재들에게 이름을 붙이려는 노력은 '각성한 개인의 느슨한 연대'에까지 이르렀다. 그러나 '노사모' 외부에서 '노사모'를 규정하려는 담론들은 이 정의에 주목하지 않았다. 그래서 또한 유령인 것이다.

존재하는 이름들 중 어느 하나로 호명하려는 노력에 맞서 자기를 새로이 규정하려는 '노사모'의 노력이 좌절하게 된 이유는 기존 질서 안의 담론적 헤게모니가 노사모를 정면으로 바라보지 않았기 때문이다. 그러나 가장 큰 이유는 아이러니컬하게도 노무현 때문이었다.

대통령 선거라는 압도적 사건과 노무현의 부상이 가져온 변화는 크게 세 가지다. 하나는 초창기의 성찰적 공동체에 기존의 정치 문법을 답습하는 회원이 급격히 유입되면서 갈등이 발생했다는 점이다. 선거 국면 동안 잠복했던 이 갈등은 대선 이후 소위 '강고한 연대론[6]'으로 한 번 불타올랐고 '노사모 집단지성론[7]'으로 또 한 번 불타올랐다. 어느 쪽이든, 개인과

---

6) 나중에 '국민의 힘'으로 분화되어 나간 일련의 '노사모'들의 대선 직후 주장이었다. 정당에 준하는 조직화를 이루어 내자는 뜻이다.
7) 대선 이후 『서프라이즈』 사이트를 중심으로 자주 이야기된 주장이다. '시민의 뇌'라는 용어도 함께 쓰였다.

연대라는 두 축의 한쪽이 허물어지고 있는 것은 틀림없었다.

두 번째는, 선거 국면에서 노사모에 주목하게 된 정치 담론의 헤게모니가 상당 부분 관철되었다는 점이다. '노사모'에 대한 최초의 정리된 저술 『유쾌한 정치반란, 노사모』[8]는 그러한 점을 어느 정도 드러내 보여 준다. 외부의 시선이 '노사모'의 특성을 정치 담론으로 규정하려는 노력을 하는 반면, '노사모' 회원들이 쓴 글은 '노사모'라는 존재 자체의 경이로움을 더 많이 이야기한다. 이 가운데 전자의 시선이 좀 더 일반화되었다.

세 번째로는 노무현의 규정이 '노사모'에 지닌 호명의 능력 때문이었다. 노무현은 2007년 참여 정부 평가 포럼에서 자신을 지지하는 사람들을 '깨어 있는 시민'[9]으로 명명하고 '참평 포럼'이 '깨어 있는 시민'의 '조직된 힘'이 되어줄 것을 요청했다. 그에 이어 2008년 노사모 총회에 보낸 영상 메시지에서도 같은 방식의 호명을 했다.

나는 이 호명이 '노사모'의 원래 성격에 가장 강력한 담론 투쟁이라 생각한다. 나중에 '각성한 개인'으로 정리가 된 '자유로운 개인의 느슨한 연대'라는 규정은 정치적으로만 보더라도 대의제 민주주의가 아닌

---

8) 노혜경 외, 『유쾌한 정치반란, 노사모』, 개마고원, 2002.
9) '깨어 있는 시민'은 '시민'에 대한 근대적 담론 중 성찰하는 시민이란 개념 쪽에 기울어진 호명이다. 노사모의 자기 규정인 '~한 개인' 중 '자유롭고 자율적이고 자발적이며 깨어 있는'이라는 수식어가 한 가지로 규정할 수 없는 복합적 정체성을 드러내는 흔들리는 규정인데 비해 '깨어 있는 시민'은 보다 명백히 정치의 중요성을 자각하고 참여하는 사람을 시민으로 규정하고 있다. 그 시민이 조직된 힘을 발휘해야 한다는 노무현의 요청은 그의 정치적 후계자들 손으로 묘비명이 되면서 폭발적인 참여를 불러왔다.

직접 민주주의의 성격을 드러낸다. 분명히 참여적이지만 또한 성찰적인 개인 주체를 분명히 한다. 특정한 정파나 세력에 얽매이지 않고 관용의 정도가 높은 공동체를 지향한다. 무엇보다 여기엔 '근대적 개인'의 가치가 살아 있었다. 그러나 '깨어 있는 시민의 조직된 힘'이라는 규정은 결국 정당 운동으로 귀결되었다.

스스로를 시민이라 불렀던 '노사모'가 상상한 '시민'과 그 '노사모'가 팬을 자처한 노무현이 상상한 '시민' 사이의 차이는 생각보다 크지만 아직 주목을 받고 있지 않다. 이 차이는 '노사모' 밖에서 '노사모'를 바라보는 시선에서도 발견된다. 한 사람 한 사람의 또록또록한 개인이 자발적으로 선택한 참여로 '노사모'를 바라보느냐, 특정 정치인을 매개로 한 정치 운동으로 바라보느냐 이다. 특히 진보를 자처하던 담론들의 시선은 압도적으로 후자에 머물렀다. 심하게는 주체를 반납한 맹목적 추종자의 무리로 매도하기도 했다. 여기서 파생된 가장 나쁜 명명이 '노빠'였다. 정치 이념이 아니라 사람을 중심으로 한 정치 참여에다 심지어 '팬클럽'을 자처했으니 쉽게 오해받을 만했다. 그러나 '노사모'가 처음 팬클럽이라 말했을 때는 기존 정치 담론을 거부하는 유머러스한 거절 이상도 이하도 아니었다. "소위 말하는 사조직 아님, 소위 말하는 정당 내 공조직도 아님, 우리는야 팬클럽, 랄랄라?"

역사의 전개 과정에서 국가 권력이 시민을 폭도로 부르는 것처럼 부정적 호명을 한 일은 자주 있었다. 그러나 각축하는 새로운 이름들의 경쟁에서 '노빠'라는 호명만큼 심한 지식 폭력도 그때까지 흔치 않았다. 물론 실제로 '노사모' 안에서 주체의 자율성을 노무현에게 양도해 버린 듯한 사람들이 많았다.[10] 그럼에도 '노빠'는 '노사모'의 실험 가운데 가장 빛나는 대목, 즉 '각성한 개인'이라는 자기 호명을 가장 심하게 부정한 명명이었다. 나중에 언론이 붙인 '친노 세력'이라는 이름과 함께 개인 연대로서 '노사모'를 집단화되고 전체화된 이미지로 보이게끔 했다. 왜곡된 정체성이 들씌워진 것이다. 이러한 호명 탓에 긍정적인 시민적 요소가 제거되고 부정적인 추종자의 요소를 남기는 쪽으로 사태가 몰렸다. '시민 의식을 지닌 개인'으로서 '시민'이라는 기획은 가능하지 않은 야심이었을까?

호명3: 촛불 시민을 넘어서

이제 현재 진행형의 호명 투쟁을 이야기할 차례다. 스스로 촛불 시민이라 부르기를 주저하지 않는 일련의 사람들이 있다. 2008년 4월 하순 여중생들이 '미국산 쇠고기 수입 협상' 내용에 반대하여 촛불을 들었을 때만해도 이 시위의 파장이 오늘에까지 미치리라고 생각한 사람은 없었다. 나도 첫 번째 집회의 소문이 들려온 뒤 두 번째 집회에는 호기심 반, "아이들이 한다는데 행여 다칠지도 모르니 경험 많은 우리가 방패 서러 나가자."라는 마음 반으로 참가하게 되었다. 나가보니 오랫동안

---

10) 대선大選 국면의 '대통령후보 단일화 협의회─약칭 후단협', 취임 후 탄핵과 퇴임 후의 비극적 죽음으로 이어지는 고故 노무현 전 대통령의 정치적 역경이 이런 경향성을 강화한 측면을 무시할 수는 없다. 인지상정이다.

거리에서 보아온 익숙한 얼굴들이 보였다. 다들 비슷한 이유로 나왔다면서 웃음을 터뜨렸다. 이렇게 엉성하게 시작된 촛불 집회는 '이명박근혜' 정권 9년 동안을 관통하는 항의의 형식이 되고 또 다른 '새로운 시민'을 호명하게 되는 데까지 나아갔다. 이 시기 거리로 쏟아져 나온 수많은 인터넷 방송과 일인 미디어의 일원으로 나도 마이크와 카메라를 장착하고 태평로를 오가는 생활을 여러 달 했다. 쟁점은 전방위로 퍼져 갔으며 마지막엔 언론 운동으로 이어졌다.

이 시위에 참여한 사람들의 특징을 보여 주는 몇 개의 인상적인 장면이 있었다. 거리에 대규모 군중집회가 있을 때, 중요한 세력은 정당원이거나 조직 동원된 노동자들이었다. 그러나 노조가 집회에 참여했을 때 터져 나온 외침은 "깃발 내려!"였다. 수의 열세를 보강하고 두려움 없이 경찰력과 대치할 수 있는 거의 유일한 조직인 노동자들 대신 뜻밖에도 촛불 예비군이 등장했다. 요즘 유행하는 용어로 온갖 적폐들에 대해 고발과 성토가 이어지던 광장에서도 당시 90일이 넘게 단식 투쟁하던 기륭 전자 김소연 지부장 소식은 중요한 이슈가 아니었다. 첫 번째와 두 번째 집회의 엉성한 진행을 보다 못한 시민 단체들이 5월 초 무대를 만들었다. 그때 참여한 '시민'들이 소위 말하는 '지도부'의 권위를 인정하지 않으려 한 것도 기억에 남는다. 이 사람들은 어떤 '시민'이었을까.

2008년 촛불 집회는 2016년 겨울에서 2017년 봄으로 이어지는 탄핵 집회의 전사前史와도 같다. 그 사이에 바로 저 '깨어 있는 시민'이 탄생했다. 또다시 이 '깨어 있는 시민'을 '깨시민'이라 부르는 호명 투쟁도 발생했다. '깨시민'이라니, 이 말을 처음 들었을 땐 어리둥절했다. 알고 보니 '깨어 있는 시민'의 줄임말이라고 한다. 조지 오웰이 '신어론新語論'11)에서 설파했듯이 줄임말은 원말과 다르다. '노무현을 사랑하는 사람들의 모임'과 '노사모'가 다르듯이. 나는 '노빠'로 불리기를 거절했듯 '깨시민'이라 불리는 것도 거절한다. '노빠'에서 '깨시민'까지 이 기나긴 호명 투쟁의 역사는 21세기 초반 노무현의 등장으로 발생한 우리 사회의 신흥 세력의 역사와 궤를 같이 한다. 이 신흥 세력은 과연 '새로운 시민'일까? '깨어 있는 시민'에서 '촛불 시민'으로 이어지는 진화의 도상에 우리는 있다. 과연 진화일까?

2016년 겨울에서 2017년 초봄에 이르는 기나긴 촛불 집회를 통해 우리는 새로운 '촛불 시민'을 탄생시켰다. 그는 누군가 또는 '아무나'라 불려도 좋다. 그의 개인사에 아로새겨진 몇몇 기억들이 나와 당신의 그것과 겹쳐 있는 한 그는 나도 될 수 있고 당신도 될 수 있다. 오늘날 '시민'이라 불리는, 특히 '촛불 시민'이라 불리는 사람들은 어떤 역사를 거쳐 왔을까. 나처럼 '노사모' 라는 특이점을 지나오지 않은 사람들도 있지만 대체로 나와 비슷한 이력을 지닌 친구들에게 물어보았다. 당신은 언제부터 시민이었나요? 당신은 시민을 누구라 생각하나요?

많은 의견이 있었지만 5·18과 6·10항쟁을 자신이 시민이라 인식하기 시작한 기점이라고 꼽은 사람이 많았다.12) 그리고 또 많은 사람들이

---

11) 신어新語, Newspeak는 조지 오웰의 소설 『1984』에 등장하는 언어로 영어에 바탕을 둔 언어이다. 다른 언어들과는 다르게 갈수록 낱말의 숫자가 줄어드는 것이 특징이다. 이는 당에서 주민들의 자유로운 생각을 억제하고자 했기 때문이다(『위키백과』〈https://ko.wikipedia.org/wiki/%EC%8B%A0%EC%96%B4_(1984%EB%85%84)〉참조).

12) 스스로 겪어 보았거나 학교에서든 집에서든 5·18과 6·10에 대해 듣고 자란 사람들

시민을 도시에 사는 사람 또는 어느 정도 경제력이 있는 중산층이라고 생각했다. 시민에 노동자나 농민도 들어가는가라는 질문에는 화이트칼라 노동자만 해당한다는 답이 많았다. 이 또한 학습의 결과다.

하지만 '촛불 시민'이라 불렀을 때 여기엔 다른 요소가 있다. 2008년에 "깃발 내려!"를 외치던 사람들은 2016년엔 노조의 깃발과 섞여 있었다. 2008년엔 보이지도 않던 농민들은 2016년엔 트랙터를 몰고 서울로 서울로 입성했다. 사람들은 그들이 무사히 광화문 광장으로 진입하기를 숨죽여 기다렸다. 백남기 농민의 비극적 죽음은 커다란 연대를 낳았다. 농민, 어민, 소상공인, 노동자, 도시 알바 이렇게 구분할 것이 아니라, 시민이다 노동자다 이렇게 구분할 것이 아니라, 새로운 도시를 만들고 새로운 시민이 되기를 열망하는 모든 사람을 '시민'이라 부르면 어떤 일이 일어날까. 그 시민은 개인이 된다는 것이 무엇인지를 이해하며 동시에 다른 개인과 연대할 수 있는 능력을 지닌 '자유롭고 자율적이며 자발적인, 깨어 있는, 각성한, 개인'이 될 수 있을까. 그 '시민'은 '시민' 이외의 또는 '시민'을 넘어선 다른 이름을 가질 수 있을까. '시민'의 정의는 차이와 근대성을 넘어 확장될 수 있을까.

언제나 시대를 바꾸는 새로운 상상력은 시의 임무다. 문학 텍스트를 통한 실천과 광장의 행동을 통한 실천 사이를 연결하고 통합하는 언어를 찾아내는 일 또한 시와 시인의 임무다. 그 임무를 다하기 위한 투쟁은 오늘도 계속된다. 새로운 이름과 새로운 얼굴을 위하여. 🏃

이 쉽게 시민 의식을 지닌다. 시민 교육의 중요성을 생각하게 한다.

그러나 최소한 나는 저항한다

1판 1쇄 펴낸날 2020년 8월 14일

———

지은이 노혜경

———

펴낸이 이민호
펴낸곳 북치는소년
출판등록 제2017-23호
주소 10442 경기도 고양시 일산동구 일산로 142, 427호(백석동, 유니테크빌벤처타운)
전화 02-6264-9669 팩스 0505-300-8061
전자우편 book-so@naver.com
디자인 신미연
제작 두리터

———

ISBN 979-11-965212-9-5 03810

———